债务人

THE DEBTOR

太极炜昌 ◎ 著

中国·广州

图书在版编目（CIP）数据

债务人 / 太极炜昌著. —广州：广东旅游出版社，2019.6
ISBN 978-7-5570-1784-2

Ⅰ.①债… Ⅱ.①太… Ⅲ.①长篇小说—中国—当代 Ⅳ.① I247.5

中国版本图书馆 CIP 数据核字（2019）第 067127 号

出 版 人：刘志松
责任编辑：梅哲坤　于子涵

债务人
ZHAI WU REN

广东旅游出版社出版发行
地址：广州市越秀区环市东路 338 号银政大厦西楼 12 层
邮编：510060
电话：020-87348243
广东旅游出版社图书网
（网址：www.tourpress.cn）
印刷：天津文林印务有限公司
（地址：天津市宝坻区新开口镇产业功能区天通路南侧 21 号）
开本：787 毫米 ×1092 毫米　1/16
字数：253 千字
印张：21
版次：2019 年 6 月第 1 版
印次：2019 年 6 月第 1 次印刷
定价：58.00 元

【版权所有 侵权必究】

本书如有错页倒装等质量问题，请直接与印刷厂联系换书

目录
contents

楔　子 …………… 1	必也正名 ………… 84
御风成行 ………… 2	不忘初心 ………… 89
红颜知己 ………… 8	惺惺相惜 ………… 95
走投无路 ………… 14	思想绑架 ………… 99
杵臼之交 ………… 20	以迂为直 ………… 104
坚定逆行 ………… 26	向心问道 ………… 109
贵人相助 ………… 34	情感攻势 ………… 115
柳暗花明 ………… 40	一场风波 ………… 120
幸福降临 ………… 45	合作前奏 ………… 126
人尽其才 ………… 51	意料之外 ………… 131
大敌当前 ………… 56	真情难拒 ………… 136
棋逢对手 ………… 62	义利博弈 ………… 142
百密一疏 ………… 67	铁腕柔情 ………… 148
不眠之夜 ………… 72	星火燎原 ………… 151
义气之争 ………… 78	酒聚人散 ………… 154

意外之喜	158		再传噩耗	232
否极泰来	163		釜底抽薪	239
突来一梦	168		众筹新招	243
重拾初心	172		醉翁之意	246
一拍即合	176		艰难抉择	251
最好安排	181		被迫离职	255
雪中送炭	185		独木不林	261
福祸相依	190		享受孤独	268
重新洗牌	196		集体出走	274
权利之争	202		全新之路	282
无利可图	207		曲终人散	290
深渊之门	210		无悔青春	298
清者自清	214		涅槃重生	306
暗生嫌隙	220		老路新篇	315
最后通牒	224		重新启航	323
欲盖弥彰	228			

楔　子

曾经，我不止一次这样问自己：

"这条路，对吗？"

当债权人犀利的目光刺痛我脸颊的时候，当并肩奋斗的挚友分道扬镳的时候，当世人的冷漠将我推向陡峭悬崖的时候，我这样问自己：

"如果这条路走错了，我还要坚持走下去吗？"

人生就是一家有限公司，岁月经不起反反复复地重来。所以，才有了那些心底的彷徨与无奈，彷徨流逝的光阴将一去不回，无奈付出的代价成了浮萍。

可是，如果没有了当初的选择，这一切将不复存在，那些痛苦的挣扎将成为别人的故事。

每当我徘徊犹豫的时候，内心便回荡一个否定的声音，切断我所有的退路。前进！我们每个人都是生活的圆心，无论去向何方，只要迈出一步，就是前进！

我确定自己不是因为习惯才坚持，也不是因为无路可走而选择留下，我认准了这条路，便要走下去，无论尽头在哪里，无论还要走多久。误解，无助，冷漠，不过是自我沉淀的加持。逆行不只是一种勇气，更是人生的智慧。

人，要学会享受孤独。当我不再是徘徊彷徨的创业新人，当我不再是阅历浅薄的商界新兵，我学会了独自欣赏众人的背影，独自领略险境的风景。

人生最重要的不是选择了一条怎样的路，而是坚定地走在自己选择的路上……

御风成行

"三春万卉皆含笑，装点繁花只一风。"在宋代高僧释印肃轻描淡写的笔墨下，一派春光尽现眼前。谁不慕春色，却有几人识得繁花争艳皆是风的功劳。风不事张扬，低调行事，却能成人之功。我喜欢风的智慧，乘风而行，借力而动。

晨曦中的滨河路，朴实的人们开始了一天的忙碌。沿街的早点铺子刚刚开张，伴着冉冉升腾的热气，空气中弥漫着一股独特的麦香。这是只有S市才有的麦香，是土地的味道，也是长在每个S市人骨子里的味道。对于奔波的人来说，一碗热气腾腾的面足以干劲百倍。

从早点铺子出来，齿颊间还留有热汤面的余香。来不及回味，停不下的双脚已经把我带到了街口。比约定时间早到五分钟。这是我的习惯，我不习惯让司机等，因为每个员工都是奋斗路上的兄弟。我珍惜公司，更珍惜我的兄弟们。

"邢总，咱们去哪儿？"

"W县。"

我一边上车，一边干脆利索地答道。

"邢总，今天路真好走，刚下过一场雨，路面干净得很。"

司机的心情显然不错。毕竟工程要竣工了，他也不用在Ｓ市和Ｗ县之间时常往返跑长途了。跑长途，再碰上坏天气，的确是一件伤脑筋的事。

"是呀，去年咱们可没少跑这条路，还经常是夜路，多亏你了。"

"邢总，您太客气了，咱就是干这个车把式的，开好车是我的本职工作呀。我这车开得稳，您坐车上也放心不是？"

"那是，相当稳呀，咱们公司好多人都喜欢坐你开的车，又快又安全，上了车踏踏实实地眯一觉，再睁眼就到地儿了。"

"邢总，您可真会夸人，得嘞，我这心里美滋滋的。"

"唉，我说的可都是大实话。"

"要说踏实，这公司上下的人都觉得跟着您干事心里踏实。您是真心为了让大伙的钱包鼓起来在想办法，就冲您去年给那个出事故的民工那么多抚恤金，还给他老婆找活干，大伙就乐意跟着您干，这心里亮堂堂的……"

车子在高速路上飞驰。此刻的我，内心百感交集。今天Ｗ县工程就正式竣工移交，往后来这座小城的次数也屈指可数了，我心里难免有些伤感，愈加留恋那些艰苦的岁月，舍不得一班奋斗的兄弟们。

"老高，慢点儿开，咱们求稳，这种时候，别出意外。"

"好嘞，邢总。"

车速放缓下来，我望着窗外飞驰而过的麦田，时光仿佛倒流。那个置身麦田、放飞自我的少年，任凭风带走豪言壮语；如今岁月带走了青春，留下了沧桑，唯独不变的是那些飘散在风中的誓言。

老杨大哥、王老师、陈县长、王总，还有那个半路携款跑路的包工头……一张张脸在我眼前闪动。他们有些严肃，有些微笑，也有些正在发怒。然而，有一张脸却始终平静淡然。兰芝的风采与众不同，她是我生命中最特别的人。

我不知道该怎样形容她，有时候她温暖安静，有时候又高高在上；有时候她像亲人，有时候又像导师……那种复杂的感觉，连我自己也说不清。但我永远无法忘怀的，就是那个大雪纷飞的夜晚，正因为那次不可能的见面，改变了我的人生！我不知道兰芝于我的人生意味着什么。

"邢总，到了。"

老高熟悉的声音把我拉回现实，眼前出现一片正在施工的毛坯楼，楼前立起三道拱门，分别上书：

"热烈庆祝W县工程项目竣工"。

"热烈欢迎市领导莅临指导工作"。

"热烈庆祝W县工程项目剪彩仪式圆满成功"。

只字未提我们公司。老高凑上来在我耳畔抱怨，想来公司其他人也会如他这般义愤填膺。

"小邢，你怎么才来啊？今天你可是主角儿啊！"

一个五十开外的中年男人信步上前，拉住我的手，用力拍了拍我的肩膀。

"哪里，哪里，领导，今天您才是主角儿，我是来捧场的。"

这位领导就是W县现任县长，姓陈。因为工程的事，我同他接触过几次。他看上去大大咧咧，实际上心思缜密。我方才不经意的一句话，他就听出"味道"了，马上让秘书询问了拱门的事。

"小邢啊，你放心，你为W县做的贡献早就记到功劳簿上了，谁也抹不掉。"

这算是一剂定心丸吗？毕竟W县政府只结算了部分工程款，而工程一旦移交给县政府，我手上也就没了催账的砝码，自然担心结款的事。

"小邢啊，政府不会忘记为经济建设做过贡献的人，沉住气！"

陈县长是不会轻易许诺的人，能说出这句话必然是深思熟虑过的。

"您说得对，往后还请您多支持。"

"你这说哪儿的话，只要是为了W县的发展，政府都会大力支持。"

话没说两句，秘书又跑来向陈县长报告："陈县长，李局长到了。"

我顺着秘书的视线望去，一个清瘦的青年男子大步流星地向我们走来，他就是市工程局李局长，一位管理学海归博士，年轻有为，虽然对建筑工程一窍不通，但用人方面却是一等一的高手。

"陈县长，邢总，久等了，路上塞车，实在抱歉。仪式几点开始？"

陈县长看了看表，殷勤地满脸堆笑道："李局长的雷厉风行真是名不虚传呀，仪式还差十分钟才开始，不着急，您先休息休息。"

见李局长来了，兰芝也陪着杨副行长走过来打招呼。她与这位李局长并不相熟，所以杨副行长这次做了陪客。

"小邢，待会儿的发言准备好了啊，今天来的都是领导。"

杨副行长放心不下，特意把我叫到一旁嘱咐几句，便将主场让给兰芝这位社交高手。

"王总，这实在不像您这种气质的女性该出现的地方。"

"李局长，您可真会夸人。您都来了，我们哪有不来之理，再说我们也想看看这传说中的才子长什么样儿。"

"王总才是真会夸人呢！"

李局长已经按捺不住一脸喜悦，笑盈盈地上下打量兰芝。自从他见到兰芝，视线就从未移开。

任凭什么样的才子也过不了这一关。

"看来不用我介绍，王总的魅力势不可当啊，李局都忘了剪彩吧？"

杨副行长插科打诨地把话题岔开去。李局长这才羞赧地低下头，不由自主地斜睨兰芝的脚，她连脚都生得那么美！

"哟，剪彩要开始了，陈县长都上台了。李局长，该您上场了。"

兰芝看了李局长一眼，甜甜地笑了。李局长与她对视了一眼，才不舍地转身走向主席台。兰芝能让人把心底里的欲望都翻腾出来，又不得不一个一个地收回去。那种志在必得却最终铩羽而归的心情，让人欲罢不能。

剪彩开始了，彩头必然留给县政府，我虽有失落，但还是抑制不住激动。不过更激动的是，轮到我出场了。

"下面有请项目总负责人邢斌总经理发言。"

"邢总，邢总……"

我并不善于演讲，迟疑了一下才走上台去。站在话筒前，双手紧紧握着立式话筒的支架，手心渗出了汗，连心跳都听得真真切切。我面向台下，深深鞠了一个躬。

"各位领导、朋友们，今天这个场合，我要说一些'感谢'的大俗话，那都是发自内心的大实话。第一个要感谢的就是咱们县政府。工地前前后后几次停工，又几次复工，出过事故，连警察都惊动了，但是政府并没有因为工地出了负面新闻就中止合同，正是因为有了这份坚持，才有了今天的竣工剪彩仪式。所以我要感谢县政府，政府就是老百姓最坚实的后盾。作为一位普通的创业者、一个民营企业，依靠政府才能发展好。接下来要感谢的是银行，在我们公司资金链紧张的情况下，银行在跟我们一起想办法、出主意，扶持民营企业，才顺利渡过难关。当然，还要感谢一路上支持我们的所有朋友，正是因为有你们的理解和帮助，公司才能顺利走到现在，在这里，我想深深地说一句'谢谢'。"

话音未落，陈县长、杨副行长已迫不及待地带头鼓起掌。

"谢谢大家听我说了这么多。我不大会说话，想到哪儿就说到哪儿。虽然工程告一段落了，但是我们公司跟W县的合作还没有结束，我们公司愿意继续为W县的城镇化建设服务，以感谢各位领导、各界朋友的帮助，用更多的努力来回馈社会。"

随着话音落下，现场响起了雷鸣般的掌声。我激动的心情完全被掌声淹没了，这是我生平第一次收获这么多掌声，一切似在梦中。

"老邢，真有你的，没想到你讲得这么好，之前你还装紧张，逗我呢？"

"哪有，我都不知道自己说了什么。"

送兰芝回酒店的路上，她不停地开我玩笑。我虽然表面上说说笑笑，但内心怎么也轻松不下来。毕竟公司还有一大堆债务要解决，W县这个工程原本利润就不高，再加上施工期间出了那么多意外，能把成本收回来、保障公司不受经济损失已实属不易。再加上W县依靠煤矿资源发展单一产业，形势好时，做什么都轻松；遇到大环境不好，政府收入受到严重影响，发展经济的压力可想而知。我能理解政府的难处，但作为急需资金盘活公司的企业，我实在等不了；就算我能等，那些同样等钱盘活生意的债权人也等不了。所以，兰芝想出了"债转股"的方案，用债务转成相应额度的股份，先由公司盈利定期分红，等公司运转正常了，有愿意提前收回债务的，公司一律接纳股份转让。这个主意帮公司争取了时间，让公司有时间一边抓回款，一边求发展，赚取新利润，但实际运行起来颇有难度。

"怎么，你不去参加下午的庆功会？"

"有点困，想回家休息。"

"那怎么成，这庆功会可是难得的机会，你不是有好几位债权人谈不拢吗，正好趁这个机会拿下来。多转化一位股东，你就少一个债权人……"

"这个道理我明白，可是……"

"可是什么，我帮你去跟那几位债权人聊聊？"

兰芝知我不善社交，便主动请缨。古人说"御风成行"，我的东风就是她！

红颜知己

"人生得一知己足矣，斯世当以同怀视之。"这是鲁迅赠予瞿秋白之语。对知己的理解如此通透的，唯有真切体会过的人。无论纷繁人群中，还是孤寂长夜里，若始终有那么一个人，等着与你甘苦同路、患难相扶，那人生便只剩"美好"了！

在兰芝的再三劝说下，为了完成"债转股"的转型大计，我不得不勉为其难。

"幸好有你陪我来，待会儿可全靠你了。你也知道，我一到这种场合就发怵，大家都不熟悉，找话题这种事儿，我完全不在行。"

有兰芝在身边，我心里才踏实。

"我打前站没问题，不过'目标客户'还得你上，这债转股的事我也是一窍不通。虽说这种场合也说不了太细的事，可草草介绍也不能说些外行话不是？"

"那是，那是，咱们还是分工合作。"

"希望今天咱们能有点收获。"

兰芝的眼中满是憧憬，这是她的战场。白玉兰旗袍穿在她身上，如同一朵行走的兰花，白色高跟鞋，映衬出她白嫩纤细的双脚，踏在红毯上如血中白玉。无论在什么场合，她永远是人群中最夺目的那颗星。

"王总，您也来了？"

一位生面孔的中年男子过来搭讪，见我在兰芝身旁，似觉不便，故而欲言又止，草草寒暄几句便离开了。

"我还有几位朋友要去打招呼，王总，我先走一步，咱们稍后好好叙叙。"

中年人走后，兰芝侧目看向我，刚想说些什么，又被打断了。

"您好，请问您是来参加庆功会的吗？我带您去，二位请。"

从大厅到会场不过两三百米的距离，却让我再一次领略了女神的魅力，连服务员都抢着跟她搭讪。兰芝优雅地点头致谢，我们跟随服务员来到了二楼宴会厅。

宴会厅大约三百平方米，布置极其简朴，两侧桌案上只摆着茶水、咖啡和一些点缀的餐点。主席台正中摆着立式话筒，后面是庆祝W县项目移交的标语。

"王总，您可真是姗姗来迟呀。"

李局长见到我们便主动迎上来，准确地说，是因为见到了兰芝。

"真是不好意思，没想到李局长为了W县工程这么不遗余力地宣传招商，跟您比起来，我们做得还远远不够，为W县做的贡献太少了。要是再多点为W县奉献的机会，邢总是求之不得的。"兰芝说。

我在一旁点了点头。

"唉,不是为领导分忧,每家企业都要承担起相应的社会角色。"

李局长才思敏捷,立刻感知话题中的危机,果断转了话锋。

"对对,是社会角色,我们公司也很想承担起社会责任……"

兰芝听着话锋不对劲,立刻抢过话去:"责任那是必须要承担的,不过还得领导给我们表现的机会呀!"

"王总真是冰雪聪明呀,没有机会都得创造点机会出来。邢总福气不浅呀!"

李局长不断地赞许兰芝。两人相互吹捧,都是些逢场作戏的话,我实在接不上话茬儿了,只得草草应酬,把阵地留给兰芝。

"我这点儿小聪明哪逃得过您的法眼,才开口就被您一个反拍挡回去了。"

"反拍?哟,王总也喜欢打球?"

"打得不好,跟李局长比起来,那就是不会打球。"

兰芝岔开话题,李局长也打起太极,二人真真假假地东拉西扯,借着闲聊球技相互试探,几句话便熟络起来。

"李局长真是一个被工程局耽误了的球星……"

兰芝借着球技漂亮地拍了李局长的马屁,既响亮又拍到他心坎里去了,活脱地把他描绘成一位懂生活、高气质的成功人士。再看李局长已笑得合不拢嘴。我这个不称职的护花使者已经沦落成一名看客。

"李局长真是年轻有为呀,只有蕙质兰心的美女才能跟您聊到一块儿去。"

陈县长眯缝着眼睛,一路笑着走过来。

"邢总,你可是为我们W县做过大贡献的人,今天我得多介绍几位精英给你认识。你们都是思维活跃的年轻人，聊着聊着，就有新点子了，到时候把李局长手上的新项目好好策划策划，争取把小项目干成大项目……"

陈县长这招借力打力，使得恰到好处。

"陈县长，这种玩笑不好乱开啊，我们都是为了工作，再说我能有什么项目，还不是您县长大人点子多。您只管提要求，我们工程局去协调，全力给您做好服务支持工作。"

李局长明知陈县长又来找他要项目，但碍于场合不好直接回绝，只得打起太极。陈县长见李局长言辞闪躲，也猜到几分，便主动转移了话题。

"李局长太谦虚了，这次的项目，咱们工程局给我们县的支持力度最大，大家心里都跟明镜儿似的，都感谢李局长带领工程局造福地方呢！我刚才听王总说得起劲，这是跟您汇报什么项目呢？"

"陈县长，您思维真跳跃，我都跟不上节奏了。"

陈县长脸上有些尴尬。

"陈县长，今天的庆功会是不是要再介绍一下这个项目？"

兰芝赶忙把话题岔开了。

庆功会很快开始了，陈县长、李局长照例发言，W县城建投公司的业务总经理对项目进行了详细汇报，目的是招商引资。我实在不习惯这种社交场合，便找了个由头，独自到酒店外的草坪上去透气，享受一下属于我的片刻世界。

初秋的风，清爽怡人。酒店外的人工草坪并不大，草地葱绿。不远处的花藤秋千高高荡起，一位小姑娘坐在秋千上，身后是母亲温暖的笑脸，迎面是父亲张开的怀抱，如同一幅油画展现在我眼前。小姑娘清脆的笑声，给这个草坪增添了一丝人气，也让我心底泛起了波澜。

我坐在草坪的长椅上,望着这一家三口其乐融融的画面,内心充满了羡慕。小姑娘幸福的脸,一度让我的眼眶湿润了。我仔细搜寻记忆中与女儿相处的时光,却没找到一个与女儿独处的画面。想到此处,我的视线不禁模糊了。

"原来你真的在这儿。"

身后传来了兰芝温柔的声音,我被强行拉回现实世界。

"你怎么出来了?"

"你不是也出来了吗?"

兰芝刚坐在我身旁,一股淡雅的洋甘菊香气顿时沁入心脾。

"这种场合不是你的主场吗?"

"可是你今天才是主角啊,主角不在,我这个配角还留在里面干什么?"

我吃惊地望着兰芝。我从来都不是人群中的焦点,又怎么会成为主角呢?

"怎么突然这么没自信了?上午的演讲可是激情澎湃呀?"

"我哪有那水平,不过是心里怎么想嘴上就怎么说,也不知道说得对不对,你呀,就别开我玩笑了。"

"'用情至深,感人肺腑'这八个字可是陈县长给你的高度评价。"

我敷衍地挤出一丝笑容。虽然自从创业以来,已经很久没听到这样的称赞了,但心里总觉得空荡荡的,怎么也高兴不起来。

"想女儿了?"

这句话戳中了我的泪点,我瞬间沉默了。我的心事总逃不过兰芝的眼睛。

"你是个好父亲。"

兰芝轻声安慰。

"我不称职，做的太少了……"

"心在，比什么都重要。"

我紧紧握着兰芝的手，这个世界上，没有人比她更了解我了。一个从女儿日常生活中消失的父亲，做什么都换不回错过的时光。

"有空去看看她吧。"

兰芝望着远处渐渐染红的天边，轻声说道。

"等等再说吧，最近公司事情太多，'债转股'还没弄好，不知道后面还会出什么事……"

"是害怕见到女儿不知道该说什么吧？"

"什么都逃不过你的眼睛。"

空气突然静默了。

"出来太久，咱们该回去了。刚才有好几位投资商在打听你了，咱们抓紧时间回去吧。"

"打听我？"

"你没听错，就是在打听你，他们对你的'债转股'很感兴趣，想详细聊一聊。"

"'债转股'的想法是王老师提出来的，怎么成了我的成果呢？"

"王老师只是提出了理论，你才是真正的践行者，别谦虚了。"

"看来我只有当仁不让了。"

走投无路

创业是一条危险的路，随时随地都面临走投无路和处处险境。一个决定、一次谈话，甚至一个眼神，都可能让你瞬间回到起点。当身边的同行者一个又一个倒下，当那些熟悉的声音不再出现，我知道，只有孤独才是陪我走下去的伙伴。

在接连几次遭遇投资人中途撤资、退股事件后，我似乎已经习惯了走投无路的感觉。或者说，我需要这种感觉！它让我冷静客观地看待一切。所以，我对招商会并没抱太大希望。回到S市后，我还是将工作重点放在融资方面，毕竟这才是公司发展的救命稻草。

然而，无论公司发展的实际需求，还是说服投资人融资，都需要至少有一个优质项目做包装，至少能够让投资人看到利润和希望。在现实中，这样的项目虽然称不上"可遇而不可求"，也还是需要相当的人脉和运气。

正常的逻辑是需要先积累人气才能找到项目；等有了项目，资金便水到渠成了。新公司基本上会按照这个"套路"按部就班地发展，不但基础打得牢，而且能少走很多弯路。但我们公司不行，我们耗不起时间！

由于绝大多数的股东以债务入股，公司尽快收回债务远比获得利润迫切。从W县回来，一连几日我都同财务部的同事"奋战"，测算公司的资金现状，为下一步承接项目做准备，也因此着实尝到了捉襟见肘之苦味。

"邢总，现在公司账面上的流动资金不足50万元，只够勉强应付小项目启动。"

"你们再想想办法，看能不能再挪出一部分资金。"

"邢总，能挪出资金的地方我们都查遍了，连下个月的员工薪酬都算进去了，实在是没有可流动的资金了。"

我听完财务总监的汇报，顿时沉默了。虽然我对公司的窘境早有心理准备，但却没想到窘迫到这等地步。50万元的流动资金，既要作为项目启动资金，还要应付公司的日常开销，即使再精于算计的"巧妇"也难为呀！

"邢总，还有……"

财务总监见我沉默不语，话到嘴边又咽了下去。这位财务总监虽然才进公司不久，但有多年大型企业财务管理经验，而且工作尽职尽责，为人踏实肯干。也正是因为这一点，当初我费尽心力也要把他挖过来。幸好他为人厚道，并没有趁机向我狮子大开口，否则我也唯有与这位人才失之交臂了。此刻，看他一脸难色，我心里难免惴惴不安。

"还有什么事？"

"这几天有好几位债权人打电话来问咱们还款的事，我们勉强应付过去。可是问的人越来越多，我们也有点招架不住了。"

"这种情况是从什么时候开始的？"

"有好几天了，上周就有电话来催款了。"

财务总监迟疑了一下，身旁的财务人员却抢着向我诉委屈。我见其他人也欲言又止，便让他们一次性把委屈都讲出来。

"还有什么问题，大家都说说。我知道近来公司的一些波动给大家添了不少麻烦，这段时间大家也辛苦了，我代表公司感谢大家。"

说罢，我倏地起身，向在场的财务人员深深躬了一躬。这并不是在作秀，我也无须收买人心，而是发自内心地感谢大家。

"邢总，您太客气了，公司的情况我们也知道，公司好了，我们才能好。"

面对员工们朴实真诚的面庞，我却无法给予任何承诺，心里满是愧疚。

"这些债权人还没有转为股东吗？"

"是，我们还在做工作……"

"他们不感兴趣？"

"是，只有几个债权人有点兴趣，不过……"

财务总监迟疑了一下，向其他几名财务人员使了眼色。那几人顿时心领神会，自行出去了。

"有什么话不方便说吗？"

"邢总，我知道您跟城市银行杨副行长关系很好，是不是从他那边想想办法？您看，咱们公司现在负债这么多，申请其他行贷款基本上没有希望，但城市银行不一样，有杨副行长在，咱们找找关系，说不定贷款能批下来。"

财务总监待其他人悉数走了便凑到我身旁劝我。我知道，他这番话在心里思量了许久，也难为他敢这么推心置腹。

"你说的有道理，这样吧，我考虑一下。"

"邢总，时间不等人呀！您每天辛苦奔波，我们都看在眼里。说实话，公司走到今天，您付出了多少心血，大家都知道。之所以经过这么多风波，咱们公司还没散，大家伙也都是冲着您的为人。只要公司能走下去，我们永远都站您这边。"

听到这几句话，一股暖流涌上我的心头。正是这些朴实的员工，支持我一路走下来，唯有把公司经营下去，才不辜负他们，不辜负支持我的每一个人。

巨大的精神压力让我饱受失眠的困扰，身体已极度疲劳，却仍旧舍不得休息，仿佛稍稍停下一刻都成了一种犯罪。我对于时间成本的苛求，已经到了极限。每天拖着疲惫的身躯回到冰冷的家，一头栽倒在床上便"不省人世"了，直到第二天一大早被电话吵醒。

"邢总，车快到您楼下了，咱们几点出发去城市银行？"

"好，我十分钟后下楼，咱们直接出发。"

今天是个重要的日子。在财务总监的建议下，我约见了城市银行杨副行长共进早餐。

不知从何时起，开始流行"早餐会"了。在节约型社会大环境的影响下，人们越来越注重身体健康和廉洁自爱的外在形象了。

早餐地点是一家老式中餐馆，还不到七点，餐馆已经宾客盈门了。走进门，老远便看见取餐处已排起长龙。这家老字号如今是S市数一数二的早点铺子。虽说价格较一般铺子要高一些，但来这里吃早餐已成为现今的新时尚，因为不仅老百姓偏爱这里，连颇有社会地位的人也流连于此。

我抓紧时间买好用餐牌，然后招呼司机分开排队取餐。我端着两碗热乎乎的豆浆正往餐桌那边去，一双大手伸过来，接过一碗豆浆。我猛然抬头一看，杨副行长正眯缝着眼，朝我微笑。

"杨大哥，我给您点了老三样。"

"还是你小子知道我好这口儿。"

老三样是一种传统早餐：豆腐脑、油条，外加豆浆。在杨副行长这样的老一辈眼中才是正宗早餐。油条要掰成小碎块，泡进豆腐脑里，吃完后，再喝一碗白花花的豆浆，才算心满意足。

杨副行长偏爱香菜的味道。我在他那碗豆腐脑中多加了一些香菜，热气腾腾的豆腐脑配上香菜，香气四溢。杨副行长端过那碗豆腐脑，便迫不及待地开始"加工"油条。

"说吧，找我什么事？"

"要不说您是老大哥呢，我这点小心思真是瞒不过您的眼睛。"

"少给我戴高帽儿，说事儿。"

杨副行长干脆利索地把油条掰成小碎块，放进豆腐脑拿勺子按了按浮在汤汁上的油条，之后舀起一勺放进嘴里。那一脸享受的表情，着实让人不好意思打扰。杨副行长见我吞吞吐吐，猜到我有难事相求，便敞亮地叫我直入主题。

我向杨副行长说了下公司近况，直截了当地言明贷款需求。当然，对公司的境况多少有些避重就轻，夸大困难、美化偿还能力，让银行觉得我们公司是暂时性遇到发展瓶颈，而不是即将沦陷。这些已经算不上伎俩，而成为一种语言本能，在商场历练久了的人，言语中难免有些虚构的成分。

"你们公司的情况可不乐观啊。"

"是，我知道。不过困难都是暂时的，只要我过了这一关，公司的发展就上轨道了。"

"问题是你怎么过这一关？现在你手上有项目吗？"

听完我的话，杨副行长不禁放下筷子，轻叹了口气。

"小邢啊，咱们不是第一天认识了，也不是没打过交道，彼此身上几斤几两都了解，能办多大事、能做多大主都心知肚明，我不想打击你，眼下这件事你真是给我出了一道难题。"

"我知道这回贷款难为您了，要不是实在没办法，我也不会大清早来找您。"

"这话你不说,我也知道,要不是走投无路,你也不会向我开这个口。可事儿不好办呢,兄弟。"

眼见杨副行长一脸为难,走投无路的我也只得为难老朋友了。

"不管这回贷款能不能批下来,我还是想请您帮我试一试。公司不能刚起步就倒下呀。我不愿意坑股东,也不想让员工失望。"

杨副行长行事稳重,不会轻易许诺。所以"早餐会"的结果可想而知。但凭着我对他的了解,他是不会见死不救的。果然,几天后我再次被电话铃声惊醒。

终于等到结果了!拿起电话时,我的心情既兴奋又紧张,仿佛快跳出来了。毕竟贷款是公司最后一根救命稻草了。然而,生活总是比小说更加残酷。杨副行长低沉的声音如同一桶凉水,浇灭了我所有的希望。

"老弟,该做的我都做了,可是这次我真的无能为力了。你们公司负债太多,对我们银行来讲,风险的确太大了。"

我甚至不知道自己是怎样挂掉电话的。

那一瞬间,我的世界崩塌了,眼前一片黑暗,听不见任何声音,世界突然安静下来,静得可怕。我拖着疲惫的身躯独自在黑暗中行走,不知走的是路还是桥,也不知走了多久,走到了何处,只知道一直走,不停地走,前方仿佛有个声音在召唤:

"邢斌,你不能停下!所有新公司都会遭遇窘境,这算不了什么,坚持下去一定会有转机!"

杵臼之交

我们总是感慨，朋友总是锦上添花易、雪中送炭难，或许是我们太过纠结于形式。朋友偶然间几句"无心插柳"的话，却正是我们所需要的，难道这就不算是"雪中送炭"了吗？

在噩耗接踵而来的日子里，我的内心底线被一次又一次冲破。我不知道老天还安排了多少次考验。

"我给你发信息，也不见你回复，项目谈得不顺利吗？"

每到这个时候，总能收到兰芝的信息，温暖到足够融化我内心的冰雪。

"还不是老样子，能有什么进展。"

我不耐烦地敷衍两句。公司发展不顺利，心情也不免沮丧，在他人面前小心敛藏的情绪，在兰芝面前却丝毫无法隐藏。

"这么快就放弃了，不像你啊。两周后S市有一个政府招商会，虽然拿项目的都是人脉硬的大公司，不过还是可以抓到几条漏网之鱼的。"

我一口回绝了。招商会参会资格基本内定，像我们这种刚起步的小公司就算勉强挤进去，不过是陪太子读书罢了。

"整天垂头丧气可不是我认识的邢斌，天助自助者，不放弃就有希望。"

"我知道你为我好，我没打算放弃，只是想把精力放在解决债转股的问题上。"

"解决债转股只是治标，公司运转需要有新业务，现在的当务之急是找项目。"

"我也知道找项目重要，可是……"

"邢总，外面又来了几个催账的。"

一位员工慌张地跑来报告，我和兰芝的通话也被迫中断。商场无秘密。我们公司的资金链一直不稳定，最近一段时间由于债转股项目进展不顺利，债权人自然是早早得到消息了。

"让财务总监先去接待一下。"

"那个，邢总，就是财务总监让我来请您的，他有点顶不住了……"

财务总监可是"身经百战"的大将，连他都顶不住了，看来对方也非等闲之辈，可是囊中羞涩的我也未必有更好的解决办法。财务人员见我一脸愁容、半天没回应，便又问了一次：

"邢总，会议室那边财务总监都快顶不住了，那几个要债的也不是好惹的，您看咱们现在怎么办？"

"不着急，我去见见他们。"

会议室里一片寂静。宽大的会议桌上放着几份文件，财务总监和几位债权人面面相觑，气氛略显尴尬。他们见我进来，立刻瞪大了眼睛。

"哟，邢总，这么点儿小账，还惊动您，我们也实在没辙了。"

正对面一位瘦脸的债权方代表见我进来，便主动迎上来握手，态度算是和气。我礼貌性地握手还礼。其他几位债权方代表也迎上来，生生把我拦在了门口。虽是和颜悦色，然而话锋犀利，逼得我无处可躲，着实难对付。

"来，来，来，几位兄弟，咱们坐下说，堵在门口也不方便说话呀！"

财务总监也上前帮忙解围，将几位债权方代表请回了座位。双方隔着长长的会议桌对视，气氛突然安静下来。我第一次感到，静也能让人烦躁。

"邢总，我们也知道您不容易，可我们终究是小本经营，赊不起账，我们也不想入什么股。您看咱们把之前的账清一清，后面也好再合作不是？"

这话称得上是肺腑之言，我自己也是债权人，深知要债的艰辛。

"咱们公司推行'债转股'并不是说不还钱，而是把债务转化成投资，有股份后就可以按期分红利了。我是怕大家错过赚红利的机会。咱们都是生意人，'钱生钱'这个道理大家都懂。我不会强求大家的，一切还看自己的选择。"

"邢总，贵公司现在的状况，我们怎么敢贸然投资，说不通啊。"

"咱们打开天窗说亮话，如果逼得公司破了产，大家都得不到好处。其他债转股的债权人能入股，一是看中了现在城镇化发展的大趋势，二是看中了我们团队，不说把项目做到尽善尽美，至少我老邢亏自己，也不会亏大家。说句良心话，这些资金闲着也是闲着，做'债转股'总比投给一家陌生的公司要好。不怕跟大家说，公司正在物色新的政府项目，大家再给我们一点时间，会有好结果的。"

没想到我的坦诚相待，仍然无法打消债权人的疑虑。会议室里烟雾缭绕，气氛异常尴尬。财务总监突然惊讶道："已经七点了，大厦保安要关大门了。"

窗外的霓虹灯仿佛突然之间就亮起了。争论了一个下午仍是无果，几位债权方代表也已经筋疲力尽。我相机朝财务总监使了个眼色，他瞬间会意。我们二人便邀请几位债权方代表去公司楼下的小餐厅吃工作餐。

"让大家屈尊了，实在不好意思，公司现在这个状况，大家也都有所了解。不过这里的饭菜还是挺实惠的，家常菜，量也足。大家尝尝。"

我和财务总监一边解释，一边安排各位债权方代表入座，一边吃饭，一边讲起新项目加上公司的分红政策，牢牢抓住了债权方代表的心。

自此以后，来公司要债的少了许多，而且"债转股"工作也进展得异常顺利。当然，找项目还是重中之重，为此我专门成立了项目组，有人负责从网上搜集各界信息。然而却困难重重：一方面，S市的城建规划已基本定型，新增市政工程项目很少，且大部分招标项目是内部招标。好不容易找了几个意向项目，但投出的标书几乎都杳无音信。失落，让人疲惫。我需要轻松一下，找一个新的思路。

周末的跆拳道馆，叫喊声、厮杀声此起彼伏，还有一股股蒸腾的汗味混杂其中，让人莫名地兴奋起来。氛围的确是极其重要的道具！

"老邢，你可是很久没来了！"

教练见到我，一脸微笑地走过来打招呼。我们关系很好，但仅限于跆拳道的范畴。这是我的交友习惯。

"是呀，教练，最近来得少，腿法都生疏了。"

"那咱们今天就做点基础动作，正好有位新学员一起上课，你们先一起做做拉伸运动，免得待会儿训练受伤。"

由于久未练习，教练草草引荐新学员后，便去教其他学员了，留下我和新学员相互熟悉。

"邢斌。"

看来这位新学员对我很熟悉，没等我开口，他便一下子叫出了我的名字。

"你是……"

我一脸诧异地望着眼前这个大腹便便的中年男人，虽然也觉眼熟，但偏偏想不起对方的名字。他狠狠拍了拍我的肩膀，露出了熟悉的笑容。

"怎么，你不认识我了？"

我再次打量他，拼命搜索自己的记忆。是同学，还是旧同事，或是生意场上认识的朋友？

"咱们中学可是同班同学，你坐前排，我个子高，坐你后面，想起来了吗？"

他这样一说，我才恍然想起初中时的一位同窗——大丁。他那时个子高，虎背熊腰的，颇有一身力气。现在人到中年，身材发福，也开始脱发了，变化颇大。

"难怪你认不出我，咱们得有三十年没见了。"

他这么一说，着实吓了我一跳，三十年就这样一笑而过了？

"是呀，从初中毕业到现在，一晃有三十年了。时间过得真快呀，转眼咱们就到了中年，好像还有很多事没干就老了。"

"所以，你现在不能叫我'大丁'，得叫我'老丁'了！"

话音未落，我俩哈哈大笑起来。同窗的友谊是时间带不走的。

"你没怎么变，说话还是底气十足。"

"唉，不行了，不行了，这身体不比以前了，你瞧瞧……"他指着大肚腩自嘲，"以前身体倍儿棒，要哪儿有哪儿，你再瞧现在，站起来都看不见自己脚尖了。"

说罢，他站起身来，连说带比画地给我展示一番。他打量了我一番，满脸羡慕地说道："你这身材保持不错啊，经常来这儿运动吧？"

"也不常来，这不，教练让我陪你这位新学员做拉伸，看来我这水平已经退步到新学员阶段了。"

"这么说，我还得管你叫声'师哥'喽？"

"净瞎说。说点正题吧，这些年你都跑哪儿去了，跟咱班同学也没了联系。"

"我现在在城建投公司呢！"

"你在城建投公司？"

我诧异地看着这位老同学。

"是呀，不过也是刚去没多久，但是我听过你们公司的一些事儿。"

老丁这话，愈发激起了我的聊天欲望。我突然发现，还是有不少人在关注我们公司。

"你也听说过我们公司？"

"那当然，你们弄的那个'债转股'在行业内挺受关注的，不少公司都感兴趣，尤其是创业公司，很多想模仿你们的创意呢！"

"这算不上什么，其实'债转股'也是没办法的办法。"

说罢，那些烦心的事情再次涌了上来。见我一脸愁容，老丁不禁又关心地问："看你这表情可不太对劲呀，是不是公司出问题了？"

我点了点头，也不知道为什么就是想跟老同学倾诉一下，虽然这种倾诉也解决不了什么问题。

"去年我做工程时，接了一单外省的PPP（公私合作模式，是政府和社会资本在基础设施及公共服务领域建立的一种长期合作关系）

项目，当时没经验，工程中出了很多问题，最后连工资都发不出去了。好不容易东拼西凑的让公司活过来了，可是……"

"怎么了，看把你愁的，两条眉毛都揪成一条了，到底咋了？"

"我现在是走进死胡同，要项目没项目，贷款又贷不到，愁死了……"

"现在实体都不好干，也不光是你们公司。"

"是呀，可是我得把公司做起来，要不那些跟着我吃饭的员工可怎么办，人家可是把时间、青春都投到我们公司了，钱没了能赚，青春过去了可就回不来了。"

老丁若有所思地看了看我，又道："老邢，我这儿倒是有个消息，你可以去试试。"

"什么消息？"

"我听说咱们S市下下周有个招商会，有一个新项目，也是PPP合作形式的，不过规模小、利润点低，很多企业都不愿意参与。反过来想，利润点低，风险也小啊，你要是有兴趣可以试试。"

老丁说的这个消息让我的心思一下子活络起来。看来这次招商会是公司的新生机。有位老友，真的很好！

坚定逆行

当绝大多数人告诫你那条路走不通时，你是否还会坚持前行？当绝大多数人选择后退时，你是否选择前进？很多时候，我们害怕与众不同，究竟是因为内心对失败的恐惧，还是因为前行的孤单？其实，坚持真理也需要足够的勇气。

那天，我和老丁边聊边训练，在俱乐部里竟待了整整一个下午，傍晚时又特意找了一间母校附近的大排档吃烧烤。也不是为了吃饭，主要想回忆一下同窗之情。回到家时，在酒精的作用下，我已经感觉不到身体摔打后的疼痛，整个人按捺不住地亢奋，于是拨通了兰芝的电话。

"喂，还在会馆吗？"

"刚进家门。"

"我也是。"

"你喝酒了？"

"什么也瞒不过你，不过我现在很清醒。"

"我知道，酒精麻痹不了你的神经。"

听这话锋，兰芝对上次她醉酒在我家过夜的事情还是耿耿于怀。

"你就别开我玩笑了，我现在着急想了解一个项目。"

兰芝笑了笑："说吧，什么项目？"

"最近城建投公司正在筹划一次招商会，政府要公布几个市政项目，其中有一个是人民广场的馆廊改建。我想去试试，你能不能侧面打听一下项目资料？"

"我才刚听说这个项目，你是从什么渠道得到的消息？"

我将遇到老丁之事悉数说与她。她虽然为我高兴，但还是免不了有几分担忧。

"老丁是你同学？"

"是呀，初中同学。这也算是天无绝人之路吧！"

"你最好还是找城建投公司的人详细了解一下这个项目，以及老丁这个人。多年未见的老同学，一见面就向对方透露这么重要的商业机密，有点奇怪？"

"奇怪？我们上学时可是顶好的哥们儿！"

"好哥们儿会这么多年不联系，你不是一下子都没认出他来吗？"

兰芝这话乍听难以接受，但事后冷静想一想，很有道理。倒不是小人之心，毕竟人民广场馆廊是热门项目，不知道多少双眼睛在盯着呢，老丁与我又多年未见，一见面就泄露给我这么重要的信息，难免不让人生疑。我正思量着，兰芝已经查到资料了。

"我刚刚帮你查了一下，这还真是一个公开招标的项目。不过就因为是公开招标，不知道有多少家大公司得打破脑袋去抢这个项目，咱们公司无论从资质、技术，还是资金方面，都处于劣势，中标概率太低了，所以我不建议你去碰这个项目。以公司目前的情况，还是找一些成本低、动作周期短的小项目来做，用最快速度完成公司的资金积累。"

"小项目现在也不好找，这段时间我和公司里几个人各种办法都试过了，像样的项目一个也没找到。我想试一试这个项目，没准儿能成！"

兰芝深知劝不住我，便没有再劝。不过在兰芝的再三提醒下，我还是借助城建投公司的内部关系侧面打听了一下老丁。他在城建投公司是中层管理人员，人缘不错，热心肠，虽然小有名气，却也是从基层一步一步做起来的，加之缺乏学历优势，上升空间不大。有这些消息，兰芝和我的顾虑也就打消了。于是，那个周末，我迫不及待地请老同学出来喝茶。

"我是无事不登三宝殿，今天来找你，想必你也猜到是为了什么事。"

"有兴趣？"

老丁托了托眼镜，眼睛里闪烁着光芒，与在跆拳道俱乐部初见时截然不同。

"有。还想向你请教请教。"

"请教啥，老同学了。不过我不管那个项目，能跟你说的东西有限，再说我是招标方，你要是投标就变成投标方了，咱们这么私下见面，让人看见不太好。"

"这有啥不好的，咱们是同学，出来叙旧，顺便聊一聊彼此工作近况，这算是老同学的相互关心，有啥不可以的。再说，要是我日后中标了，城建投公司就是甲方之一，我们公司可以要求甲方派驻工作人员，到时候没准咱俩还合作呢？"

老丁见我这么说，当下便笑了："既然你这么说了，那好吧，我一定知无不言。但是资料我不能提供，得你们自己去找。"

老丁神秘兮兮地看了看周围，确定四下没有熟人后才向我传授机宜。他本是小心谨慎之人，告诉我的那些资料，从别人口中也能打听到，无非是一些项目性价比的对比，顶多出于友情教我如何避开几个项目的"坑"。虽然老丁所说的消息称不上多有用，至少我比其他人早获取这个消息。要知道，投标是一个充分印证"时间就是金钱"的商务活动，除了内部消息，另外两个重要利器也是必不可少的。

一是启动资金，就是项目需要垫资的款项。这是极其重要的。特别是一些PPP项目，由于主要资金来源是社会资本，政府或不出资金，或仅提供少部分资金，需要企业一定的筹集时间，所以这些项目通常需要垫资开工，启动资金就成了中标的一个重要考察因素。二是专业化标书。专业化标书需要专业化的人员才能完成，这可以让专业化公司配合给出一些标准化方案。随着项目招标越来越公开化，各家企业的实力和技术都相差无几，公司运营能力以及标书的制作水平就成为中标的关键了。

对我而言，当务之急还是解决资金问题，即使不参与馆廊项目投标，其他项目投标也同样需要资金。

"什么？你要启动新项目？"

"启动资金从哪儿来？现在公司账面上可没有多少钱了。你拿去启动项目，咱们连下个月的薪酬都发不出来了。"

"这种项目一般需要先垫资，咱们又不是没干过垫资的项目，到现在还没回全款呢，要不公司能成今天这样儿么？"

"这么大的项目，咱们这么家小公司能拿下来吗？"

"你跟甲方啥关系，咱们能赚着钱吗？万一投标时价格报太低了，别说赚钱，不赔本就不错了。"

"我看咱们还是先接点小项目，把公司资金盘活了再说吧？"

我准备投标市政项目的消息不胫而走，一连几天，耳畔都充斥着各种"良言"。然而，我已经做好了逆行的准备，跟大众心目中的真理再唱一次反调。当我决定逆行，也就意味着我已经处在一个孤立无援的境地。我需要新的支持和后援，于是一个新想法在我脑海里萌生了——召开一次公司内部的推动会。

推动会在公司会议室举行。由于这个项目还没有对外公布，所以我只邀请了小部分股东参与，总共8人，加上财务总监，一共10个人参加会议。我顶着诋毁和质疑走进会议室，每一步都格外沉重。真正的考验开始了，我必须在大火中淬炼，才能成为一块好钢，带领公司在风雨飘摇的环境中走向光辉的顶点。我没有万丈雄心，但我背得起上百名员工的希望，希望今天也能赢得股东们的信任。我把今天定义为自己重新起航的日子。

"新公司成立一个多月了。很多人问我，老邢啊，这一个多月你都在干什么，公司怎么不见有什么动静啊？甚至有人开始担心公司的老底儿迟早会被耗干。今天，这些问题终于有答案了。经过这一段时间的市场调查，以及对公司客户资源的重新梳理，公司决策层决定将主营业务方向定在市政工程和PPP项目上。"

话音未落，质疑声就响起了。

"老邢，你为大伙尽力了，我们都看在眼里，可好项目哪儿那么容易就让咱们给碰上。再说，就咱们公司现在这情况，搁谁也不敢把工程交到咱们手上做啊。我看啊，咱们还是别做市政项目了，上次咱们就是因为做那个市政项目，一直回不了款，公司资金才这么困难的。"

此话一出，跟风者比比皆是。

"是呀，这话在理儿。邢总，这俗话说'树挪死，人挪活'，做工程启动资金太大，我们这些人身上都有外债，谁也不敢夸口说不指着公司这份红利过活，还是把钱抓在手里最保险。"

接连几个股东附和，会议室顿时弥漫着抗拒情绪。股东们不断地窃窃私语，有些股东甚至表现出了不耐烦的情绪。我不得不设法控制住这股情绪蔓延。

"现在是公司成立以来最艰难的时刻，总不能坐吃山空呀！我实在是不甘心。我想大家也不会甘心。咱们还是得干，只有接了新项目，公司才能盘活，是不是？"

"邢总，我们都知道您说得有道理，可我们的确不想接市政工程了。您要是实在想接，那咱们不如把W县那个工程的回款都追回来再接，做完一个项目再接下一个，要不咱们这小公司可吃不消呀。"

"这次的工程不一样……"

我赶忙向股东解释，但股东们似乎并没有兴趣听我解释，有些人在玩手机，有些人则开始联系业务了。但也有例外。有两位股东主动站起身来发言，会场一下子安静了下来。

"咱们大伙安静一下，这还开着会呢，再说邢总给咱们介绍新项目，那是为公司好，也为大家好。我觉得咱们不如耐心听邢总讲一讲这个项目，也没准咱们有机会把项目做大呢？再说PPP项目虽说回款慢一些，但是风险共担，对咱们来说，比其他项目的风险要小很多……"

"你这么大方，你去垫款啊？"

"是呀，有多长时间没分红了，左一个工程，右一个工程，就是我们口袋里不见钱，这算怎么档子事儿？"

我原本以为把项目分析透，再说一说公司目前的困境，会赢得股东们的谅解和支持。可结果10人的会场，居然一边倒。股东们的坚持大大超出了我的预期。好不容易有两位表示支持的股东，结果没说两句话就被其他股东的声浪压下去了。那一刻，我的心沉入了谷底。

此时的会场气氛已经不在我控制范围内了。看得出，大家只是在等我的一句"散会"罢了。况且，股东们之间的分歧越来越大，如果再不收场，可能会演变成一场"武斗"。但我不能放弃！为了那两个支持我的股东，为了那么多为公司付出青春的员工，我绝对不能退让！

"今天把大家请来，原本打算集思广益，看看大家对这个项目有什么高见，现在看来，我们的工作还需要进一步细化。这样吧，我们回去再加加班，尽快做一份评估报告出来，送到大家手上。行与不行，咱们用数据说话，心明眼亮，不过希望大家对项目做好保密工作。"

在介绍项目时，我并没有言明是馆廊项目，只是笼统地说是市政项目。虽然这样一来保护了项目，但也在沟通上形成了天然屏障。

一场并不成功的推动会以失败告终。所幸，那两位支持我的股东给了我最后的希望。会后，我特意留下他们，想详细聊一聊这个项目，以便争取到更多的支持。我坚信，星星之火可以燎原！

"两位请留步，我看两位对今天的项目很有兴趣，如果有时间的话，咱们不如再进一步讨论一下。"

"邢总，我们今天还有事，先走了。"

"那改天也行。咱们再约时间。"

"不用了，邢总，这个项目我们也多少有些了解。我们相信您的眼光，也乐意跟着您干，项目就不用再讨论了。"

面对我的邀请，二人脸上竟流露出一丝尴尬，这不免引人生疑。我不禁问道："是不是有什么事？"

我这么一问，二人俱是矢口否认，但直觉告诉我，背后一定有事。

"你们不是有事瞒着我吧？今天其他股东都不支持新项目，就你们两位支持，是不是有什么事？"

"没有，没有，邢总，您别多心，真没事。我们就是相信您的眼光，就这一点。"

"是呀，邢总，您看我们还有事，要不就先走了？"

二人这样说，我也没有理由再留，便交代秘书送他们走。可这二人的举动着实让我忐忑不安……

贵人相助

没有人能够仅凭一己之力就登上成功的彼岸。风雨交加中的一把伞，一句真心祝福，发现你那被掩盖了的优点……记忆或许模糊了他们的样貌，但那些感动的瞬间早已刻在你心上。他们或许素不相识，但却给了你坚持下去的力量。

送走那两位力挺我的股东，我把自己关进办公室里，暂时与世隔绝。然后一支接一支地拼命吸烟，仿佛烟雾可以吞没一切。是这个项目不好吗？是我的经营理念不对路吗？曾经无比坚定的我，也开始怀疑人生了。孤掌难鸣并不是最糟糕的，"众人皆醉我独醒"才是人生真正的悲凉。没有人告诉我什么是对，但却有无数人指出我错在哪里。每每听到那些"良心苦劝"，我的心情就如浪潮般翻滚。

"有些小股东是这样的，只盯着眼前的蝇头小利，不管你怎么跟他讲，看不到实实在在的钱，他们是不会支持你的。"

"这也是人之常情，有多少人能够放下对钱的渴望啊！"

因为紧急处理到期债务，公司账面上又少了一笔流动资金。财务总监一脸凝重地劝我："要不再找其他股东谈谈，不然就凭现在账上的资金，别说垫付市政项目了，就是随随便便一个小项目也不够开工费。"

我当然知道这个问题，可眼下还能求助谁呢？公司的不良资产过多，银行不可能贷款给我们，第三方金融机构也早就望而却步了，所以我才会选择"债转股"的方式。但缺乏大机构支持，资金不足，公司的转型计划进展缓慢！我不禁又点燃一支烟，猛吸了一口，却不小心被烟呛得咳嗽起来。

"邢总，您没事吧？"

本想借着咳嗽之机把话题岔开去，可财务总监贴心地递过来一杯水。我喝了几口水，咳嗽很快止住了，财务总监突然眯缝着眼睛，凑近了说："邢总，会后我查了一下这两位股东的资料，虽然他们占有的股权并不多，作用不大，可重点在于有人支持您。现在股东一边倒，正好用这两个支持者当典型，说不定能带动一大批股东呢！"

财务总监这个主意还是过于理想化了。如果这两个股东真是受人指使的，那么真实情况就是没有人支持公司。如果贸然行动，很容易酿成大祸。财务总监见我沉默不语，不敢再细问下去，便沏了一杯茶，递给我："邢总，喝口茶吧，嗓子都哑了。"

一阵寒风袭来，已是深秋时节，我俩不禁把脖子往衣领里缩了缩。房间里的烟雾已逐渐散去，财务总监起身关上了窗户，又语重心长地开解我："邢总，我觉得新的PPP项目虽然有难点，但并非不可运作，只要咱们让资金运转起来，赢利是不成问题的。"

"理论是这样，可实现起来很难。"

"你别看那些股东现在不支持您，真见到回头钱了，他们就得求您入股了。"

我笑了笑，只当财务总监是在安慰我。这时办公室里传来高跟鞋的声音，是兰芝的脚步。她这么晚过来，肯定有事。财务总监把她请进屋，便识趣地走了。

"这么晚来，是不是有急事？"

没等她坐下，我已经迫不及待地发问了。兰芝不急不慢地坐到沙发上，双腿侧放。她是那种把优雅装进骨子里的人，尽管她并没有多么高贵的出身，也没有接受过多么高层次的教育，但她天生自内而外散发着一股让人着迷的味道。我索性也坐了过去，又开始问："你这么晚来，肯定有事，说吧，这里又没外人？"

"没什么特别的事，我恰巧来S市谈点事，就绕路过来看看你。"

听她这样说，我松了口气，偷偷看了看表，已经是晚上十点，想来她今晚要留宿S市了，心里竟有一股莫名的紧张，还伴着一丝小兴奋。

"我这儿没什么事，就是还没找到合适的项目。"

"你那位老同学介绍的项目怎样了，有进展吗？"

"我联系了城建投公司的人，也见过我的老同学。你说得对，这么热门的项目是企业的商业机密，一般工作人员是不可能知道太多信息的……"

我站起身去为兰芝沏茶。她的手突然从我腋下伸过来，轻柔地搭在我的手上，一股淡淡的洋甘菊味飘散而来。我的身体不由自主地颤抖了一下。自从我们相识以来，还从未有过这种感觉。这突然袭来的温柔，让我有些悸动。我第一次这样讨厌办公室这个地方，讨厌装玻璃墙的无私密风格。

"所以你打算联系他们公司的高层？"

两杯热气腾腾的绿茶摆在茶几上，我们却无心去喝了。我仔细端详兰芝，她比任何时候都美。我甚至在替绝大多数女性嫉妒她，为什么生得这样美的人，居然还如此聪慧？

"真是什么也瞒不了你。"

"城建投公司的事不妨先缓一缓，我这里还是有个好消息告诉你。"

"我猜你这无事不登三宝殿的个性就改不了。快说，是什么好消息？"

兰芝不慌不忙地坐下来，缓缓地道："最近会馆来了一位在美国创业的华人老板。我们聊天时提到了你，我才知道原来你们曾经是合作伙伴。他正打算回国发展，我想这是个融资的好机会，不妨争取一下。"

我惊讶不已，细数曾经的合作伙伴，总共那么几个人，再加上去美国创业的经历，便立刻锁定了一个人，难道是老钟？兰芝见我满脸疑惑，又道："明天中午，你的老朋友还会来我会馆，我索性约他提前来一会儿，你们聊聊。今天晚上早点休息，把你的黑眼圈敷一敷，这样的机会可遇而不可求，好好把握！"

说罢，兰芝从包里掏出两片眼贴，放到办公桌上，起身便要走，我拉住她，道："这么晚了，我给你安排住处吧！"

"总不会住到你家里吧？"她调侃了一句，见我吓了一跳，又道，"好了，我连夜赶回去，明天还得迎接你的贵客呢！"

"也是，不过又要辛苦你了。太晚了，我不放心，还是找人送你回去吧？"

"不用了，司机就在楼下等我。你还是照顾好自己吧，早点回家，沙发可不是睡觉的地方。"

兰芝走后，我的心情久久未能平复。想到明天要见面的老友，内心真是百感交集。这个人姓钟，比我年长几岁，算得上是旧识。从某种意义上说，我放弃稳定的教师职业转而下海经商，也多少受了他的影响。那时的我们，都喜欢看《士兵突击》这部电视剧，并把那句"不抛弃、不放弃"当作创业格言。但自从他出国发展，我们便断了联系。时光如梭，一晃十年过去了，我已不再是意气风发的青年，而他又变成了什么样子呢？想到这里，我不禁有些忐忑。

帝都，望京，会馆。

兰芝刻意安排了拐角处一个单间，房间布局简洁大方，没有过多装饰。中式茶几上摆好了茶具，炉子上正烧着水，香炉里点着檀香。一切准备就绪，只待贵宾到来。

中午十一点，老钟准时出现。"老钟，还是那么准时。"我主动迎上去，两个人礼节性地握了手便就座了。兰芝进来招呼了一番走了，留下我们二人叙旧。

气氛似乎有些尴尬。我忙着沏茶，以掩饰内心的紧张和激动。此刻思绪万千，明明有事相求，却仍要顾左右而言他，假装叙旧。时间确实能让人疏远，而距离也产生不了美。一对老友，竟然会沦落到无话可说的尴尬境地。

"什么时候回来的？"

"有一阵子了。"

我把茶递到老钟面前，便借机打量他一番。十年过去，老钟已然双鬓染白，脸上虽然未见皱纹深陷，但仍旧难掩沧桑。

"还走吗？"

"不走了。"

而老钟似乎也在打量我。我们二人目光交错，相视而笑。

"听说你手上有个好项目？"

老钟还是开门见山的性格，不喜欢拖泥带水。我点了点头，把整个项目的情况大致说了一下。老钟没等我说完，便猜到了我的用意。

"在找投资人？"

"不，是合伙人。"

"你们公司是股份制，你说了能算数吗？"

"股东里没人支持这个项目,我打算单干。"

老钟直入主题,我也没必要藏着掖着,直接道出原委,只等老钟一句话。老钟默默地品了口茶,只是称赞茶香。

"王总的茶道不一般呢!"

见老钟话锋一转,我也只好跟着附和,可心里却敲起边鼓。

"是呀,这些茶都是专门从云南空运过来的。"

"你跟王总很熟?"

他突然这样问道,我猝不及防,支支吾吾地回了一句。

"也不是很熟,来过几次。"

老钟见我神情有些羞涩,便朗声笑了起来。

"熟就是熟,有什么遮遮掩掩的。要是不熟,人家干吗费劲巴拉地找到我?"

老钟话里有话,我一时还没回过神来,便不置可否地笑了笑。正想着怎样把话题带回去,老钟已经迫不及待地要走了。

"留下吃顿饭吧,咱们也好多叙叙旧。"

"这次回来我就不走了,咱们来日方长。今天我还有事,下次再吃饭吧!"

老钟态度不明,让我有些沮丧。好在临别时他塞给我一张名片,让我把资料发到名片上的邮箱里。我返回会馆便发了邮件,但心情始终忐忑不安。

柳暗花明

一夜秋凉，满地枯黄，使人联想到急景凋年的凄凉，每每这种时候，独自走在街上，心里便莫名的悲切，怕被往来匆匆的人群无视，怕被纷扰喧嚣的市场淹没，更怕这样一直走下去，却永远到不了终点……。黑夜的可怕，不是月色昏沉，而是黎明遥遥无期。

老钟视野开阔，思维敏捷，总能捕捉到一些不是机会的机会。他常说："谁都看到的机会，便不叫机会了。"事实证明了他的眼光。当年他抛下S市的一切，只身去国外发展，没人、没钱、没关系，万事从头开始。很多人以为他疯了，纷纷劝他，毕竟国外工程项目是纯粹的商业化运作，对于创业者的心理和能力都是极大的考验。但老钟毅然决然地去了。

"不碰碰钉子，怎么知道钉子有多硬！"于是，这一去就是十年。虽然放弃了工程公司的理想，但识人断事的本领却长了不少。他并没有直接接受我的融资邀请，而是对我们公司经营现状进行了科学的投资评估。

"你为什么要做这些项目？"

"为什么不剪除这些并不赚钱的项目？"

"你公司的短期、中期和长期规划是什么？"

初听到这些问题时，我并不理解，心里气他，索性将融资的事搁下了。而馆廊项目招标还没有正式开始，只得再去跑项目。

"邢总啊，就凭咱们这个关系，有业务还能不惦记你们吗？可是，我们公司最近的确没什么业务要做，等有业务了，我第一时间通知您。"

"你们公司的业务我们都了解，不过目前还没有合适的合作机会，咱们可以先搞个战略合作协议，以后有机会好开展业务。"

一切不以利润为目的的协议都是无效的。在生存危机面前，面子只是一件奢侈品。可是人倒霉的时候，即使你落到尘埃里，仍然换不回活着的希望。那段时间，我几乎每天都外出找投资，演讲、请客、回访、吃闭门羹……成了固定程序。我终于知道，这世上根本没有奇迹这种东西。然而屋漏偏逢连夜雨，我一连收到了几封辞呈。既然心不在此，又何必强留。其实放弃也是老板的担当。不过核心员工离职的确对公司影响很大，工作落下一大截，还引起了股东的连锁反应。

一天，秘书向我报告说有股东造访。因为公司的状况，股东三天两头来公司，所有人都习以为常了。我的办公室离会议室只隔了两道门，像往常一样，我和秘书边走边聊。

"今天来了多少股东？"

"10位。"

"又破纪录了！"

我例行公事般地问了一下，秘书也漫不经心地汇报。然而我们刚走到会议室前，门自动开了，走出两名黑衣人。我的心咯噔一下，紧张地问起秘书："今天都来了哪些股东？"

秘书正打算向我一一汇报，刚说了两句就被一连串爽朗的笑声打断了。

"邢总来了，怎么站在门口呀？"

我猛然醒转，才发现那人竟是当年在兰芝会馆参加金融项目小组活动时结识的老张。我承接W县PPP项目时，他是投资人之一。那时他对PPP项目完全不了解，凭着对我的信任才投资的。可是这一次，当一个精心准备的PPP项目再次摆到他眼前时，他却没有选择继续相信我。真是时移世易呀！我不禁感慨万分。或许这个项目的确不够吸引人吧？可无论如何，我都无法说服自己相信这个糟糕的理由。到场的股东们，除了老张以外，悉数板着脸，面色难看。当然，谁会对欠债的人笑脸相迎呢？

双方落了座，秘书端上茶后，连眼神都没同我交流一下，就急匆匆地退出去了。我端起茶，浅浅地品了一口，原本平静的心，却慌乱起来。对面整整齐齐地坐满了一排股东，神情肃穆。我和老张四目相对，他的眼神有一点游离，我看得出他内心的矛盾。他有他的无奈，而我也有我的艰难。僵持之下，坐在我对面的一位股东先开了口。

"邢总打算拿什么给我们这些股东分红呀？"

他声音不大，语调平和，像是在一个音阶上跳动，所有心思都藏了起来，让人琢磨不透。我突然意识到，他才是今天的主角儿。

"最近公司正在推一个PPP项目……"

我刚岔开话题，转向PPP项目，这些股东似乎早就看出了我的用意，又把话锋转了回去。

"我们不关心什么项目，邢总手下要人有人，要钱有钱，我们就想捞点实惠。"

"我说老邢啊，我们赚的也是血汗钱，当初就是相信你才同意做什么债转股的，可几个月过去了，一毛钱也没见回本，我们的员工也得吃饭呀。"

"是呀，我听说最近邢总又吓走了一个投资人……"

我虽不以为然，但这些牢骚抱怨传到投资人耳朵里就不好了。

"您这消息是从哪儿听说的，怎么会有吓走投资人的事儿，这是谁造的谣？"

"邢总，在我们面前还需要演戏吗？您吓走投资人也不是头一回了！"

在老钟之前，确实出现过吓走投资人的事件。我虽然不会刻意隐瞒这些困境，但也着实不愿这样被人当面揭伤疤。

"那都是以前的事，这次的投资人是很有经验，我相信他。"

"那他相信你吗？"

我怔住了。还从未有人质疑过老钟和我的关系，即使我在内心悄悄闪过那样的念头，但也从未流露过半分。可是，同行之间无秘密，纵使我装出一副胸有成竹的样子，也终究骗不了对面这些精英。

"当然相信。"

一贯底气十足的我，也开始有点底气不足了。老钟迟迟未有回音，我的心难免忐忑。而这一丝心虚却被股东们察觉了。

"邢总就别逗我们了，公司什么状况大家都知道。我们也没逼你的意思，不过我们也得生活不是？"

"拿下PPP项目，咱们公司就能重新走上轨道。"

"邢总，咱们这是做生意，不是喊口号，你不能总是拿话搪塞我们吧？"

"这怎么可能，我从来没有搪塞大家的意思，现在公司很困难，各位股东也很难，将心比心，我希望能尽快分红，至少证明搞债转股不是忽悠人。大家为公司付出的，我一直记在心上，想方设法想还给大家。"

话说到这一步，有两位股东默默低下了头。我知道，对于这些老江湖，再漂亮的承诺都抵不过真金白银来得实在。然而囊中羞涩的我，也确实拿不出钱来。

"各位老板，今天在座的有些人是跟我并肩作战的兄弟，我不想瞒大家，公司账上确实没有钱了，连下个月的薪酬发放都成问题，而且公司也没有什么固定资产，从进公司大门到这间会议室，就这些家当，一目了然，我就是想卖点东西还债，也变不出东西来。"

话到此处，我只觉脸上火辣辣的，像被人狠狠扇了一记耳光。几位股东见我坦诚以告，丝毫没有欺骗之意，方才的一腔怒火也渐渐消退了。老张看了看其他几位股东，几个人对了对眼神，便相互会意了。

"邢总，我们理解您的难处，公司的情况，财务部的人已经介绍过，我们也不是不通情理的人，再说公司好我们才能拿到分红，咱们大家都是做企业的，这个道理都懂。今天您把话说到这个份儿上，我们也不好再说什么，先回去等信儿，但您别让我们等太长时间！"

既然老张代表股东们做出了让步，我再争下去不免显得矫情，索性借着这个台阶退一步，也好给自己留点余地。可是提及分红期限，我心里还是不免发虚。虽说定期分红是有规定的，况且当初在债转股合同中也注明了，但依公司现在的状况，我的确不敢有任何承诺。眼下不过是各退一步，息事宁人罢了。出于礼貌，我亲自送每位股东下楼，并安排好司机、车辆送他们回家。当然，车上自然备好了随手礼——在待客细节上花费一些心思，往往能够解决大问题。

送走了股东，回到办公室，已是黄昏。我第一次感到黄昏这么美！

幸福降临

世事太过繁乱，人性何等复杂，我们所能做的是在不可预知的未来，为幸福的实现多创造一些条件。那些突如其来的幸福，不过是之前无数磨难累积的结果。当然，等待的确是一件磨人的事。但如果幸福降临，一切等待就都值得。

"邢总，邢总，有您电话……"

秘书神色凝重地把电话递给我。看得出，她很紧张。也许是刚刚会议室里压抑的气氛令她精神紧张，一时放松不下来。但她的情绪的确感染到我了。我接过电话时，心中一惊，不祥的预感迅速压上心头。

"喂，您好！"

我礼貌性地向对方问好，但声音中仿佛夹杂了一丝心虚和试探。

"老弟，是我呀！"

是老钟的电话。想来他已经做好决定了，但心里没底的我，因为怕听到拒绝的声音，情绪异常紧张，脸色也阴沉下来。

"你这个PPP项目，我觉得可行，想先跟着一起试试水。"

"老哥，这事可不是开玩笑的，我可就当真了啊？"

没想到幸福真的如期而至！也许是近来不顺之事太多了，这么轻松地得到老钟的首肯，反而让我有些不自信了。

"你这是怎么了，这么大的事儿，我能开玩笑吗？抓紧时间准备合同吧！"

"我马上准备合同，明天咱们就签约。"

我紧紧握着秘书的手，难掩笑意。秘书不明就里，一脸茫然地看着我。

"怎么，你还真怕我反悔呀？"

老钟插科打诨地开起玩笑，却一语道破了我的心事。毕竟老钟的注资相当于救了公司。这根救命稻草太过重要，容不得半点闪失，我必得看紧了才行。

"怎么会呢，我这不是着急嘛，有了投资，项目就可以正式立项，我在公司里调配人手，股东也不会有什么意见了，况且……"

"况且这个项目能让公司走上正轨，到那时债务问题也迎刃而解了。"

看来老钟对我们公司的现状已经了如指掌了。毕竟是身经百战的"老江湖"，如果没有十足的把握，他是断然不会入股的。我满足地笑了。拿到老钟的融资，至少能解决公司的燃眉之急，我可以把精力放在争取PPP项目上了。馆廊项目是近来S市的热门项目，虽然比不上经济适用房这些大工程，但沾上了"文化"和"惠民"两个词，单从项目融资来讲，就容易许多。不过，项目再好，能中标才是硬道理。毕竟很多家实力相当的企业也都盯着这块"肥肉"呢！

我和老钟很快达成了共识，签约仪式非常简朴，就在公司会议室举行，没有媒体，只请了公司内部重要股东和核心管理人员，然而场面却一点也不冷清。毕竟老钟曾是S市商界的风云人物，为人仗义，雷厉风行，说一不二，加上他海外创业的资历，以股东身份直接进入决策层，众位股东也是服气的。

"钟总能加入咱们公司，那是给咱们公司免费请了一位专家呀！"

"钟总给咱们公司带来新气象啦！"

"钟总是专家，以后还得仰仗您多提拔指点。"

"听说钟总是带着项目来的，这下咱们公司有救了。"

股东们一团和气，说了很多仰慕的话。老钟见惯了尔虞我诈的大场面，眼下的小场面三言两语便打发了。当然，股东们很快就开始领教老钟的"雷厉风行"了。

"谢谢各位兄弟姐妹，咱们打开天窗说亮话，我加入公司主要是因为项目好，希望咱们大家共同努力，把项目拿下来，公司'活'了，大家才能好。"

"是呀，是呀。"众人称赞的话音未落，老钟仿佛打开了话匣子。

"我看今天来的都是公司骨干，我也不瞒大家了，我加入咱们公司事先是做了一番考察的，对咱们公司现状多少有些了解，恕我直言，以公司现在的状况，要拿下馆廊的PPP项目，那是天方夜谭。"

话锋一转，开始对公司动刀了！这是老钟的风格。我在心底暗自庆幸，是需要一位厉害的管理者来管一管了。

"第一，专人办专事，公司专业人才太少，得招聘。人力资源部门明天开始，公司内外同步招聘……"

"什么，不做方案，直接发招聘信息？"人力资源部主管茫然地望着老钟。

"年轻、肯吃苦、学习能力强，这三点是基础，其次再考虑工作经历和专业。"

"这……未免有些武断呀！"这话虽然没敢说出口，但脸上的表情却诚实地出卖了人力资源部主管。

"我觉得钟总说的有道理，这次招聘主要是为了补充新鲜血液，偏向年轻人，而且离开标日期越来越近，时间紧、任务重，你们还是得抓紧时间招聘。"

我同意老钟的做法。况且这也是我们事先商议好的,由老钟主导公司项目部的改造工作,新人新气象,比较好入手。当然,此刻我的沉默也表明了对老钟的支持,这既是公司发展的需要,也是做给其他股东看的。

"谢谢邢总支持,等人员到位后,项目组重新分工,增加后勤和外勤人员。"

不过老钟不按套路出牌的本性还是很快显露出来了,比如增加外勤人员这一项就没在我们事先商定的条款中,我知道时吓了一跳。万一以后在重大问题决策上,他也习惯性地来这么一下,我该如何应对呢?我突然有一丝后怕。

老钟见我满脸疑惑,又补充道:"外勤人员有一至两名就可以了,只为项目组服务,可以从公司内部招聘。"

虽然是我造成项目组大换血,但面对员工们无辜的眼神,我还是于心不忍。

"邢总,你看这样安排还可以吗?"

随后,老钟又布置了一些工作,每一条都妥妥当当的,最后谦虚地征询我的意见。他干脆利索又滴水不漏的行事作风,震慑住了在场所有人,包括我。整个会议紧凑、高效。老钟的加入令公司换了气象。但很快传出了不同的声音:

"这位钟总是什么来头?"

"我看把咱们邢总的风头都盖过了,到底谁是老板啊?"

"那可不是,这人可不好惹,以后咱们公司可有好戏看了。"

"我看邢总这是农夫抱蛇,早晚有后悔的一天。"

老钟雷厉风行的作风果然奏效,不到一周的时间,面试会举行了。由于是为了项目投标临时招聘，会议室被临时改成了面试考场。偌大的会议桌后面，整整齐齐地坐着六位面试官，除了我和老钟，人力资源部、财务部、市场部和工程部的主管悉数到场。六对一的形势，让前来面试的人员不免有些心慌。来应聘的总共有33人，而实际上我们只打算招3人，也就是11∶1的比例，竞争异常残酷。

用文雅一点的词来说，面试是在考察每位应聘者的潜能，但实际上是在评估应聘者的利用价值，看谁能压榨出更多的剩余价值。有一位小姑娘，似乎深谙其中之道。她走进会议室的那一刻，全身上下散发着不一样的气场。那天，她穿着一件桃色宽松针织衫，一条黑裙，一双黑色紧口靴，有着浓密的黑色短发，显得精明干练，淡妆勾勒出脸部完美的曲线。如果不是听她自述，很难想象这位小姑娘居然是一位应届毕业生。

"我们还没叫号，你怎么就进来了？"

其中一位面试官严厉地批评了她。但她似乎并不介意，从容自信地走到会议桌前，先向面试官鞠躬行礼，还没等面试官开口，她就主动开始自我介绍了。

"各位面试官，原谅我先进来了，实在是有一点点着急。我叫田蕊，毕业于S市大学，我看到招聘启事上说吃苦精神和学习能力是优先考虑的，虽然我的专业不是很对口，吃苦精神也没有证书能证明，但可以去我们学校做普调。"

"你这个说法有点意思，明明没有特长，却说得挺高深，差点被你唬住。"

我接过话茬儿来问。她笑了笑，没作答。在众多应聘者中，她是唯一吸引我兴趣的。不知怎的，我这个素日沉默寡言之人，居然打开了话匣子。

"你紧张吗？"

"为什么要紧张？"

"六位面试官对着你，心里一点变化也没有吗？"

她想了想，又露出恬淡的笑容。

"一点儿也不紧张，那是瞎话。不过过分紧张也没必要，工作机会还有很多，何况你们也未必会选中我。"

"你怎么见得就会落选？"

"因为从进来到现在，你们一个专业性问题也没问过我。"

"怎么不想问，不过也没必要过分强调专业，人才是可以培养的。"

她听罢，又笑了起来。圆润的脸颊，愈加圆润了。

"难怪你们要招学习型人才，连面试官的学习能力都这么强。"

我也笑了，喜欢这姑娘的机灵。项目组平日的工作氛围紧张，需要一个机灵鬼来调节气氛。当然，在场的其他几位面试官似乎也看出了我的心思，把提问的机会悉数留给了我。

"你挺机灵的，为什么毕业好几个月了，还没找到工作？"

"没找到合适的呗。"

"看着同学们都找到工作了，你不着急吗？"

"没什么着急的。宁缺毋滥，适合我的工作会等着我，着急是没用的。"

"如果今天你的面试又没成功呢？"

"那说明这里仍然不适合我，明天重整旗鼓。"

她憨憨地笑了，我却沉默了。现在已经时近初冬，从 7 月到 11 月，整整 4 个月的时间没找到工作，她还能不急不躁地等待机会，这种心态正适合创业。

"好吧，你先回去等消息。"

她信步走了出去。出门时的微笑，我至今难以忘记。当然，她成功了。招聘小组连夜开了紧急会，她和另外两名男生被留了下来。

人尽其才

在一大群人中找出一个有潜质的人并不难，但在一个人身上挖掘人才的潜质就有难度了。所以企业不应一味追求引进高水平人才，而应多关注人才的可塑性。

面试那短短的几分钟，我的确从田蕊身上看到了可塑性。也可以说田蕊勾起了我的执教兴趣。当然，尽管我极力掩藏，这个细微的心理变化还是被老钟发现了。在招聘会后的项目组人员结构调整会上，我们就田蕊的任用问题产生了一些小分歧。

"田蕊不是学建筑的，虽然有几分机灵劲儿，但还需要磨炼，安排进项目组为时尚早！"

"是呀，现在时间这么紧，这个项目我们又没有十足的把握，一个完全不懂的外行，就算临时教她，时间也来不及呀。何况她还是个刚毕业的大学生，没经过入职培训，一般事务性的工作恐怕也做不来。"

"我也觉得她不适合项目组的工作，毕竟我们没有时间培养新人。这次我们招聘，就是为了找到适用的人才。从这点来看，我也觉得田蕊不适合留在项目组。"

田蕊的去留，成了整个讨论会最核心的问题。老钟是一个做事重实效的人，加之对于重要部门的人事安排，马虎不得。所以现场几乎一边倒地支持老钟，我不得不为田蕊争取一下。

"工作还是在于用心。想把一件事做好和机械性地重复劳动，用心程度是不同的。田蕊这几分机灵劲儿，正好是外勤人员必备的素质。"

"什么，外勤？"

"邢总，她就是一个刚毕业的大学生，外勤这活儿，又要加班、又要应酬，还需要跟公司内外不同的人周旋，她一个小姑娘应付得了吗？"

"是呀，现在同业竞争这么激烈，敢请新人的公司越来越少，更别说让新人挑大梁了，那还不把业务弄垮了？"

"你们说的这些我都考虑过，新人直接进组是有一定的风险。不过新人好管理、可塑性强，没有那么多条条框框的限制，再加上年轻人思想活跃，容易出新点子，项目组刚刚经历员工离职调岗的大波动，正是需要动力的时候，加入一两名新人是有必要的。"

人力资源部总监见我这样说，知道改变不了我的决定，便改变了态度。

"既然邢总这么说，不如咱们就试一试，反正项目组还有很多优秀人才，又有邢总亲自把关，应该出不了什么大问题。再说，田蕊聪明机灵，容易带出成绩。我赞同邢总的意见，让田蕊进项目组做外勤。"

有了人力资源部的力挺，大家也不便再多说什么。毕竟一个新员工，即使做得不好、工作出了纰漏，至少还有老员工在，可以查疑补漏。改革项目组是关系公司未来发展的大事，总不能因为一个员工的问题耽搁了，此时老钟也不得不妥协。他是直接注资的大股东，又是合伙人身份，与公司里债转股的小股东没有利益瓜葛，所以项目组的人员调整很快落定。

虽然田蕊被安排到项目组实习，而项目组又是我直接管辖的部门，但为了避嫌，我们在公司里从未单独见过面。即使如此，同事们对她的态度也是极端分化，一部分人时不时地对她嘘寒问暖，甚至显得过于殷勤；当然，还有一部分人怕是嫉妒作祟，总是对她阴阳怪气，时不时地到项目组主管那里告黑状，甚至诸如"外卖味道差"这些无厘头的小报告都传到了我的耳朵里。没想到我的一点关心竟给她带来这么大压力！有好几次，我想单独跟她谈谈心，分享给她一些职场经验，但后来发现，她比我想象中坚强。

项目组正式挂牌运营后的第一次例会。那是一个殷红的天，窗内是一张张朝气蓬勃的脸。因为会议的重要性，我和老钟都列席了。按惯例，项目组通报了工作进度、取得成果和存在问题，以及下一步主要工作。而在我的特别授意下，例会增加了一项内容，就是每位成员尤其是新入职的成员总结自己的工作。这样既能了解员工的思想状态，又方便对员工进行全面观察。轮到田蕊发言时，我的心不知怎的，竟莫名紧张起来，想知道她会怎么说，因而心里又充满了好奇。

"各位领导，下午好。"

她刚刚站起身就吸引了众人的目光，不知道这算不算自带气场。

"来公司这几天，我的感受是学习、学习、再学习。公司的业务是我从来没有接触过的，但我并不认为这是劣势，从零开始的好处是没有思维定式，可以不受任何干扰地工作。我刚进公司不久，很多东西还在学习中,今天向各位领导汇报这些,有什么不妥的地方,请各位领导多多指教。"

她总是一副气定神闲的样子。汇报结束后,她坐了下来,仍然平视前方。不知是否是为了避嫌,她仿佛也在刻意避开我。

"田蕊的发言简短、真实,心里怎么想的就怎么说。咱们今后开会就要这样,不需要什么高大上的理论,咱们只说实情,只干实事!"

我需要给项目组定一个基调,便下意识地表扬了田蕊,没有掺杂任何个人情感。但恰恰是这些无心的表扬,令田蕊与同事更难相处了。关于我和她的谣言也开始在公司传播。

"邢总说得对,我们之所以重组项目组,就是为了加快项目进度。虽然这几天,项目进度比之前加快了不少,新来的同事也在积极熟悉项目,不过以咱们现在的进度,想中标是不太可能的。所以,咱们还得加快节奏,特别是新人,公司没有时间给你们慢慢熟悉业务,边干边学就可以了,要学会自己想办法去解决问题,迅速成熟,这对你们将来在公司的晋升有好处。"

老钟这个新人中的旧人,进入角色很快,监管一个项目组可谓驾轻就熟。反倒是我显得有些拘谨。

"钟总把话说到家了,大家心里应该有数了吧。今天就到这里,从明天起,进度要再提高一倍,你们项目组自己报计划。最后,我再提醒大家一下,项目组没有新人、旧人之分,只有能人、庸人之别。从现在起到下个月25号,我希望大家脑子里只有一个目标,那就是拿下项目。"

例会持续了半个小时。走出公司大厦时,仿佛到了另一个世界。一场初雪把整座城市都染白了。时近傍晚,殷红的天,有一种桃色之美,宛若少女羞怯的脸颊。远处的云,层层叠叠,像一只俯瞰大地的眼。看这天气，雪一时半刻是停不了。我给司机放了假，打算独自在雪中散步，享受一下银白之美的浪漫。有一年，我和前妻也在雪中漫步过。无论时间如何打磨，那段记忆都将深埋在我心中。

然而，幸运的是，喜欢雪的人，不止我一个。并不长的街道上，仍有人烟。偶尔路过的情侣，也都撑起雨伞依偎前行，仿佛把自己隔绝在二人世界里。我从一个穿着连帽羽绒服的女孩身边经过，回眸间发现，竟然是田蕊。

"怎么不坐车呀？"

她猛然转过头，望着满头"银发"的我，一脸惊讶。

"邢总？"

"又不是在公司，叫邢哥就行了。"

"别，还是叫'邢总'吧！"

她似乎是在刻意与我保持距离，言语间也不似初见时那般活泼了。

"最近情绪不高呀，遇到事情了？"

"没有啊，刚才在会上，您还表扬我了呢！"

"我看你开会时挺拘谨的，目不斜视啊！"

她笑了笑，没作声。雪越下越大，鹅毛般的雪片飞下来。我们两个人都没带雨具，很快就成了"雪人"。我见她步伐逐渐放缓，也跟着慢下来。

"你没带雨具吗？"

"是呀，临时下雪，没准备。"

"前面有一家咖啡馆，咖啡挺浓的，我请你喝杯咖啡吧！雪这么大，可以避一会儿再走。"

"不用了，邢总，我走一会儿就到家了。"

"这种天气很难叫到车，你不是还要走一会儿吗，不如咱们先去避一会儿雪，暖和一下再走。"

她看着我诚恳的眼神，又望向远处殷红的天空，若有所思。而我，不知怎的，只想静静地听这个小姑娘说一会儿话，说什么都行。

"还是走吧，雪这么大，你没带雨伞，很容易生病的，我的项目组可不想非战斗性减员啊！"

她终于又露出了那甜甜的笑容。雪还在下，风已渐起。

大敌当前

麻烦无处不在。尤其是对于处在发展期的企业来说，麻烦是发展的必需品。所以，要时刻做好冲锋的准备，在强敌环伺中突围。

雪霁的阳光，带着一丝寒冷。三杯热茶摆在窄小的茶几上，"三巨头"聚齐了。因为老钟、兰芝和我经常在一起开会商讨，公司里渐渐流行开这个叫法。这一次三人聚首是因为大敌当前。

这次公司准备竞标的PPP项目是城市基础设施改造项目——馆廊文化墙及景观设计，这是一个综合性项目，涉及建筑设计、广告设计多个领域，但对小公司而言极具挑战性。当然，最大的挑战还是钱的问题。PPP项目工程款主要依靠政府拨款和社会融资。现在政府财政紧张，拨款基本上是象征性的，主要是为了通过政府行为带动社会企业融资。偏巧S市经济环境不太好，绝大多数企业举步维艰，做公益只怕心有余而力不足。

政府对于这个项目并没有大肆宣传，但有意向的公司却有很多，且都是具有相当规模的。经过初选，获得正式投标资格的公司剩下四家。我们公司是实力最弱的，要不是我的老大哥、城市银行杨副行长出面帮忙，恐怕我们公司也被淘汰了。还有两家公司，规模不小，但在做PPP项目上都是新兵。但从专业经验来看，我们公司也未必没有竞争的优势。

"这么说，跟这两家公司还有得拼？"

老钟端起茶杯，若有所思地叨咕。他可是把自己的积蓄、身家都押在了这个项目上了。万一投标不成，第一个被坑的就是他。我不能让老钟这些年在国外辛苦打拼赚下的家当落个血本无归，因而备感压力。

"赢家只有一个，只要没拿上第一名，那都是输……"

我点了支烟，抽了一口，便呛得涕泪横流，感觉肺像被火烧了一样。

"你不是戒烟了吗？"

兰芝赶忙递给我茶水润喉。老钟坐在一旁沉默不语，只顾闷头抽烟。

"与那两家公司拼一拼，我们未必没有机会。但是荣鑫就不同了，咱们在人家面前，连'小学生'都算不上。"

我从没见兰芝这么沮丧过。在我印象里，她总是一副意气风发的样子，即使遇到再棘手的问题，也是那样淡定从容。

"这个荣鑫跟城建投是什么关系？"

老钟在烟灰缸里狠狠地碾碎了烟蒂，不放心，最后又浇上半杯茶。顺着茶水升腾的热气，冒出了几缕青烟。

"荣鑫公司挺神秘的，跟城建投的关系还摸不透。"

还没有什么消息是兰芝打探不到的，但荣鑫公司的确难倒她了。

老钟听她这么一说，脸色逐渐凝重起来，一只手不住地转着打火机，另一只手则下意识地翻开烟盒盖。老钟的烟瘾原本不大，但他习惯边思考边吸烟。用他的话说，烟能让大脑兴奋、促进思考。

"摸不透？"老钟双眉紧锁，五官都聚集在一起了，"这个荣鑫是'国字号'？"

兰芝点点头，没有作声。这是迄今为止，仅有的一点线索。但也着实称不上什么线索，因为其他两家公司都是"国字号"。入围的四家公司中，只有我们公司是中小企业，而且也是唯一一家民企。初听到入围消息时，我还有点震惊呢，毕竟是与三家大中型企业比肩，心里总是觉得有些不真实。

"是我出国时间太长了吗？没听过国企里有这一号啊？"

"新组建的，就在这个项目公布对外招标前一周。"

兰芝素来消息灵通。但关于荣鑫公司，她也所知甚少。

"荣鑫是一家重组公司，成立不久，很神秘。外界盛传他们资金雄厚，因为最近他们公司中标了另一个政府城建项目，最传奇的一点就是'垫资启动项目'。"

"现在很多项目都是垫资开工，不新鲜啊，这有什么特别的吗？"

老钟皱着眉头，终于没忍住，还是点了支烟。

"垫资不奇怪，关键是垫资的金额。"

"多少？"

"五千多万，全是贷款。"

"什么？"

我和老钟瞪大了眼睛，惊讶地相互对望。重点是贷款，金融贷款。第一，说明这家公司的固定资产不会低于这个数目，当然这绝不是那些办公设备所累加的价值；第二，成立不到一个月的公司就能巨额贷款，说明这家公司的实力深不可测，不是我们这三个人所能想象的，当然主要原因是它的"国字号"背景。

"这次真完了，这条路也堵上了……"

我感到无比沮丧。我们三个人静静地坐在茶几前，沉默不语，突然感到一股"壮志未酬身先死"的悲壮。老钟深吸了口烟，表情沉重。兰芝看了看老钟，又看了看我。她似乎从未动摇过，眼神竟比我们还坚定。

"去我会馆吧！"

我和老钟诧异地看着她，还带着一丝疑惑。兰芝见我二人一脸茫然，又解释道："看来咱们得好好准备，集中人员、集中精力，打一场硬仗了。"

项目小组很快集结完毕。我和老钟亲自带队，财务部、市场部、综合部的主要负责人和骨干都被扩充到项目组了。我还特意邀请了神秘嘉宾，也是我一直秘而不宣的公司外聘顾问，原国有建设集团分管技术的副总经理，他刚退休，机缘巧合下我们成为忘年交，我没有大肆宣扬，一是碍于他的身份，二是我们都不事张扬。就这样，一支二十人的队伍浩浩荡荡地直奔首都了。

我们又一次踏上拼搏的征程！为了保障项目组的工作环境，避免标书泄密，兰芝特地为我们单独留出了一层客房，会议室和休息室一应俱全，甚至特地为我们准备了办公设备，供我们做项目方案、开会之用。可以说，不出会馆，我们就可以把所有事情办妥。

为了鼓舞士气，我和老钟商量先搞一个启动会，把项目组所有成员召集起来，把这个项目对公司未来发展和个人发展的重要性讲一讲。然后迅速分工，所有人各就各位，马上进入工作角色。因为对我们来说，时间真的非常紧迫。

兰芝为我们准备了一间可以容纳三十人的会议室，会务设备一应俱全，空间也足够宽敞。走进会议室，只觉得眼前明晃晃的，初冬正午温暖的阳光从落地窗射进来，照得整间会议室通透明亮。会议桌上摆好了刚沏的茉莉花茶。兰芝说，茉莉的香气是最能抓住北方男人味蕾的。

一路上的风尘仆仆，被会议室的明亮一扫而去，每个人的心情都豁然开朗。老钟提议把午餐改在会议室吃，边吃边聊，因为这样能够迅速拉近全体成员之间的距离。这个提议确实好，虽然公司是我一手创建的，但平时工作忙碌，跟公司员工之间的关系比较疏远，甚至一些员工我还叫不上名字，当然田蕊除外。她也来了，作为项目组的外勤，这次主要负责后勤工作。

大家坐定后，饭菜立刻端了上来，标准的商务餐，四菜一汤，荤素搭配，全是兰芝精心安排的。

"这里环境不错吧？"

"不错，不错，邢总安排得真好。"

"是呀，这样我们工作起来也有动力。"

我们一边吃，一边开会，气氛融洽。老钟的提议果然好，我看了他一眼，他正认真地跟身边的人交谈。

"咱们边吃边聊。这次把大家叫到这儿来，是为了给大家提供一个良好的办公环境。话说回来，公司下这么大的力气来做这个项目，是因为这个项目对公司来说至关重要。我们不是请大家来玩儿的，而是请大家来拼命的。"

所有人都停下了筷子，大家的目光都聚焦在我身上。

"这话有点重，不过是事实。所以今天，我以茶代酒，先敬各位一杯。你们都是咱们公司的骨干、中坚力量，没有你们公司走不到今天，这次的项目也拜托各位多尽心了。"

话音未落，我端起茶杯站了起来，敬了全场员工一杯茶。那一刻，我哽咽了。我知道这是一个不可能完成的任务，但公司也的确到了生死边缘，这是最后一搏了。大家回敬了我，出于礼貌也好，出于真心也罢，我全当是对我的鼓励和承诺。

"谢谢大家。"

"邢总，您太客气了，公司有事，就是我们有事，我们肯定力挺您的。"

"您平时对我们那么好，现在公司有事，我们怎么可能袖手旁观呢？"

"邢总，您就说咱们大家怎么干吧，我们都听您的。"

面对大家的众志成城，我除了"谢谢"再也给不起任何承诺，只感到心里一阵凉飕飕的，真怕辜负了这些可爱的员工。

"谢谢大家，谢谢！"

茶一饮而尽，我的情绪有些激动。老钟马上岔开话题，跟大家讲起了创业经。从当初他毅然决然地选择放弃国内生意只身赴美说起，到他再次放弃国外生意选择回国发展，这些经历可是难能可贵的财富。

"不过啊，我这些经验可比不上你们邢总，从一间小公司一点儿一点儿发展到今天这个规模，邢总可是付出了全部心血。公司现在就是邢总的命，这次的项目要是成了，邢总就活过来了！"

"哪有钟总说得这么严重！"

老钟这话虽然听起来像是笑话，但话糙理不糙，这个项目确实押上了我的全部，其中酸苦自己最清醒。田蕊坐在角落里，看了我一眼，我也看了她一眼。我们之间仿佛有种莫名的默契，总能在人群之中发现彼此的身影，甚至不需要语言交流也能感知对方的存在。而这种奇妙的感觉，就连兰芝也不曾带给我。

棋逢对手

在创业这条路上，狭路相逢是常事。能得到对手的尊重，真真正正地较量一番，不失为一种幸运。自从项目组成立以来，我就预感到会碰上一位令自己钦佩的对手。

不过现阶段我更感兴趣的是老钟。他是个有魔力的人，每次演讲过都能俘获一大批粉丝。所以搞"战前动员"还是他最合适，几句话就把年轻员工的积极性调动起来了，一个个摩拳擦掌预备大干一场。当然，适当的时候也得给这些热血青年降降温。

"这次咱们遇上了王牌军，当然咱们也不是杂牌军，只不过咱们遇上了这个行业里的'领头羊'。其实，大家也不要有什么心理负担，你们邢总当初也不是专业搞建筑、搞金融的，结果做了一次PPP项目就成专家了。你们都比他年轻，脑袋灵活，学东西快，过不了几天都能成'专家'。年轻人就得拿出点年轻人的劲头来，一个礼拜后谁要是还没成专家，我扣他工资！"

不得不承认，老钟这种插科打诨的鼓动方式确实奏效，连我都被他吸引了，项目组的凝聚力迅速提升。第二天，老钟匆匆赶回S市处理公司日常事务，我留下坐镇，兰芝继续搜集外部信息。我突然发现，封闭工作环境虽然进度快、质量高，但员工容易疲惫。有一次，老钟来探班，为让队员们放松心情，在工作现场放起音乐，又在桌上堆满零食和饮料,受到了很多年轻队员的欢迎。

"所有人都起立,看我,看我!"

老钟强制所有人每隔两小时休息十分钟。起初,队员们不想被打断思路,并不热衷参与。但在老钟和我的带动下,响应的人越来越多。

"老邢,你不是会点太极吗,带着大伙儿来几招?"

我满脑子的成本测算、方案设计,乍听老钟的提议几乎不知所云,直到音乐响起,我才缓过神来。双腿开立、两臂前举、屈腿按掌……动作一个一个地做起来,紧张的情绪也一扫而去。起初,队员们都在观望,见我一招一招有板有眼地练起来,也跟着摆起了姿势。后来形成了习惯。会议室地方不够宽敞,我们就带着队伍到会馆大厅去练。十分钟的时间里,左一招野马分鬃,右一招白鹤亮翅,虽然是照猫画虎,但大脑得到了休息,团队工作效率反而更高了。

团队通力合作,标书撰写仅用十天就完成了。进度比预期快了很多。兰芝提议搞一个封标仪式,算是有始有终,我和老钟都赞同。仪式上最为重要的环节是封标。田蕊拿着A4大信封走到会议桌前,桌上放着一本厚厚的标书,里面每一个字都倾注了大家的心血。有人眼睛熬红了,有人嘴角起了泡,有人嗓子哑了,还有人一直在发烧……田蕊抱起沉甸甸的标书,小心翼翼地塞进信封里,然后用胶水封好,再贴上封条,大家心里的石头终于落了地。紧接着是一阵发自肺腑的欢呼声,像高考结束后的学子,压抑的情绪终于得到释放。当然,最令我出乎意料的是公司这群年轻人的空前团结。

"不管有什么内幕,我们必须参加竞标。"

"即使注定会一败涂地?"

"那也得试一试,否则,我们谁都对不起。"

聪明的公司不想"陪太子读书",早早退出了。像我们公司这样不识时务的,便一心想着坚持到最后。就算输,也要输在投标会上!开标日的前夜尤其漫长。我拒绝了老钟和兰芝的邀请,独自回到家中,打算让自己彻底冷静下来。音响中放着我最喜欢的轻音乐,加上一杯红酒、一本旧书——我坐在客厅沙发上,就着黄昏寻一刻安宁。

第二天,我和老钟带着项目组的两名核心成员一起奔赴招标公司。虽然项目由政府部门提出,但为了规范招标程序,为所有竞标公司提供一个公平、公正的良性竞争平台,政府将整个项目委托给一家专业的招标公司。而政府会派遣负责人员与招标公司专家组成招标小组,对所有竞标公司进行综合打分评定,择优选用,以保证招标过程的公平公正。

到了招标会现场,兰芝已经站在门口恭候多时了。招标会在一家商务酒店举行,环境虽好,但谁也没有心情欣赏。我们走进会场时,有两家投标公司已经坐定。对手相见,没有分外眼红,虽然是竞争对手,但也没必要搞得像仇人似的,大家还是相互寒暄,基本的职业素养还是有的。论规模,我们公司属于比较小的,况且我们公司向来行事低调、不事张扬,便找了个角落的位置坐下。眼见招标会马上要开始了,会务主持已经安排签到,最后一家公司才姗姗来迟。

一位帅气的年轻人带着十几人的庞大队伍信步走来。那是我第一次见到赵瑞,器宇轩昂,脚下生风,作为荣鑫公司的新任总经理,自然是业界的新闻人物。荣鑫公司是S市建筑业龙头,又是国企,在圈内有压倒性的优势。虽然兰芝凭借广泛的人际关系网,对荣鑫公司情况了解得已经很清晰了,但对这位赵总却知之甚少。

当然，更令我们意想不到的是，作为公司一把手会亲临这种级别的招标会。毕竟一位三十多岁的年轻人，担任一家大型国企的一把手，的确不寻常。但吸引我注意的，不是他的履历和头衔，而是他路过每一家公司时都会微笑致意、彬彬有礼。他是一个眼睛都会说话的年轻人，气质优雅。我下意识地一颤，微笑的对手更加令人不寒而栗。我未及多想，招标会已经开始了。

招投标是现代商业发展的一项重要发明。抛开它促进商业良性发展这个宏观说法，单从个体角度来看，就我这样普通创业者的亲身经历而言，它带给我无比重要的人生机遇。当然，这一次也不例外。

会务主持人主持签到后，便进入公布报价和方案评分的环节。这也是招投标公平、公开的重要标志。虽然价格对投标没有绝对性的影响，但价格公布后，基本上大局已定。从主持人公布的最终结果来看，在报价上，我们公司与荣鑫公司不分伯仲；而从方案得分来看，我们公司要高于荣鑫公司，并且拿到了全场最高分。很显然，最终入围的公司只有我们和荣鑫公司，其他两家公司极不情愿地成了"陪状元进考场"的人。

但说实话，与荣鑫公司这样的巨头成为竞争对手，我心里没底。虽然在方案评分上，我们公司拔得头筹，但荣鑫的实力还没有真正展现出来。所幸答辩时还有一次扭转乾坤的机会，那也是荣鑫绝地反击的最后机会，而我们公司在资金和人力方面的弱势也会显露无疑。生死仿佛已有定论，但我偏偏不到黄河不死心，棋逢对手，让我的血脉再一次贲张起来。

就项目而言，大公司自有大公司的优势，最为明显的是成本管控和资金垫付。尤其是政府项目，大额启动资金让很多公司望而生畏，但大公司资金充足,特别是"国字号"企业,庞大的固定资产为其在贷款方面争得很多优势,垫资开工对他们而言根本称不上困难;而对于资金捉襟见肘的小公司而言,仅仅垫资一项就能让他们在项目动工前负债累累,即使勉强撑过动工期,也会因为资金链断裂而中途停工。

如我所料,答辩时专家们果然针对小公司的启动资金问题展开了"围攻"。在经历了上一个项目洗礼后,我们公司也积累了丰富的资金众筹经验,虽然还是难以解决小公司资金缺乏的硬伤,但在解决方案上要优于同类公司。并且我们具备小公司的灵活性这个优势,可以全力以赴做一个项目,人员的专属性更高,经营协调上的自由度也更大。大公司往往同时兼顾几个项目,貌似人员充沛,但频繁调动会导致人员流动性增大,对于项目的专注度不够,这是很多大公司的症结所在。随后,我又列举了一连串解决方案,专家评委的脸色由疑惑变得肯定,甚至露出一丝窃喜。

走出答辩室,我如释重负地喘了口气。兰芝和老钟一直守在答辩室门外,见我脸色平静,略带悦色,他们脸上的焦虑也渐渐散去。

"答辩怎样?"

面对兰芝和老钟的关切,我淡定地点了点头。专家评委的肯定说明不了什么,因为中标结果宣布之前,一切还都存在变数。但随行的项目组成员却忍不住兴奋起来,把刚才专家组提出的刁钻问题、我如何对答如流形象生动地讲了一遍。兰芝和老钟越听越高兴。整个休息室里只有我们这一队人在谈笑风生。

就在我们谈兴正浓时,荣鑫公司的赵总过来,主动握手致意。

"荣鑫公司赵瑞。能超过我们公司方案的评分,说明你们更优秀,希望咱们两家公司以后有机会合作。"

我顿时怔住了。

"合作？"

在这种场合下，竞争对手的一言一行都意味深长，我不免要多虑一些。老钟见场面尴尬，忙着插科打诨做"和事佬"。兰芝发挥所长，借机和这位"少帅"套了近乎，还互留了名片，算是为日后发展先埋个伏笔。

百密一疏

世上本没有万无一失的计划，再周密的计划也会有"意外"发生。尤其在创业这条路上，走得越久，胆子也越小，因为经历的"意外"实在太多了。

等待的过程是煎熬的！虽然我们团队在答辩中的整体表现不错，但并不能说明我们比荣鑫好，投票结果一刻没有公布，一切就都存在变数。而且多年商场打拼的经验告诉我，越是表面上占尽上风，越会输得一败涂地。此刻，一种不祥的预感正向我袭来。

按照招标会日程，投票结果下午公布。主办方贴心地为竞标公司准备了商务简餐，我怀着忐忑的心情随大家一同去就餐。由于各家竞标公司在一起就餐，俨然上演了一出餐桌上的智谋大戏。

"邢总，听说你们公司这次的方案很精彩，看来是稳操胜券了？"

"哪里，哪里，我们表现得一般，真是一般。"

我们一行人方才落座，另一家竞标公司的总经理就前来搭讪。

"邢总太谦虚了，你可是咱们行业的新贵呀，厉害，厉害！"

"您太夸奖了,这回我们公司的确是侥幸入围。再说结果还没公布,人家荣鑫公司才是大热门,咱们都是来当分母的。"

"荣鑫公司"这四个字几乎成了全场公敌。

"荣鑫公司这么大牌的企业,怎么也盯上这种小项目了?邢总,小弟眼拙,我还真看不透这里面的道道儿。"

这明显是来套话的!坐在对面的兰芝朝我使了个眼色,我下意识地顺着她的目光往不远处看了一眼,发现荣鑫公司的赵瑞正在朝我微笑。那笑容和蔼、友善,并不像外界传说的那样诡诈。我回敬了赵瑞一个微笑。

"我也看不透这里面的事儿,还是老老实实地吃饭吧!"

那位总经理见我话锋已有结束之意,尴尬地笑了笑便离席了。我随便夹了口菜放进嘴里,只感到一阵苦涩,想来是心中焦虑、紧张以致上火了。实际上,熬到这个时候,谁都坚持不住了。无论输赢,只想尽早结束!

兰芝再一次看穿了我的心思,在一旁提醒道:"恐怕下午不会太早出结果,我听招标公司的人说,政府那边跟招标公司有些意见分歧。不过这种事儿,即使甲方不是政府,招标公司也得尊重甲方的意见,毕竟他们也是给甲方打工的。"

兰芝欲言又止地喝了一口汤,沉默地看着我,她脸上凝重的表情似乎已经显示结果了。我和老钟也有一种不祥的预感,只是心里还存着一点侥幸罢了。

午餐是一个短暂的间歇期,下午的时光继续在等待中度过。偌大的休息室里,我们公司的人坐在西边,荣鑫公司的人坐在东边,其余几家公司的人都集中在中间的沙发区。日渐西斜,眼看阳光一点一点地从我们身上划过,结局似乎已经注定。中标结果直到黄昏时分才公布。主持人一个字一个字地宣布，我们终于"如愿!以偿"地输给了荣鑫公司，仅1分之差，我们失去了公司生存的希望。这个代价实在太昂贵了!

出了会议室，人潮涌向了荣鑫公司，赵瑞被围得里三层外三层，而我们像被隔绝在世界之外。老钟和兰芝商量着拉上我去给赵瑞道贺，而此时的我脚如灌铅，一步也挪不动。没想到，赵瑞竟然撇开人群，主动来跟我握手。这不是胜利者的嘲讽，而是对对手的尊重，而这次"世纪握手"也登上了报纸头条。

回去的路上，老钟坐在副驾驶座上独自咕哝，1分惜败让他耿耿于怀。

"我向招标公司的人打听过了，我们的答辩很完美，但方案中漏了一份资信证明，直接被扣掉了两分。"

兰芝的声音有些沮丧，甚至是绝望。

"什么资信证明？"

老钟焦急地问，似乎又看到了一丝希望。

"业绩报告。"

"怎么会犯这么低级的错误？老邢，封标时没有核对标书里的资质信息吗？"

老钟的情绪愈发激动了。

"怎么没检查？"

兰芝赶忙帮我解释，"当时我提议搞了个封标仪式，当着整个项目组的面儿封标书，还是小田一项一项跟目录页核对过的……"

没错，就是田蕊封的标书。经兰芝提醒，我也回忆起当时封标书的整个过程，标书自始至终都在她手中。

"小田？"老钟欲言又止，转而问我："老邢，你亲自查过吗？"

"没有。"

我的回答毫无底气。但老钟的语气告诉我，他在怀疑田蕊。

"怎么不查一查，你也太放心了？"

老钟似乎已经有了定论。

"没必要了吧，结局已定。况且当时那么多人在场，不是都没查出来少了这份资信证明吗？"

直觉告诉我，整件事与田蕊无关。况且我并不想再继续纠结这件事，公司要发展下去，就必须尽快从失败的阴影中走出来。老钟也没有再坚持。我想，他只是需要找一个能安抚自己的理由。

"荣鑫公司赵总的建议，我们是不是考虑一下？"

兰芝之所以会有此一问，是因为赵瑞提出的联合投标建议，但我并没有同意。一方面，我需要跟股东商议，最主要的是征求老钟的意见，毕竟以公司目前的股权分配来看，老钟是公司除我之外最大的股东；而另一方面，我对荣鑫并不了解，不敢轻易冒进。

"恐怕现在赵总不会这么想了。"

看得出来，老钟打心眼儿里不喜欢这位赵总。

"也许吧。"

我知道跟赵瑞的合作将是一场不公平交易，所以拒绝是领导者的责任。

"也不见得，先别说泄气话。以荣鑫公司的实力，赵总能提出来联合开发，说明咱们的方案有吸引他的地方，也说明咱们具备承接这个项目的能力。"

兰芝这番话，可谓一语惊醒梦中人。

"说得对，荣鑫公司是国企，尾大不掉，这种PPP项目需要小公司的灵活。"

老钟受兰芝启发，也振振有词起来，而我却没他们乐观。公司状况堪忧，几十位员工的薪水、公司的日常开支，都是迫切需求解决的问题。

夜幕四合，霓虹初上，城市仿佛换了一个样子。没有行人行色匆匆的脚步，也没有人们焦虑不安的面庞，唯有夜色能让人安静下来！我喜欢夜，但今晚除外。送老钟回家后，我和兰芝去了酒吧。其实，我并不喜欢酒吧，喧嚣、吵闹。我和兰芝每人要了一杯鸡尾酒。虽然心情不佳，但作为成年人，我们并不需要酒精来麻痹神经，我们只是单纯地需要放松。

"接下来打算怎么办？"

"还没想过，走到这一步，我是没办法了。"

在兰芝面前，我可以恣意退去伪装，做最真实的自己。

"不像你的作风呀？"

"这次真是不知道该怎么办了，我也不知道公司接下来该怎么办，你一向办法多，有什么好建议？"

我苦笑着摇了摇头。

"这次也许真把老钟坑苦了。"

"我想以老钟的经历，他不会把所有资金都投进你的篮子里，狡兔三窟，他总会给自己留条后路。相反，我看好赵瑞。他既然能抛出橄榄枝，就不会轻易善罢甘休。"

"我也是这么想，大树底下好乘凉。"

"看来你还是想看看赵瑞的诚意呀？"

"什么也瞒不过你。"

兰芝喝了口酒，望着舞池中欢乐的男男女女。

"你有没有发现，最近我们除了工作，就再也没有聊过别的话题？"

也许她已经察觉到了什么，但作为男人的我，还是本能地选择了敷衍。

"没有啊，最近工作太紧张了，整天就是处理招标、投标的事，说实话，我现在满脑子都是标书，还没从白天的事儿中走出来呢。你刚才问我下一步计划，我真的还没想过……"

兰芝一边喝酒，一边静静地打量我："你掩饰的时候，话总是格外多。"

我沉默了。我们继续静静地欣赏舞池中那些沉醉、迷乱的男男女女。

"你饿不饿，要不咱们吃点东西去？"

我看了看表，已经晚上九点了，才恍然想起居然还没吃过晚餐。兰芝望着我一本正经的脸，突然笑了起来。

"你这人呢，除了工作还是工作，真是一点儿也不会照顾人。"

我也笑了，找来服务生，一人要了一份简餐。时间太晚了，街上大部分餐馆估计已经打烊了。

"你的眼光一直这么毒。"

"我只对你这么毒！"

不眠之夜

人生最可怕的不是在黑夜中行走，而是不知道黎明何时到来。一条没有尽头的路，能消磨人所有的斗志。

我不喜欢酒吧，不喜欢弥漫的香气里夹杂浓浓的酒气，也不喜欢看烟雾缭绕里的人影晃动，觥筹交错中的虚情假意，熏熏然似在梦中。不过，我的确做了一场梦，梦中弥漫着洋甘菊的香气。

我在哪儿？和谁在一起？发生了什么？一连串的疑惑使我下意识地把手伸进被子里——还好，身上穿着衣服！我独自躺在床上，整个人像被拆散的零件，没有半点力气，只觉得口渴难耐，挣扎着坐起来，一眼看到床头柜上的桌牌。

原来这是一家酒店。可我是怎么来到这家酒店的，却完全记不清了，只记得兰芝脸上的笑容。但她去了哪儿？我正思索，被一串急切的门铃声惊醒。我挣扎着站起身，头痛欲裂，扶墙走到门口。刚打开门，一张笑脸映入眼帘。

"您好，先生，这是您的早餐。"

我还来不及问清情况，餐车已经推进房间了。标准的美式早餐：鸡蛋，火腿，两片刚刚烤好的面包，一杯美式咖啡。在兰芝的会馆里，每天早上也吃这样一份早餐。我拿起咖啡，喝了一口，浓浓的苦味穿过喉咙，仿佛在食道上燃起一缕烟，被狠狠地烫了一把，酸涩的味道留在舌尖，持续冲击味蕾。服务生特地交给我一个信封，是兰芝留给我的，里面夹着一张赵瑞的名片。

享用完早餐，我匆匆赶回公司。刚进公司就接到了股东退股的噩耗！向财务总监确认消息准确性后，我的心泛起一阵波澜。

"有多大范围？"

"据目前情况掌握，有6个股东，股权倒是不多，占比不到6%，但难办的是，这6位股东都是债转股来咱们公司的。"

又是债转股，这就意味着买下他们的股份相当于还清所有欠款，甚至还要支付相应的利息。尽管以公司的股权分布来看，6%的股权不足以撼动公司的根基，但也足够雪上加霜了。

"不能答应他们。"

"难啊，邢总，要不咱们再从银行想想办法，哪怕一点贷款也行。"

"能想的办法已经想了。"

"杨副行长呢？没准儿他能帮您。"

以公司现在的状况，哪一家银行也不会贷款，杨副行长要是强行贷款给我们，便是违规操作。我不能让他为我犯错误。我不禁靠在椅背上，长叹了口气。总是挣扎在破产边缘，这样的日子很累，加上宿醉的头痛，让我疲态尽露。财务总监走后，我独自坐在办公室里，也不知过了多久，夜幕降临，我依偎在沙发里，从落地窗向外张望。冬日里，夜色来得早，下班时分，街上已经霓虹一片。行色匆匆的人们穿着厚厚的棉衣，走在干冷的街上，脚步比平日加快了许多。

又一天结束了。我不觉开始怀念那些朝九晚五的日子，那时的我无论如何也想象不到今天的困境。人生总是历经沧桑才会懂得拥有的幸福。投标失利，公司业务闲淡，加班的人少了，一下子冷清许多。华灯初上，我看着隔间外办公区的灯一盏盏熄灭，仿佛希望的火焰被绝望一点点浇灭，视线渐渐模糊起来。这些年经历的种种艰辛，突然浮现在眼前……这时，一个电话把我拉回了现实。

"邢总，听说你回公司了？"

我看了看办公桌上的电子时钟，已经是晚上七点。这个时间打电话来的人，通常是难缠的主儿。

"是啊，钱总好。"

这位钱总对于金钱有近乎偏执的喜好，虽然所有生意人都爱钱财，但爱到他那种程度的并不多。他可以容忍自己胡乱花钱，却对借债之人不会多一份同情。

"还没吃饭吧？"

"没有。"

"别太拼命了，钱是赚不完的，该休息时就休息，多少人还指望着你呢！"

"钱总过奖了，我可没有那么大本事。"

"怎么没有，你可关系到我们大家的生计呢！"

他定然是听到风声才来催债的，当初游说他同意债转股下了不少功夫，连杨副行长都惊动了。好话说尽，立书作保，他才勉强同意，眼下必然是听闻了投标失利的噩耗前来催债的。

"哪里、哪里，都是六家帮忙。"

我嘴上搪塞，心里却已经发了慌。

"就是不知道我们这忙要帮到什么时候？"

我顿了顿，实在不知道该如何接这话茬儿。

"我们这些小股东也不容易，当初是看中你邢斌这个人，才做了债转股。原是想帮你一把，可是你也知道，我们公司流动资金本来就不多，还指望着这笔钱再接些项目，公司上下这几十口人还等着发工资呢。"

电话另一端不断传来钱总的唠叨，三句话离不开还债的事。我无言以对，又想不出更好的办法，只得乖乖听着。那一晚我接到了好几位股东打来的电话，虽然都是无疾而终，但心情却郁闷得很。大衣随意地搭在椅背上，我从口袋里掏钥匙时，又碰到了赵瑞的名片，想起兰芝的话：

"既然赵总对咱们公司有兴趣，就不应该轻易放弃。毕竟大树底下好乘凉。再说，中标的是荣鑫公司，如果还想做这个项目，合作是唯一出路。毕竟咱们在方案上投入了那么多精力，现在放弃，谁都不会甘心……"

兰芝的建议点醒了我。虽然投标输给了荣鑫公司，但作为小公司，能够与行业巨头竞争，虽败犹荣。我的确不甘心，因为付出了太多心血，但也没有遗憾。拒绝赵瑞抛来的橄榄枝，也确实存在一点私心——不想与荣鑫公司共享项目方案。但转念一想，眼下我们公司也就只剩下这个方案还有些商业价值，只怕是人家荣鑫公司人才广济，也不过是一时头脑发热才看中我们的方案！

黎明的第一缕阳光照进办公室。一夜未眠的我，精神依旧还好，坐在沙发上，透过落地窗看昨日匆匆归家的人又重新迈着急促的步伐。我收起茶几上放着的标书，准备奔向新的起点。

"邢总，你这么早就来了，还是……"

田蕊推开门，一脸惊讶地看着我。我不由自主地笑了，下意识地说了谎。

"有点事，早来了一会儿。你吃早饭了吗？"

田蕊摇了摇头，一双水汪汪的大眼睛忽闪忽闪地看着我。我喜欢她眼睛中的清澈，真希望能够永远看到这双清澈的眼睛。

"一起吃吧！"

我不由分说地穿上大衣，就和田蕊一起往外走。时间尚早，我们习惯性地一前一后出了公司大门。尽管我并不是一个爱摆架子的老板，但和一位新入职的女同事吃饭，总会惹来风言风语，尤其是人太闲的时候，就只下八卦了。

早餐馆离公司所在大厦不算太远，绕过两条街便是，不过走路过去要二十分钟。正好可以看看街景，平日里忙碌惯了，今天正好悠闲一下，感受一个城市的生活节奏，早上的街绝对是不可或缺的一景。S市的生活节奏虽然比不了北上广深，但忙碌已经刻在每个人的脸上。

"我认识一家面馆，味道不错，带你去尝尝。"

"面馆？"

田蕊已经追上我的步伐，怔怔地看着我。自从投标失利后，这还是我们第一次单独相处。虽然田蕊说话的口吻如初，但总是感觉她刻意在与我保持距离。

"大冬天，早上吃一碗热汤面，马上就暖和了，一天都有精神。"

我依稀听见田蕊"哦"地回复了一声，从嗓子眼儿里挤出的声音。

"偶尔也感受一下咱们S市的传统早餐，总吃面包不腻啊？"

早上七点，面馆里已经满座了。田蕊好不容易等到了位置，高兴地朝我招手，我正在排队买面。那一瞬间，时光恍惚，仿佛回到了二十年前。我刚进学校教书，前妻也刚进医院实习。每到周末，她值完夜班，我都会带她到这家面馆吃一碗热汤面，驱走彻夜工作的疲劳，然后送她回家休息。那时这家面馆也像今天这样，要等很久才能等到座位，她总是坐在座位上兴奋地朝我招手，而站在队伍中的我，真希望马上买完面坐过去。但自从我下海经商后，这样的情景就再也没出现过了。虽然我还是习惯来这家馆子吃早餐，但绝大多数时候，都是孤独地望着窗外的街景，要么匆匆吃上两口就被电话打断了。

"38号，请到服务台取面。"

叫号机里传来声音，面馆也现代化了。过去是回不去了，只能回忆。

"我去吧！"

田蕊不由分说地抢着去取面。我在她身上看到了年轻、活力，还有似曾相识的影子。关于这次投标失利，我不想把责任转嫁到"职场新人"身上,毕竟追究责任不是解决问题的最好方法。何况我相信,她不会辜负我的信任!

义气之争

《大学》中讲:"有德此有人,有人此有土,有土此有财,有财此有用。"这是告诫我们,无论任何时候,万事德为先。坚持这一点,身边才能聚集人才。

七点刚过,早高峰来临。街上的行人逐渐多了起来,车水马龙,川流不息,匆忙的脚步把生活的节奏也带快了。老城渐渐成了回忆,有一点悲凉的况味,幸好面馆还在。这个四十平方米的狭小空间,承载了我的青春和回忆。我看着面馆里的客人渐渐多了起来,一些老主顾过来打招呼,或是点头致意,就着面馆里蒸腾的热气,突然感到一股暖流。

"这家面馆,我吃了二十年,还是那个味儿,还是这么火。"

"你常来?"

田蕊诧异地问,我点点头。望着她崇拜的眼神,打开了记忆的话匣子。面馆里各种口味的面,我都如数家珍。二十年了,这里一切如旧。老板还是那个老板,伙计还是那个伙计,面还是那味道,突然有一种时光穿梭之感。不过,一碗热汤面下肚,我的额头上微微渗出了汗。

"你吃得真陶醉。"

还是第一次听到有人这样称赞我,我竟有些腼腆了。

"你怎么这么爱笑？"我不禁问道。

"没办法，天生长了一张笑脸。人们不是说，爱笑的人运气不会太差吗？"

"这是哪门子理论？总是笑，你不怕长皱纹吗？"

"不怕，皱纹是成熟的标志。"

她一本正经地看着我，仿佛在讲一个不容置疑的道理。

"我还是第一次听一个女孩说不怕皱纹的。"

"对呀，因为我不会长皱纹呀！"

我俩相对而笑。许久没有这样开怀地笑过了。田蕊身上总是散发着一种特别的气质，尤其对中年男人有致命的诱惑力。

回到公司已经快九点了。田蕊先上了电梯，我特意等下一部，以避免给别人的故事添素材。没想到，电梯里偶遇了老钟。电梯缓缓上行，只有我们二人。老钟一脸倦容，我问他，他不肯说，想来是私事。

"没事就好，接下来有很多事要办，能让咱们喘口气的时间不多了！"

老钟眉头一皱，一脸倦容更加明显了，眼睛似乎还有些水肿。

"我想开一次股东大会。"

并非临时起意，而是我一夜未眠、深思熟虑后的决定。我不想埋没人才，更不想埋没这个项目。

"你还嫌他们逼债不够狠啊，这些人没一个省油的灯！"

"我的确是欠了人家的钱，还不许人家过过嘴瘾吗？"

"都召集来，公司还不得吵翻了天？"

"那也得开这个会。"

正说着电梯门打开了。老钟低着头，独自回办公室去了，我也一并跟去。进门口时见到了田蕊,她正跟着秘书学习商务礼仪。投标事件后,为了避风头,我暂时把她调到了秘书组。我朝他们使了眼色,他们识趣地退了出去,留下我和老钟继续刚才的话题。

老钟坐在沙发上,跷起二郎腿,点起一支烟:"究竟为什么要开股东大会?"

我坐下来,把理由详细说了一遍,老钟虽然理解我,但并不赞同我的方法。

"我理解你的心情,可是那些股东哪个不急着催你还钱?就算给项目组正了名,又能怎样?那些股东眼睛只盯着分红,不会在乎你的员工为公司出了多少力。再说,万一有人挑头闹事儿,你控制得住场面吗?"

"你说的这些我都考虑过,但不能因为可能出现的危机就放弃了。再说,如果不把话摆到桌面上说,谣言还会越传越多,对公司也不利呀!"

"老弟,你还不明白,这事就算你澄清了,想散播谣言的人还会散播,你止得住吗?现在这个阶段应该尽量低调,等这件事的风头过了再说。"

"我就是想给员工一个交代。"

老钟长叹了口气,语重心长的劝说不管用,只得随我去了。

"既然你想好了,那就办吧。不过我提醒你,做老板不能太重义气。你对员工讲义气是好事,可你是用股东的钱去赚钱,他们不会对你宽容的。生意、人情最好分开。这些道理你都懂,我也不唠叨了,你好自为之吧!开会时通知我一声。"

和老钟的这次小冲突,让我隐隐有种不祥的预感。我承认他说得有道理,但我无法置员工的感受于不顾。即使我永远成不了一名纯粹的商人，但我庆幸自己没有丢掉做人的原则。但更令我担忧的是我们之间经营理念的差异，这是合作伙伴之间最忌讳的，也是最不好调和的矛盾。思忖来去，仍是苦无对策的我，需要去见一个人——王老师。于是，心急如焚的我拨通了兰芝的电话。

"你在会馆呢？"

"是呀，看来这两天你恢复得不错。"

兰芝似乎并没有听出我言语中的急切，还略带调侃地问。

"还好，那天……谢谢啊！"

"你不是在微信里道过谢了吗？咱们之间什么时候变得这么客气啦？"

我笑了笑，决定开门见山。

"你最近见过王老师吗？"

"见过啊，昨天他还问起你呢，我大致跟他提了提咱们投标的事……"

"昨天？"

我惊讶地问。

"我们会馆接了一个高端商务培训，王老师是特聘讲师。我们闲聊时提起了你，你想见他随时可以，这周日之前，他都在。"

我心中窃喜，当下买了高铁车票赴京。下了高铁，已过黄昏。兰芝已派司机在出站口等候。雪越下越大，到处都是银晃晃的，路面一片惨白。车子缓缓而行，我的心却焦急起来。赶到会馆时，已经是晚上八点了。会馆里一片暖融融，灯火通明。我到餐厅里草草吃了点东西，便急着去见王老师。他正在讲课，台下坐着几十位企业高管。据说，能来这个培训班的都是大型国企高管。我在兰芝的引导下，隔着音响室的小窗子向里面望去，台下坐的都是中青年才俊。就在回眸之间，我意外地见到了一个熟悉的身影，是赵瑞，他正在全神贯注地听课。

"他也在？"

我诧异地看着兰芝。

"他很喜欢王老师的课，据说为了参加这次培训班，花了高额培训费，还以个人名义替培训班联系了一次参观活动，王老师对他都赞不绝口。"

想必兰芝已经同王老师讲过投标的事。

"现在你还觉得荣鑫公司会跟我们合作吗？"

我对赵瑞的疑惑又加深了一步。他为什么要找我们公司合作？以荣鑫公司的地位，什么样的专家请不来？何况我们公司的投标方案也不是无懈可击的？

"会。"

兰芝斩钉截铁地道。

"你跟赵瑞聊过？"

"没有，但我肯定他会跟咱们合作。"

我怔怔地望着她深邃的眼眸，仿佛藏了很多故事。她这样说，肯定有她的道理，只是我不想问。转眼间已经到晚上九点，我的旁听生涯也结束了。我原本想避开众人直接去找王老师，没想到还是在楼道里"偶遇"了赵瑞。

"邢总，真巧，咱们又见面了，你也是来听王老师课的？"

赵瑞老远就迎了过来，主动握手问好。

"赵总，您好，是挺巧的，我就是路过……"

意外的巧遇，让毫无心理准备的我一脸惊讶，连笑容也僵硬了。

"哦，我是专程来听王老师课的，讲得真好，深受启发，有机会你听听。"

赵瑞对王老师大加赞赏，令我颇感意外。

"赵总极力推荐，看来这位老师水平不一般。有机会我一定听听。"

我下意识地隐瞒了与王老师的旧识关系。

"要不要我帮你问问，看这个培训下期什么时候开课。"

没想到赵瑞为人竟如此热情，我连忙谢绝了。

"不用，不用，您这么忙还帮我问培训的事，我自己问就好。"

"邢总别客气，我问比较方便，有结果给你回信。对了，你有我名片吧？"

"有，有。"

幸好兰芝给我留下了他的名片，否则就尴尬了。楼道里过往的学员越来越多，我们的谈话也被迫中断。与赵瑞分手后，我直接去了王老师房间。他的房间与学员不在同一层，相对隐蔽。这是兰芝的安排，为了让王老师好好休息。不过，今晚我还是来打扰他了。

门铃声响过，王老师打开门，见了我，一脸严肃，与见那些学员完全不同。上课时，他总是和颜悦色，轻松幽默，有时候还带着几分自我调侃。但在我面前，他极少露出笑容，总是摆出一副严师的架势。

"王老师，我又来麻烦您了。知道您喜欢茶，特意给您带了些茶叶。"

我拿出茶包，正要打开，王老师发了话。

"连夜跑了几百里路，就为了送茶？"

我笑了。王老师示意我坐下，倒了杯热茶递给我，便直入主题。

"你们公司的情况，我大致了解了，投标失利不仅仅是因为一份资信证明，想拒绝总要找个好理由。我的建议跟兰芝一样——跟荣鑫公司合作。不要太在意结果，换作是我，也会选择与国企合作。但从另一方面来说，招标公司用资信证明来拒绝你们，说明你们的方案的确很好。要对自己有信心！虽然荣鑫公司有实力，你们也用不着妄自菲薄。赵瑞既然抛出了橄榄枝，你就接着。眼下跟荣鑫公司合作，是自救的最好方法。大树底下好乘凉，这话你不是一直挂在嘴边吗？"

今晚的王老师不像是站在讲台上口吐莲花的大师，更像一位长者。他不仅支持我承接PPP项目，甚至鼓励我主动跟荣鑫公司接触，宁可作为项目的分包商也一定要搭上这趟快车。有了王老师的支持，我的心终于安定下来。

必也正名

作为企业负责人，可以辜负自己的努力，可以辜负管理人员的付出，但不能辜负一线员工的信任。投标可以失利，但项目组不能就此解散！

第二天，我带着王老师的希望和嘱托回到了S市。雪已经停了，太阳驱散了雪后的寒气，化雪的路上，到处湿漉漉的。午后的阳光照在人身上暖暖的，我约了老钟在外面碰面，只为避开公司里的众多耳目。很多股东为了放心，把自己的亲戚或心腹安排进公司，我只是佯装不知罢了。

"什么事儿，这么心急火燎地把我叫来？"

老钟是个急脾气，向来是先闻其声再见其人。我倒了杯茶递给他，一方面让他趋趋寒气，另一方面也想让他先稳定一下情绪，毕竟接下来要谈的事情，多少会让他有些激动。

"别急，先喝口茶再说。"

"到底什么事儿？你不说，我才着急呢！"

我笑了笑，刻意放缓了节奏。

"我想在公司里成立个部门。"

既然上次给项目组加发奖金的事被老钟一口回绝了，这次我就换个思路，重打鼓另开张，从老钟感兴趣的"做项目"切入，说不定会有转机。

"什么部门？公司里现在有好几个部门，还要成立新部门？你看看那个秘书组，就一个人。哦，还有你那个小田，刚刚派过去学徒呢，统共也就两个人，还单独成立个部门。整个公司才几十个人，成立那么多部门有什么用，管理起来多麻烦，小公司就是要化繁为简才能提高工作效率。"

虽然老钟并没有因为标书中少了一份资信证明的事责怪田蕊，也都知道招标公司那些心照不宣的行规，但他就是对她看不顺眼。

"这个部门可不一样，至少得要五个人。"

老钟盯着我看，脸色愈发凝重。

"我打算成立一个项目部，专门做PPP项目。归你管，有兴趣吗？你有经验又有眼光，我给你打下手，怎么样？"

我提出这个想法，老钟并不觉得诧异。他淡定地喝了口茶，刚才的一脸焦急已经退去。他看着我，虽然没露半点笑意，但我知道他心里是赞同的。

"虽说成立个部门也不是什么大事，不过那些股东的三姑六舅太多了，我怕你这个新部门装不下那么多尊大佛。"

我笑了笑。股东亲信入职，已经成为公司公开的秘密。

"咱们可以搞一次内部竞聘，按岗位招人。其实也没必要一竿子打翻一船人，有些股东安排进来的人还是有能力的。竞聘就是相对公平一些，咱们搞成打分制，全员都可以参与打分，每个人只打一项分，这样谁也不能决定别人的去留，打分时私心就不那么重了。我是想，不管这个人背景怎么样，只要他能把工作做好，不耽误项目进度，就可以进项目部，你觉得怎样？"

老钟沉默了，低头品茶，若有所思。

"办法是不错，我就是担心，现在公司这状况，谁有心思跟你搞这个？再说你现在搞这个项目部，之前投标时跟着你干的那些人怎么办，万一他们的位置被别人抢了呢？人家前面付出的辛苦打了水漂儿，这还能算公平吗？"

老钟这话正合我意。

"我是想给他们发些奖励的，所以等你老哥发话呀？"

我边说边给老钟续上茶。

"嘿，你在这儿等着我呢？"

"上次我刚一提，你老哥就给回绝了，我都理解，您那是为了我好，免得股东们有意见。可是这次不同，正式成立一个部门，绩效考核也得按照一个部门的标准要求，员工的薪酬奖金按业绩考核，也就堵上了一大部分人的嘴。"

老钟听到一半，脸上已经露出悦色。

"你呀，论执着，我就服你。说来说去，又绕回到发奖金这事上了。"

"老哥，咱可不能当守财奴。我知道以咱们公司现在这个状况，钱当然重要，但是人才更重要。守着钱没人干活，那不得坐吃山空呀！"

"老弟，我知道你想接下PPP项目，可是咱们不是没接成吗？现在弄这么个部门,又没业务,股东们能没意见吗?"

"咱得先有部门再找项目呀,自己没准备好,怎么跟别人谈呢?"

老钟听罢这话,停顿了一下。

"听你这话是打算跟荣鑫公司合作了?"

"没有荣鑫公司,我也打算做下去,当初你入股不也是看中了PPP项目吗?"

老钟没有再接话茬儿,只是静静地品茶。我知道此刻他脑袋已经转起来了。

"其实,今天请老哥来,不单是为了成立一个部门,主要聊一聊PPP项目,还想请老哥出出主意,关于荣鑫公司咱们怎么接触好?"

老钟喝了口茶,看着我,又问了一遍:"你是铁了心要做PPP项目吗?"

"当然。"

我斩钉截铁地回了两个字。然而,老钟却沉默了。他的确是冲着PPP项目才融资的,而且上一次项目投标出钱又出力,信誓旦旦地要拿下项目,信心比我还足,怎么今天变得推三阻四了呢?

"是不是上次投标没成功,让你对PPP项目失去信心了?"

老钟摇摇头,把茶杯往桌上一撂,眼睛瞪大了一圈。

"怎么会呢?我是这么容易被打败的人吗?我什么时候认过输?"

他一激动起来,眼睛就会不自觉地瞪起来,说话声音不自觉地高了八度。

"那你今天是怎么了?对我这个方案有什么意见吗?有意见就直接说出来,咱哥俩都不是说话拐弯抹角的人。"

老钟叹了口气。

"好吧,我是有点小顾虑,既然你心气挺足,我也说说我的想法。成立这个PPP部门我是支持的,投标时大伙众志成城,是因为好多人都盼着拿下项目,他们也就不用回原来部门了。可是投标没成,大家自信心一下子就被打击了。人心一旦散了,就不好归整了。"

不过话分两头,接下来才是老钟要说的正题。

"最近有一些股东来探我的底,其实他们对PPP项目还是有抵触,不敢做。"

"探你的底?"

我心中一惊,难道有人已经开始打老钟的主意了?

"八成是被你坑苦了。"

说着说着,老钟不禁开起了玩笑,我也尴尬地笑了。

"当初搞债转股也是没办法的事,你也知道那是缓兵之计。其实准确地说,那也算不上债转股,到现在也没有一家金融资产管理公司有意向接管债务,要不是老哥你融资进来,公司早就完了。"

老钟边听边点头。

"不管做得怎么样,债转股这招绝对高,我早就听说了,就是现在,咱们S市也没几家公司这么做。"

"老哥,你就别夸我了。"

老钟说得我都有些不好意思了。

"这些人虽然叫股东,可跟我、跟兰芝不一样,他们骨子里还是债权人,眼睛里只盯着钱,压根没把你当成合作伙伴,人家为什么把三姑六舅家的孩子往你身边送,一是怕你卷铺盖跑了,二是盯着你的进账,要不我的融资款刚打进来没多久,就有股东找我喝茶呢?"

老钟的话提醒了我。看来我该关注一下公司里那些眼线了。

"老哥说得有理，我太专注于业务，忽略了这些。"

"其实难题在于股东，得让他们看到跟着你干能见着钱，要不说什么也白搭，这些人是不会跟着你往前走的。"

"这么说，老哥是支持我的？"

"那当然，谁还想把钱往外推呀？"

"好，冲老哥你的支持，这事我一定做成了。"

那天，我和老钟聊得很尽兴，从茶馆出来，又去吃了饭，一直聊到凌晨，几乎把公司未来十年的发展大计悉数规划了一番。

有了老钟的支持，股东大会也得以顺利召开了。出乎意料的是，大小股东居然悉数到场。会议室里黑压压地挤满了人，连会务服务的通道也被占用了。田蕊和几名员工送茶水，已经无处落脚，一杯一杯地往里面传。作为新进股东，老钟忙着跟股东们打招呼，联络感情。不仅仅是为了开展工作，更是为了提升公司的凝聚力。在这方面，老钟的确是高手。而我郑重地介绍了PPP项目部，老钟将以公司副总的身份直接管理这个部门。老钟刚走马上任，仅仅过了一天，一份详尽的部门规划和人员招聘方案摆在了我的办公桌上。

不忘初心

"不忘初心，方得始终。"我把这句话工工整整地抄录在笔记本上。创业是一条艰辛的路，充满了诱惑、挫折，人很容易迷失自我，唯有初心能使人永远走在正确的航道上。

PPP项目部交给老钟管理，我可以腾出手来找新项目了。从内部招聘会现场出来，我直接回到办公室，坐在电脑前整整一个下午，搜索信息、寻找项目。从政府采购网公布的工程信息来看，目前S市绝大部分PPP项目都与土建有关，这是老钟的老本行，做起来驾轻就熟，而他的管理经验加上我对PPP项目的了解，双剑合璧，必定无往不利，成功的曙光就在前方。

PPP项目部人员很快敲定。老钟和人力资源总监拿着竞聘结果来向我汇报。我满怀期待地打开文件，一个字、一个字认真阅读。

"你放心，你要找的人在上面呢！"

老钟自然看穿了我的心思。

"什么呀？我就是看看咱们公司的人才。"

我下意识地为自己辩驳。

"那当然是人才，邢总亲自看中的人，怎么能不是人才呢？"

老钟开起玩笑来，弄得我脸上青一块红一块的，赶忙转了话锋，让人力资源总监简单介绍竞聘成功人员的简历和聘用理由。老钟时不时地从旁插话，交换一下意见。当说到田蕊时，我莫名地紧张起来。原本以为老钟因为之前投标的事件针对田蕊，没想到老钟对她评价极高，倒出乎我的意料。

"这小丫头不错，虽说缺乏建筑专业知识，但她参与过PPP项目的投标工作，对PPP项目有一定的了解。最重要的是，脑子机灵，学东西快，可塑性强。你眼光不错，好好培养一下，将来是一员大将，就怕到时候咱们这小庙留不住人家这尊大佛了。"

"那不至于。"

"好啊，到时候就看你的本事了。"

老钟话里有话，我假装不懂，气氛异常和谐。人员竞聘的事告一段落，人力资源总监走后，老钟留了下来，跟我讨论PPP部的发展规划。看来他已经进入这个全新的角色了。

"老邢,感觉怎么样?提点意见吧!"

那一刻,我在老钟的眼睛里看到了一颗创业的初心。我仔细阅读这份发展规划,在与大型企业合作这一页上停留了一会儿。老钟早已料到我会同荣鑫集团合作,尽管他保留了自己的意见,但还是选择支持我。

"与大型企业合作这一条是……"

"前段时间咱们投标时不是与一家大型国企竞争吗,我受那件事启发。再说现在市场的格局也不允许单打独斗了,眼下咱们公司资金困难,跟大公司合作就解决了资金问题,咱们可以把人员管理、技术测评这些既耗时间又耗精力的事交给大公司去做,他们途径多,咱们负责技术支撑和施工,各取所需!"

老钟的定位非常准确。眼下也只有同大公司合作这条路可走。况且大公司的背景雄厚,对于一些心思不定的小股东能够起到震慑作用。不过更令我欣慰的是,我们俩居然不谋而合,这是合作最重要的基础。

"说得对,不瞒老哥,我也有这个想法,只是不成熟,所以一直没提出来。"

老钟听罢,哈哈一笑。

"咱们又想到一块儿去了,说干就干,咱们先干什么?"

老钟的雷厉风行劲儿又来了。既然老钟已经做好了准备,我索性把王老师和兰芝的建议倾囊相告,听听老钟的想法。

"既然老哥也有意找大企业合作,我想咱们不如接过荣鑫公司的橄榄枝。"

老钟眉头一紧,不免深思。

"咱们可是败军之将,别看那个赵总说得挺好,可此一时彼一时。他当初向咱们示好,有几分真假暂且不说,就说那个时候,咱们跟他们公司一样,都是竞标单位,他刻意拉拢是因为投标还没结果,万一咱们中标了,像咱们这样的小公司,承接大项目肯定存在资金困难的问题,他借机示好,说不定能抢到合作机会,表面上是拉咱们一起干,实际上他也想分一杯羹……"

我听着老钟的分析,连连点头。他说的不无道理,况且这些我也想过。

"可现在情况就不一样了,人家中标了。荣鑫公司是什么实力,咱们S市估计找不出第二家了吧?人家用得着跟咱们合作吗?"

我方欲张口,结果被老钟一伸手,挡了回去。

"你别跟我说是技术方案。老邢,咱们都在商场上摸爬滚打了多少年,招标投标这里面的事儿都明白,那方案能有多重要?关键时候还不是靠企业实力。再说,人家荣鑫公司是什么底子,大国企,资金不用愁,光这一点,咱们公司再奋斗二十年也追不上,是这话吧?"

我又点了点头。毕竟老钟的话句句在理,中小企业要发展成大企业,甚至超大企业,不只要奋斗,还要赶上好时代、好机遇,"天时、地利、人和"缺一不可。可我们公司一样也没有。

"缺技术人员,人家不会自己招聘啊!这才一个多月的工夫,咱们公司不是也招聘两轮了吗?挖没挖到宝,你自己知道。再说这方案,有人才了,就自然不愁方案。哪儿不行改哪儿,这不是多难的事。"

老钟连连追问,我连连点头,但还是心存希望,想要搭上荣鑫公司这辆大车。

"老哥说的话都在理,可眼下除了荣鑫公司,还有哪家公司对咱们感兴趣?"

老钟沉默了，点燃一支烟，深吸了两口，语重心长地说："我不是不支持跟荣鑫公司合作，可咱们得先认清自己再去跟人家谈合作。毕竟这一次是咱们主动想搭人家的大车。人家正顺风顺水的，何必跟咱们搅在一起？"

"那你当初是怎么相中咱们公司的？"

"兄弟，我就想说一句，人家荣鑫公司凭什么看上咱，就这一条你考虑清楚。能跟荣鑫公司合作的话，那当然好，老哥我全力以赴支持你，把咱们PPP项目部做得风生水起，你就等着瞧吧！"

老钟这话让我感到一股暖流在心里涌动。不管这个誓言能否实现，单凭此时此刻老钟这份创业初心，我就备感温暖，仿佛回到了十几年前。那时我刚刚下海，和所有创业者一样，终日怀揣梦想，嘴里嚼着干面包、喝着白开水，在地下室混浊的空气里大谈理想，憧憬着有一天拥有自己的公司，规划着未知的未来。然而当我拥有了事业和公司时，却失去了很多至真至纯的情感。其实，得失之间是公平的。

竞聘结果在公司公示板上公布后，田蕊和几位新入职人员的名字赫然在列，再次引起了一阵不小的风波。人力资源总监办公室大门的玻璃差点被挤碎了，前来"上访"的员工也排起了长龙，比之前竞聘时排的队伍还要长。一些股东也参与其中，这让我大为不解。这些人平素不参与公司管理，偏偏在机构变动时出来横插一杠。想到这里，我心里又急又气，但更多的是无奈，毕竟他们手上拿着股份。

"那几个新进公司的小毛孩子都能进PPP项目部，凭什么我们这些为公司拼死拼活立下汗马功劳的人进不去呢？"

"我可是听说，就是因为那个田蕊，咱们公司上次投标才没中标的，你们这回为何还用她？"

这话越说越出格，人力资源总监面对这七嘴八舌也疲于应付。

"用谁不用谁，那是公司领导层一致决定的，你们到我这里来闹也没用，竞聘都结束了，人员定下来就不会再变了。再说，你们竞聘的时候怎么不多用点心？表现好点儿，比在我这儿练嘴皮子有用多了。"

没想到人力资源总监的话激恼了对方，那人抬手就要打。千钧一发之际，老钟用力地敲了敲人力资源总监办公室的玻璃门。来闹事的众人看了他一眼，只是稍稍停顿了几秒钟，然后又继续七嘴八舌地埋怨起来。老钟也火了，又继续敲玻璃门，声音越来越大，直到众人安静下来。他默不作声，缓缓走到人力资源总监身旁，静静地看着闹事的这些人，沉默良久才开口。

"在座的各位股东，我想没有几个人是富二代吧，咱们都是从苦日子一步一步走过来的，吃过苦，受过累。我就是想请大家冷静想一想，这么闹下去，公司垮了，有你们什么好处？如果你们想毁自己，我不拦着，但别拉垫背的。再退一步说，这个PPP项目部的人员还有试用期，公司自有淘汰机制。等试用期结束了，我们会在全公司范围内征求意见，您有什么意见留到那个时候说，也有正当理由，您说是不是……"

老钟的一番话，说得众人哑口无言，一场声势浩大的闹剧就这样收场了。

惺惺相惜

人生得一知己，夫复何求。能令自己尊重的敌人，其实也是一种知己。

再次和赵瑞见面，我和兰芝做了精心准备。按兰芝的说法，太做作反而会弄巧成拙，倒不如开门见山。先摸清城建投公司的风向，再分析荣鑫公司推迟工期的原因，对症下药才能直捣要害，抓住赵瑞的心思。于是，在她的建议下，我开始准备"进驻"S市城建投公司，借口咨询近期城建项目，了解荣鑫公司承接的市政馆廊项目的进展情况。当然，我们下这么多功夫，也并非只为这一个项目。我一直记得王老师的谆谆教诲——鸡蛋不能放到一个篮子里。这些年全赖这一招狡兔三窟，才能为公司发展谋得一条后路。

由于工作关系，我跟城建投公司的王总也见过几面。对于我这样一位执着的创业者，王总着实钦佩；加之他对我在馆廊项目上的施工方案和融资方案颇感兴趣，我便想请王总出面，帮我约见赵瑞。一来，城建投公司作为甲方代表之一，具有工程的监督权；二来，城建投公司具有政府背景，在项目施工上有一定的话语权。当然，更为紧要的是，几次与赵瑞的电话交流都没有实质性进展，关于合作之事，他一直闭口不谈，这根软钉子结结实实地扎进了我心里。

老天只会垂怜有准备的人。我在城建投公司出出进进已有一段时间了，始终未见赵瑞的身影，而请王总出面约见赵瑞之事迟迟没得到适当机会说出口,心下正郁闷之际,机会悄悄送上门了。有一天晌午时分,我走出城建投公司的大门时,刚巧迎面扑来一股春天的花香。虽然乍暖还寒,但暖风吹拂,树梢已见点点新绿,万物复苏,直叫人心旷神怡。

"哟,这不是邢总吗?这么有兴致,闭目闻花香呢?"

我正在阳光下闭目养神,一个熟悉的声音传入耳中。是赵瑞!我心里瞬间泛起波澜——等待已久的时刻终于到了!我立刻睁开眼,转身朝他打了个招呼。

"是赵总啊,没想到咱们在这儿碰上了。最近怎么样,现在春暖花开,正是好时节,馆廊工程什么时候开工呀?"

赵瑞穿着轻薄的羊绒大衣,衣冠楚楚地站在面前,清瘦中更显几分精神。

"不着急,项目工期长,一切准备妥当了再开工,仓促开工容易出事故。这可是市政府的脸面工程,小心驶得万年船呀!"

"那是、那是,还是小心点好。"

"我听说邢总最近常来城建投公司,又在琢磨什么新项目呢?"

赵瑞话锋一转,迅速由守转攻。

"真是接了项目,还能这么悠闲?"

我看了看表,已经到了吃饭时间,便主动邀请赵瑞共进午餐。

"快到饭口了,择日不如撞日,再说之前我约了赵总几次都没约到,今天得给我这个面子,咱们就近吃顿便饭。不讲排场,单纯为了吃饭。"

"那不好,我这还有事,下次吧。"

赵瑞再三推辞,我就坚持邀请,这一次可不能再错失良机了。

"我认识一家面馆,面是咱S市的老味道,经营三十年了,远近闻名，我隔三岔五地就去吃一回，不尝尝有点可惜，走吧，赵总，我请客。"

赵瑞迟疑了一下。我不由分说地将他拉进那家小面馆，一进门热气腾腾的麦香就迎面扑来，暖暖的人情味儿让他脸上也绽放出轻松的笑容。

"请赵总在这么小的面馆吃饭，还真怕赵总不赏光呢？"

"怎么可能，这里环境不错，有味道。"

赵瑞四下打探，眼神不住流转。以他的阅历，什么样高档的餐厅没见识过，反而这种带着市井气息的小店是他平素难得一见的，更能打动他。为了这次请客，我的确是煞费苦心。不过，十元一碗的便宜小面，吃的是情，品的是味。这次大胆的尝试达到了我的预期效果。

"赵总很少来这种小馆子吃饭吧？"

"不，不，平时也去小馆子吃，只是头一次见到这么火爆的小馆子。"

正值午餐时间，我们刚刚坐定，还在翻看菜单斟酌选菜，来吃饭人便多了起来。三十多平方米的小面馆里瞬间挤满了人，等座的人已经排到门口了。

"咱们得抓紧时间点餐了。"

赵瑞方一抬头，只见桌旁已经站满了等座的人。

"人这么多？"

"今天是工作日，周围几个大厦的员工都把这儿当食堂，一会儿人更多，想起身拿菜都费劲儿了。"

赵瑞听罢我的话，赶忙合上菜谱。

"邢总，还是您做主点菜吧，这儿您熟，我什么菜都吃。"

没想到赵瑞性情这般随和，我索性点了面馆的招牌面和一道精致小菜，两个人吃起来绰绰有余。

"邢总今天特意请我吃饭，一定是有什么事吧？"

"先吃面。"我笑着端上两碗面，正宗的S市面，再滴上几滴辣油，芝麻混合微糊的辣椒味，显得格外辛香。我迫不及待地挑上一口面，放进嘴里慢慢咀嚼，香浓的味道直击味蕾。

"这面够劲儿。"赵瑞才吃一口就连连称好。

"我在这吃了十几年了。"

"看来邢总是个专一的人。"

被赵瑞这样一夸，我反倒有些羞涩了。他咽下嘴里的面，又喝了口热汤，迟疑地看了我一眼若有所思道："邢总有什么事就直说吧！"

看得出，赵瑞是个爽快的人，我也开门见山了。

"虽然上次我们投标的项目没拿下来，但是你知道好项目谁也不想错过，特别是有挑战性的项目，对我们这样的小公司有很大吸引力。所以这段时间，我们公司组织人把投标方案又重新完善了一遍，着重完善之前的几处漏洞，原本想当成以后项目的范本用。不过，赵总正在做这个项目，我们就想，您这儿会不会也遇到同样的问题……"

"方案方便发我看一下吗？"

没想到赵瑞早已猜出我的来意，他这样直接，反倒令我有点不知所措了。我一脸惊讶地看着正陶醉地吃着面的赵瑞。幸福似乎来得有些突然。

"邢总费了这么多功夫，看来对这个项目是真的舍不得。其实您手上已经有成熟方案，我们不妨聊一聊。说实话，我们自己做方案也未必比贵公司的方案高明。我对贵公司的方案还是挺感兴趣的。"

赵瑞的直接，反倒让我有些茫然："好，好啊，我发给您，那咱们是……"

他已经猜到我下面的话，便马上堵住了我的嘴。

"邢总，合作的事不着急。如果换作是我，我也不想放弃这个项目，毕竟投入了那么多心血。不过现在项目还在准备期，而且天气刚刚回暖，土还没彻底解冻，现在说项目的事，恐怕为时尚早吧！"

"可是我听说政府方面不是不着急，而且最近还发函催促。之前赵总抛来橄榄枝，我没有及时接住，您这边另做安排也无可厚非。不过，当时也是因为方案还不够完善，而且我们公司的人员配备也没就位，所以才不敢贸然接手。但现在不同了，我们公司成立了专门的PPP项目部，今年打算正式进军PPP项目，现在正跟城建投公司接洽一些项目……"

我不遗余力地向赵瑞推销公司近期改革成果以及城建方面的经验，虽然赵瑞的态度还是不够明朗，但从他的眼神中，我看到了肯定和兴趣。

思想绑架

我们都听说过道德绑架，就是通过社会舆论迫使他人认可自己的道德观念。但思想也会被绑架，世上最可怕的，是思想、灵魂被征服。那些苦口婆心的劝诫，那些热忱的演说引导你彻底放弃自己的灵魂，被一种思想所绑架。

我竭尽所能地用一顿午餐的时间让赵瑞明白我们公司的优势，我们公司怀着120分诚意面对这场不平等的合作，放眼整个S市恐怕也找不到第二家这样的分包商了。然而，赵瑞是一个喜怒不形于色的人，任凭我说得天花乱坠，他只是点头认可，却不表态。

"邢总眼光长远，看得深、想得透，咱们是不谋而合。"

"赵总过奖了。我是看好PPP项目的，现在国家大力发展这种经营模式，对中小企业和三、四线市来说，是空前的机会。政府立项，承办公司牵头，社会资金注入，这是多方得利的大好事。也是赶上了现在这个开放的时代，才有这么好的发展机遇。"

"有见地。邢总这番话可以作为演讲素材了，觉悟很高。"

"坐到赵总这个职位还能这么亲力亲为，钻研业务，实在难得，令人佩服。"

"我倒是羡慕邢总当初辞职的勇气。我没那个勇气。"

"赵总谦虚了，我应该多跟赵总学习。"

我从兰芝打探的消息中得知，这位青年才俊在荣鑫公司的日子也不好过，很多老资格的中层管理人员不服他。他急需一个大项目来证明自己的实力，培养自己的后援。虽然我们公司不是最佳选择，但却出现得恰是时机。然而，我本以为胸有成竹的时候，赵瑞却拒绝了我的合作邀请，这令我百思不解。我再三追问之下，他才点破实情。

"荣鑫毕竟是国有企业，我得对得起全公司上下几千名员工，对得起上级领导的信任。市政工程的社会影响力太大了，我需要的不仅仅是完善的方案，而是万无一失的方案。当然，更为重要的是，荣鑫公司可以容忍一个技术水平稍差的合作伙伴，但无法容忍一个负债累累的合作伙伴。"

我突然意识到,是时候来一场大刀阔斧的改革了,至少得让一部分人感到震动。否则,与荣鑫公司的合作拿不下来,PPP项目部也不会发展起来。

那天我回到公司,立刻找到老钟商量对策。既然赵瑞能对我坦诚相待,说明他只是表面上拒绝了我,合作的事反而迎来了更大的转机。我喝了口热茶,把赵瑞说的话原原本本跟老钟叙述了一遍。

"照这么说,他是想让咱们公司完全配合他,那不成了子公司?"

"我倒是没想到这一层,先把合作拿下来,再说后话。"

"这不是明摆着的么,我看这个赵瑞在他们公司也不见得就混得好,他该不会是想把咱们公司变成他赵瑞一个人的子公司吧?"

此话一出,我怔怔地看着老钟。他原本是个豁达的人,可不知怎的,偏偏对赵瑞处处提防。我突然意识到,未来的合作并不会太过顺利。

"怎么会呢,赵总是国企高管,人家走的是仕途,咱们才是经商的。"

"走仕途才可怕呢!"

老钟抛出这句话时,目光望着窗外,若有所思。我知道老钟的担忧,也知道他这一生的经历铸就了戒心重的习惯,这些是我无力改变的,但必须要在合作前消除老钟的戒心。

"其实赵总不说,我也有这个意思,现在公司的不良资产太多,我想借着这个机会把它们清理掉。"

老钟一直在向我建议解决公司不良资产的问题,眼下我提出来,正合他的意。但这一次老钟却一反常态,他不慌不忙地端起茶,细细地品了起来。

"今天这茶不错,水温正好,沏出来的茶也够味儿,看来我是没白教咱们这位小秘书。"

"老钟，别急着岔开话题，平时你不是极力支持公司清理不良资产吗？今天怎么变了态度？"

老钟沉了沉，缓缓地点起一支烟，深吸了一口。

"老邢，不是我变了，是你变了。财务总监跟你建议多少次清理不良资产，每次都被你一句话挡回去了。就拿前些日子股东闹事儿那回，咱们公司账上是没有多少流动资金了，但还是有一些资产的，而且搁置多少年没动过。还有一个超市的股份，一年都收不回多少钱来，人家那个超市经理来跟咱们商量多少次转让股份的事，你就是不同意。可是今天你一回来，态度就全变了，主动要处理不良资产，你说我能不怀疑吗？兄弟，你就见了赵瑞一回，怎么改变就这么大呢？以后咱们双方要是真的合作了，还不事事被他牵着鼻子走，那咱们公司可真成他赵瑞一个人的子公司了。我说，他到底给你下了什么药？"

老钟越说火气越大，我没想到他会把不满都发泄到赵瑞身上。如果矛盾不尽早解决，日后合作必然会埋下隐患。

"这不是赵总的意思。我也早有清理不良资产的打算了，只是当时条件还不成熟，公司也没找到经营方向，不敢贸然搞改革，万一闹得鸡飞蛋打，新项目没找到，手里最后一点值钱的资产也变卖了，咱们就连翻身的机会也没了，你说是不，老哥？"

"你这说法也在理，我不能说你考虑得不对，但是怎么偏偏是在见过赵瑞后你才说出来这个想法？你说换了谁能不怀疑？"

老钟气冲冲地喝了口茶，咚的一声把茶杯撂在了茶几上。看来他真生气了。

"老哥，你说得对，我说这话的时机是不大好，但是该说也得说呀。今天，赵瑞确实给我的触动很大，别看人家管理的是国企，那思路见识，还有市场嗅觉，超前得很呢！"

"行了，你就别拍他马屁了，他又没在这儿。"

老钟不爱听我说赵瑞的好话，我把茶递到他手里，又换个角度解释。

"我承认，之前你跟财务总监劝我的话都对，包括兰芝也早就劝过我，但是我一直狠不下这个心来，总想着实在经营不下去了，再把那些资产处理掉，不是得为自己留条后路吗？可是现在想想，还真有点可笑。做公司，狡兔三窟是没错，但也得分时分事，眼下公司到了背水一战的时候，我再坚持，那就是愚蠢了。再说，即使是合作，荣鑫公司占主导，咱们也不可能任凭他们摆布，自己手上没点资金，那不等着给人家当长工了？所以啊，我就想把那些不良资产清理一下，回笼点资金，把公司盘活，拿下几个小项目。这样咱们也不至于在荣鑫公司这一棵树上吊死。他想让咱们专门给他打工，咱们就来个'明修栈道，暗度陈仓'！"

我这一番话，老钟听进去了，而且听得极其认真，连连点头。

"老弟，你早这么说不就结了，也省得我这颗心七上八下的。"

看着老钟满意的笑容，我的心开始七上八下了。我这么说无非是在安抚老钟的情绪，毕竟与荣鑫公司的合作要建立在相互信任的基础上，我是断然不会用公司前途去满足个人好恶的，我注定将在老钟和荣鑫公司之间做出选择。

以迂为直

《孙子兵法》有云:"军争之难者,以迂为直"。意思是说,要把迂回的道路变为直路,就是化不利为有利。在职场中,当一个项目推行不下去时,采取迂回策略,也不失为一计良策。

清理资产向来是费力不讨好的工作。无论把账目做得多清晰,总会有人胡乱猜测编排,所以,参与的人都会极其小心谨慎。

"邢总,您出的这个课题比我当年考研的题目还难呢!"

财务总监挠了挠头,连日整理各项资产已经让他身心疲惫。我端了一杯热咖啡放到他桌上,他不知所措地接过咖啡,我示意他坐下。

"这事不好干,我心里有数,但是我觉得凭你的能力肯定没问题。"

财务总监必须跟决策层保持同一阵线,这几乎是所有公司的公开秘密。

"邢总,这个工作确实不好做呀!现在银行不大支持咱们,绝大多数要处理的资产,银行不认可按债转股接收。只有一家超市,因为地点不错,银行还是有一些兴趣的。但超市内部装饰陈旧,经营也不善,在周边地区的影响力比较弱,银行还是有一些顾虑的。不过我想要是跟银行沟通一下,也还是有希望的。"

"超市?"

财务总监的话一下子戳中了我的心事。我翻开资产清单表格的最后一页，上面赫然写着"良泉超市"四个字。回忆顿时爬上我的心头，去年出售良泉超市的一幕立时呈现在我眼前。那位母亲还在不在？良泉的老职工如今怎样了？想到这里，我的心一阵莫名酸楚。

"今天先到这里吧，太晚了，你先回去吧！"

财务总监见我脸色突然凝重起来，寒暄了几句就走了。窗外的月色正浓，春风熏醉，我的思绪仿佛被带入了另一个时空，我看到了良泉超市的每一位员工，那些曾经的承诺反复萦绕在耳畔。晚上九点，我的胃在一阵抽搐后正式罢工。我不得不拉开抽屉找药，突然发现跆拳道馆和瑜伽馆的会员卡已经很久没用过了。不知道从什么时候开始，工作成为我的兴趣。抬头时，我突然看到集中办公区在下班后还有灯光闪动。会是谁呢？

"你怎么没走？"

"你不是也没走吗？"

"我有事要做。"

"我也有事要做。"

田蕊那一双灵动的大眼睛闪烁着光芒，像极了我女儿。

"你在做什么？"

我笑着拉过一把椅子，坐在她身旁。

"没做什么，都是一些报表。"

我刚要看她的电脑屏幕，她的手在鼠标上飞速点了几下，几个文件瞬间被关掉了，然后逗趣地对我说："不给你看。"

我恍惚间竟以为眼前坐着一位小女孩，在向我撒娇。那一瞬间，竟仿佛回到了二十多年前的学生时代，我看着她，她看着我。昏暗的灯光让人产生了时光倒流的错觉，也许该发生点什么……

"你怎么了？"随着田蕊一声大叫，我抽搐的胃已经按捺不住了。

"胃疼吗？"我点点头，弓着身子，双肘撑在膝盖上。

"有药吗？"

我摇摇头。

"我去买。"田蕊一边收拾背包，一边道。

"太晚了，别去，我没事。"

"那怎么行，疼得都直不起腰了，你是不是没吃晚饭？"

我点点头："一直在看文件，忘了。"

"忘了？"田蕊诧异地望着我，"吃饭都能忘了吗？你的胃没有感觉吗？"

"现在有感觉了。"我勉强挤出一丝笑意。

"还开玩笑呢，我马上去买药，你等我一下。"

她不由分说地拿起外衣就冲出了办公区。我看了看手机上的时间，已经是晚上十点，窗外一片漆黑，我的心莫名紧张起来。虽然S市治安不错，但这么晚了，一个小姑娘独自走在街上，总会让人担心。无论是作为她的老板，还是一位大哥，我都无法袖手旁观，何况她还是替我去买药。于是，我拿起外套，三步并成两步跟了上去。田蕊见我跟来，不禁有些诧异。

"太晚了，你一个女孩子满大街找药店不安全，我陪你去吧！"

"少来，你还是回去休息吧，你跟着去，我还得照顾你！"

"那也得跟着。"

她执意让我回去，我偏不肯，跟着她乘电梯去了停车场。

"你平时都很少开车，今天这种情况，还能开车吗？"

田蕊担心地拉了我一下。

"没事。"虽然嘴上强撑，但身体还是诚实地出卖了我。我弓着身子，一只手使劲顶住上腹。

"算了吧，还是我来，我有驾照的。"

田蕊把我拉下驾驶座，自己坐了上去。我无奈地笑了笑，坐在副驾驶座位上。两个人开着车子在街上转了半天，终于找到一家24小时营业的药店，买了药；旁边正好有一家便利店，进去喝了一碗热粥，我的胃才缓过来。

那一晚，月色格外明亮，春风醉人。我坐在车上，看着双臂僵直、目不转睛地盯着前路的田蕊，突然感到幸福无处不在。

胃痛过去，恢复体力的我，很快又投入到公司改革的战斗中。股东大会如期举行，重要股东和中高层管理人员悉数到场。不良资产清理是一件伤筋动骨的大事，我和老钟已经准备好迎接一场腥风血雨了。

"邢总，钟总，你们这是什么意思？"

财务总监的汇报还没完，会场已经响起不和谐的声音了。

"谁有意见，先忍一忍，听完报告再讨论。"

"钟总，您也是股东，怎么总站在对面儿说话呀？"

老钟的举动显然令一些股东不舒服了。

"我站在公理这一面儿，现在公司发展进入了瓶颈期，再不找到突破口，等不到破产公司就没了。不过眼下有一个机会，咱们拼一拼，也许还有一线生机。在座的都是在商场身经百战的老人儿，丢卒保车这么简单的道理还会不明白？"

丢卒保车这句话刚一出口，会场就立刻炸开了锅。

"钟总，您这话就不地道了，丢谁的卒，又保谁的车呀？各位，你们好好看看这报告上的资产清单，看看要被清理的那些资产，有多少在自己名下，有多少在他们名下，丢谁的卒、保谁的车还不一目了然吗？"

剑锋直指我和老钟，现场的火药味儿愈加浓了。不过，利益这东西最大的好处就是能让人迅速变得"听话"。很多股东听了这番话，立刻开始翻找报告中的资产明细页。果然，很多股东投资合并过来的项目、超市等资产赫然在列。

"还真是，我的超市在上面。"

"也有我的洗衣店。"

"也有我的……"

一时之间，声音此起彼伏，每一句都像是一道催命符，搅得我心都乱了。这时，老钟一拍桌子，喝道："安静，咱们在开会，一个人说完另一个人再说。"

虽然股东们的情绪很激动，有的甚至扬言要去告公司，但实际上不过是虚张声势罢了。老钟正是看穿了这些人的心态，才敢公然拍桌子，跟所有股东叫板。不过，这一招还真的震住了那些好事的股东，会场一下子安静了下来。

"谁先说？"老钟沉默了片刻，才接着主持会议。

"我来！"这是一位小个子股东，平素以经营洗衣店为业，但由于店铺选址不利，经营状况始终不理想，近两年干脆歇了业，把洗衣店盘给了公司，做起了洗衣店的股东。原本以为当了公司的债主兼股东收益会不错，可没想到这两年公司接连经历大事，收益比之前还惨淡。他今天特意来讲一讲他的"不公平待遇"，他的遭遇很快引起了骚动。

然而更尖锐的矛盾才开始，有人把矛头指向了良泉超市。这是我的痛点，也是我不得不迈过的一道坎，显然这些股东是有备而来。我缓缓站起来，未发一语，只是静静地观察在座的每一个人，有股东，有管理人员，有员工，人虽不多，但代表了公司从上到下的各个阶层。我知道，良泉超市的问题必须有个交代了。

"今天咱们大家能坐在一起，都是为了一个字——钱。公司现在非常困难，我想大家也都深有体会。但是再难，咱们也得活着。就像人一样，长了瘤子，就得开刀做手术。清理不良资产就是在做手术。疼是肯定的。但是疼，咱们就不做手术了吗？我想，谁也不愿意走到这一步。最近财务部门一直在加班，就是为了科学地测算出咱们公司这些个病灶。这份报告是财务部门花了半个月时间测算出来的，有不足之处，请各位股东谅解。谁有不同意见，会后可以找财务部门交流，谁有解决公司现状的良方，也可以直接跟我和钟总说，但是抱怨的话就请先忍一忍，等公司问题解决了，我们再洗耳恭听。最后我表个态，良泉超市的问题一周之内解决，希望大家都积极行动起来，公司好了，股东才真的好。"

发言结束后，现场一片寂静，大家面面相觑。我原本没敢奢望这些股东能认可我，但当我落座时，现场响起了雷鸣般的掌声。老钟的眼神里也充满了赞赏。这一招"以迂为直"果然收到了奇效。

向心问道

人们常说"商人无情"。其实，世人都难过情关，商人也是人，岂会真的无情？只是情利两难全，但求问心无愧。

股东大会上，我为自己立下为期一周的军令状。说实话，我心里没底。要在一周内完成良泉超市的股份转让还有可能，但要安置那么多员工就是天方夜谭了。正如老钟所说，我没有义务养他们一辈子，可我就是过不了良心这一关。

良泉超市地处三岔路口,地段算不上繁华,好在周边有大型居民区,不愁客源。可几年经营下来,生意日渐惨淡,极尽萧条。老钟惊讶地长叹一声,掀开超市的塑胶门帘跨步进去,一股混浊的空气迎面袭来,呛得他咳嗽了好几声,连连抱怨:"什么味儿啊?"

超市里极少进客,乍进来两个男人,其中一个还大声喧嚷,众人被吓了一跳,怔怔地看着老钟。不过有人认出了我:"邢总,您怎么来了?"一个穿着红色坎肩的年轻人跑了过来,笑容灿烂。他是这里的店长小朱,我从公司调来的骨干。

"小朱,许久没见了,我介绍一下,这是咱们公司新来的钟总,负责PPP项目部,城建方面的高手。"

话音未落,小朱已经主动伸出手并向老钟问好。他向来礼貌有加,是个可塑之才。这次超市转让出去,我打算把他调回公司重新安排岗位。

"钟总好,您叫我小朱就行了。我们超市离公司比较远,平时难得有领导来,今天我来当向导。邢总,您看咱们从柜台开始好吗?"

小朱见到我和老钟,兴奋不已,自告奋勇地当起向导,介绍超市的情况。我没有刻意阻止,正好让老钟了解一下超市的情况,以便帮我出出主意。小朱的汇报事无巨细,我和老钟全神贯注地听,老钟连连点头,不住称赞他。

"人才啊,你怎么给安排到这儿了?"

老钟小声地埋怨了我一句。我笑了笑,没有解释。当初的良泉超市濒临破产,为了让超市这些员工生存下去,我迫不得已将得力干将小朱安排到这里。事实证明,小朱没有让我失望,出色完成了任务还超出了我的预期。而且小朱还给了我一个意外的惊喜——在理货间视察时，小朱向我介绍了一位年轻的妇人。

"邢总，我给您介绍一个人，您一定很想认识她。"小朱神神秘秘地同我说，我将信将疑地看着他。不一过儿，他从仓库深处带了一个人出来。

"你，有些眼熟……"

"邢总，您是大好人，俺们一家都感谢您。"

"你是……"这一连串没头没脑的感谢把我弄晕了。

小朱见我想不起来，便从旁提醒："邢总，您还记得去年W县项目在工地跳楼的农民工吗？"

原来她是那个农民工的妻子。我依稀记得一年前，确实找人想办法给她安排了工作，没想到就是在良泉超市。那时的她，面色憔悴，带着两个孩子，眼睛总是红肿的，和今天的她判若两人，难怪我一时没认出来。现在的她，气色红润，面带微笑，很难看出家庭曾经遭遇过不幸。

"是你啊，没想到咱们在这儿遇见了，你丈夫现在怎样？"

"他现在好得很，坐在轮椅上也闲不住。我这工作忙，天天接送孩子上学、放学都是他的活，平时还能做做饭，顺便照顾家里的小卖部，生意虽然说不上好，也够吃够花了，比起他以前在工地上扛包可轻松多了。他总说这是托了邢总的福，出了事，倒过上了好日子。"

我没想到她居然会笑着回答我，而且语气中充满了自信。平心而论，这一年多良泉超市的经营情况并不乐观，好几次员工工资都是向公司借的，而且员工薪水也不高，刚刚过了S市的最低工资线，但她脸上洋溢的幸福却是真实的。

"当初你没卖掉这家超市，就是因为这个吧？"

老钟凑到我耳畔低语。我诧异地看着他，他笑了接着说："你要是去年就把这家超市卖了，也就没有这感人的一幕了。我看该找记者给你写篇专访了，名字就叫'良心企业家，以德报怨，求助困难职工'。"

话音未落，老钟已经忍不住笑出声了。我瞥了他一眼，继续跟民工妻子聊天。

"在这儿一年多，工作还习惯吗？"

她点点头，郑重地说道："习惯，朱经理对我可好了，不让我干累活，平时有重箱子，朱经理都叫男的过来帮忙。知道我没啥文化，算数也算不清，就干脆只让我记个数，每月记账啥的，都是朱经理自己干……"

刚开始我还听着满心欢喜，但后面越听心情越沉重。

"那你这一年多，都学了哪些技能呢？"

"学了啥？"她思前想后，半天才说，"俺就觉得说话比以前强了，刚来那会儿，连句整话都不会说，还净说些农村话，现在说话你们城里人都能听明白了……"

"不错，不错。"我敷衍地称赞几句，心理却着实后悔。

"怎么，后悔了？"老钟见我一路上阴沉着脸，便悄悄问我。

"我以为当初把她留在超市是给她找了一个避风港，没想到却害了她。这一年多的时间白白浪费了，什么技能也没学会，她还是适应不了社会，眼下超市要转让了，接盘的买家打算关了超市转行，她势必会失业。一旦把她推向社会，恐怕她连基本生活都维持不了……"

"还不如当初劝她带着丈夫和孩子回老家去，说不定现在也混出个样儿了。"

老钟又说到了我的心坎上。我无奈地看着他，一脸苦笑。

"当机立断吧,现在不是讲情面的时候。良泉超市已经不仅仅是一家超市了,它的去留关系到整个公司的存亡,这个压力不是你我能背得起的。"

我叹了口气。超市里原本就没什么客人,这时一些超市的老员工渐渐围了上来,你一言,我一语,唠起了当年创业的情景。而老钟这个看客显得有些不耐烦了,悄悄拉了拉我的袖子,又吩咐小朱带我们到店长办公室去,这才帮我们解了围。一进店长室的大门,老钟立刻板起脸。小朱端了两杯茶进来,很快出去了。

"我要是不把你拉进来,那帮人'你侬我侬'地跟你套近乎、忆当年,你还卖得了这超市吗?我怕你的心早就软了,不想卖了。不过你可别忘了自己在股东大会上立过军令状,一周之内卖不掉超市,那些股东也不会同意处理其他不良资产的,到时候公司账上还是没有流动资金,你想做的那些项目照样还是纸上谈兵,一项也实施不了!"

老钟的语气有些强硬,也许是恨铁不成钢的缘故。我没说话,静静地喝了口茶。可是脑子里却像在过电影胶片一样,一帧一帧地放映之前经历过的那些画面:民工妻子自信的笑脸、小朱积极的笑脸、赵大姐满足的笑脸,还有老钟像挖到宝似的开怀笑脸……我只想永远记住它们,烙在心上,刻进脑子里。

"你到底在想什么呢?今日不同往日了,老邢,你现在不是一家小公司的老板了,你身后有那么多股东,他们还指望你吃饭呢!一旦公司破产,他们受牵连,会有更多的可怜人出现,你管得过来吗?我不是说你帮人不好,但也要有个限度。现在你自己还是泥菩萨呢,你管得了谁呀?"

这话我虽然不爱听,但却在理。兰芝也劝过我同样的话,只是那时的我根本听不进去,即使现在,我也只是强迫自己承认这个现实罢了。

"老哥说得对,我是有些感情用事了。良泉超市必须要转让出去,财务总监已经找好接盘公司了……"

"可是你放不下外面那些人!能不能顺利交接还不一定呢!"

"当然能,这次必须顺利交接。"

我的脸色也凝重起来,而老钟则放心地笑了。

"你这话像是从牙缝里挤出来的。能不能卖随你,公司以后怎么发展也随你,不过跟股东们立过的军令状,你食言了一次,就再也没人相信你了。股东可不管那些可歌可泣的故事,他们只管你有没有履行契约。"

我长叹一声,虽然心里不认可,但还是不得不承认老钟说得句句在理。

"你说得对,我管得了他们一时,管不了他们一世,放手让他们自己去适应社会,也许才是最大的帮助。"

"对嘛,他们自己要是混不下去了,自然会来找你,到那时你再接纳他们,这也是一种救助。把员工都培养成能独当一面的人才,才是你这个老板的成功。"

我们再一次相视而笑。这一次要听老钟的,因为在转让良泉超市这件事上,他是中立的,不带任何感情色彩,他的判断才是理智的。

"邢总!"

我和老钟走到超市门口,被一个声音叫住了。我转身一看,原来是小朱带领良泉超市的员工们追了出来。他们深情地望着我们,目光中充满了恳求。

"小朱,你们这是……"我刚问了一句,只见小朱从人群中走了出来。

"邢总，我们知道公司遇到难处了，大家伙商量过了，当初那么困难的时候，您都没放弃我们，我们才有了今天。现在，我们还是想请您别放弃我们，我们可以不领薪水，可以自负盈亏，不给公司添麻烦，只是希望能留下来，继续跟着您干。"

这话把我和老钟难住了。只觉喉咙里一阵哽咽，一句话也说不出来。

"邢总，钟总，留下我们吧，我们不想走。"

情感攻势

如果世上的事都能用理性去解决，那便不会有矛盾。正是熟人的情感攻势，往往把我们陷入左右为难之境。

良泉超市的员工，里里外外，加起来不过十个人，却瞬间筑起了声势浩大的情感攻势，我和老钟一时也不知怎样劝解。

"邢总，钟总，我们对超市有感情，大家已经把这儿当成家了。"

"是呀，邢总，我们好多人都四五十岁了，又没有一技之长，这超市要是没了，我们就失业了，到哪儿去找工作呀？"

"邢总，当年您创业的时候，我们也都跟着出过力，现在我们这水平，也帮不了什么忙了，但是我们也不愿意离开您呀……"

起初，老钟也被员工们的真情打动了，但他不了解我和这些员工的情感。

"这明明是情感绑架，你可别心软，咱们还得办大事呢！"

老钟凑到我耳边，轻声说道。我随即点点头。

"我知道，你们中有好几个人都是跟我干了十几年的老员工，今天我向大家交个底，公司有两种安置方法，一是公司内部岗位，有适合大家的，我会跟相关部门主管和人力资源总监商量，进行内部招聘；二是帮助大家联系社会再就业培训班，让大家再学一些就业技能，不过大家放心，培训费用由公司负担。"

话音刚落，小朱就带着超市员工感谢了一番。木已成舟，老钟也只得作罢。当然，转让良泉超市股份的事不可能一帆风顺。原先入股良泉超市的股东早有接盘之意，但却有一个条件始终谈不拢。

"邢总，您这不是逗我玩吗？我说过，价格不是问题，但员工我要不起。我这也是小本经营，不是开福利院的。再说我接手后就转行不做超市了，现在的员工我用不上啊！"

他这话在理，我也不好再强求。今年市场行情不好，超市股份能这么快转让出去已属不易，员工安置问题，我只有再另想他法了。但迟迟没等到我消息的良泉超市员工们着急了，主动来公司上访。我让秘书把他们请到了会议室，沏好热茶，等他们发难。

"各位今天来找我，有什么事吗？"

我仔细打量他们一番，没有小朱，也没有那位农民工的妻子，反而是一直表现稳定、忠心耿耿跟着我十几年的老员工。他们沉默地坐在对面，一语不发。

"你们来，肯定是有什么事，没关系，就直说吧。"

他们又迟疑了半天，才选出一位最年长的老大姐发言。

"邢总，我们今天来，没别的意思，就是有点不放心。"

那位老大姐犹豫再三，左看看，右看看，然而身边的人却都把目光转移到了别处。老大姐有些着急了。

"这，这……来时都说好了的，咱们大伙一块儿说，怎么到这儿了，你们都不说话了。合着这事儿成我一个人的事儿，这恶人就是我了呗？"

她越说情绪越激动，可身边的人把头垂得极低，甚至不敢直视她的眼睛。

"老大姐，您先别激动，慢慢说。谁说都一样，要不您先说，其他人再补充，你们看怎么样？"

老大姐跟其他几个人相互对视了一下，默默地点了点头。

"那好吧，既然邢总都这么说了，我先说，就我先说。邢总，您知道我们这些年一直在超市工作，除了收银，我也不会干别的。这两天啊，我还真去过人才市场，人家招收银员都找35岁以下的，我这半大老婆子没有人要了。这超市解散了，我们往哪去呀？"

老大姐说着说着，已经声泪俱下。其他几个人见状，也跟着抱怨起来。

"是呀，邢总，像老大姐还能找个收银的工作，咱先不说年龄这码子事，就说人家这工种还有人要，我就是个库管员，您也知道，咱们超市的库管员基本上就是保安，看好货就行了，这点数盘库啥的，平常都是朱经理带着那个乡下姐姐干，没我什么事呀，我除了能卖点力气搬搬货，什么也不会干了。可是您看看我这个岁数，一半头发都白了，就是卖力气扛大个的活，人家也不用我这半大老头子了。"

他边说边指着自己的白发，连说带叹气。我心里顿时不忍。

"各位老大哥、老大姐，今天能来这儿找我诉苦，是对我的信任，我感谢大家这份信任。当然，我也理解大家的心情，在良泉干了这么多年，本来生活很稳定，这一下子要经受风浪了。要是提前有个准备还好说，关键是消息太突然了，大家没准备，一时之间乱了方寸。别说大家，我自己也是整理了很久才理顺了。不过请大家放心，公司不会扔下大家不管的，人力资源部正在为大家联系再就业培训班，帮助大家找到新工作。今天大家正好来了，一会儿可以到咱们人力资源部报一个志愿，会干什么，或者有什么工作意向，可以直接说，我们尽力为大家安排相应的培训班。"

"邢总，您说的是真的吗？"有人怀疑地问。

"当然是真的，而且现在人力资源部已经开始着手找学校了。"

"可是我这文化水平，什么也学不会呀。"

"是呀，我也学不会。"

"邢总，我们就想留在公司里，不想走呀……"

有几个人挑拨，大家的情绪瞬间都被调动来了。场面一度陷入混乱。我不知道该如何解释好，但无论怎么做都要先安抚他们的情绪才行。

"最近公司里机构变动比较大，难免产生一些流言蜚语，大家不要偏听偏信，被一些人利用了……"

"邢总，我们就是最底层的员工，谁能利用我们呢？"

"我的意思是，大家不要听信小道消息，对良泉超市问题的解决方案在于公司管理层，除了我以外，谁跟你们说的消息都不准确。"

我有些恼了，第一次声色俱厉地跟这些员工说话，但也着实是抱着恨铁不成钢的心态才这样说的。我话音一落，现场突然安静下来，上访的几个人突然哑声了，你看看我，我看看你，似乎有难言之隐。

"还有什么问题吗？我刚才不是说过么，有问题咱们放到桌面上来说，能解决的困难，我都会帮大家解决，实在解决不了的，超出我能力范围的，也会帮大家出主意。总之，不会抛下大家不管的。"

老大姐想了想，又继续问："邢总，我不知道该学点啥，现在这好多事，我也整不明白了，我能不能留在公司里当保洁员，我干活利索，人也勤快，您看……"

"我也是，我能干保安……"

"等一下，等一下，大家的心情我都理解，但是现在公司确实没有这些岗位，保洁是大厦统一提供的服务，保安也是大厦统一给配的。现在公司里的职位并不多，前段时间刚刚走了一批人，不是跳槽，是公司里机构改革，没有他们的岗位了，而新岗位又没竞聘上，最后只能走了。"

这话一出，现场再次陷入了沉默。我看得出，大家在竭力争取留下的资格，可实际上，公司根本没有适合他们的岗位。

"我理解你们，现在有一种被公司抛弃的感觉。换了是我，也会这么想。但是大家换个思路再想一想，现在公司还在创业阶段，机构调整也是很平常的事，即使这次留下了，下次公司再有机构调整，大家还是会像眼下一样提心吊胆，那又何必呢？还不如趁着现在还年轻，赶紧学点一技之长，将来也能尽早适应社会。越早独立，越早幸福。"

"可是邢总，我们现在已经不年轻了呀。"

"你今年不学，明年就又老了一岁；明年不学，后年又老一岁。时间可是耽误不起的。现在公司为大家提供了便利，给大家扶上马再送一程，我真诚地希望大家能够珍惜这次机会，静下心来学点技能，将来无论遇到任何风浪，只要有一技之长，都能养活自己，不好吗？"

几个人见我说得在理，便不再继续纠缠了。我见他们情绪稳定了，便叫来人力资源总监，让他在现场为这些人做职业规划分析，帮助他们了解自己的兴趣和能力，找到适合的就业目标，也算是兑现了之前的承诺。

一场风波

坚持是一种习惯！那些把它当作成功必备武器的人，也未免把它看得过于狭隘了。

良泉超市如同一根导火索，引发了一连串的危机，把这些年积累的矛盾一股脑地翻腾出来，也算是一桩好事。只是我们把问题想简单了，而简单的行动又把事情搞复杂了。几名老员工被安抚后，不到两天的工夫，新一批上访人员又来了。而领头的有一个我熟悉的女人——农民工妻子。她的出现完全出乎我的意料。

"邢总，您在哪儿见他们？"秘书进来请示。

"还是老样子，安排在会议室吧，准备好热茶，多预备一些纸巾。"

"纸巾？"秘书诧异地问。

"待会你就知道了，去准备吧！"

果然，我一进会议室就看到农民工妻子满眼泪痕，她身旁的人还在低声同她讲些什么。

"今天来的都是熟人，找我是不是有什么事情？"

有人拉了拉农民工妻子的衣袖，似乎在怂恿她说话。但她越哭越伤心，完全没有理会那个人的提示。我看得出，那人脸色有些焦急。

"她哭成这样了，要不你先说吧！"

我直接示意那个怂恿农民工妻子的人先发言。她见我挑明了，立刻改了计划。

"邢总,您可能对我印象不深,上次您去超市视察时,我就在收银台上。"

她这样一说,我依稀有些印象,但她似乎并不是我招聘到超市的。

"你在超市工作几年了?"

"我来超市时间不长,才一年多。"

"哦,一直做收银员吗?"

"开始不是,后来参加了培训,朱经理才让我干收银,我们朱经理是个好人。"

我点点头,自己培养出来的人得到这样的评价,心里不禁美滋滋的。

"朱经理一直很照顾员工,很有亲和力。"

"是啊,他这么好的人,邢总,您可不能说不用就不用了?"

我笑了,敢情这姑娘是小朱拉来的说客。

"你放心,公司内部也会有招聘,不光朱经理,你们也可以来试试,只要有适合的岗位,我们一视同仁,不会埋没任何一个人才。"

"听您这么说,我们这一直悬着的心就放肚子里了。"

"你们的来意我都知道,公司会为大家考虑的。现在第一步是为大家找到合适的培训班,掌握一技之长才能在社会立足。"

"邢总,我会收银,收银跟会计差不多,我能到咱们公司里当个会计吗?"

我刚喝进嘴里的一口茶差点喷出去。看她一脸兴致勃勃的样子,我又不好当面拒绝她,只好另找托词。

"你们可以到人力资源部去填表,他们会酌情考虑每个人的去留问题；而且咱们公司马上还要组织内部竞聘，你们也可以参加。"

"邢总，您真是敞亮人，我们信你。那我们这就去人力资源部说一下。"

说罢，她拉起农民工妻子就往外走。

"别哭了，就知道哭，啥话也说不利索，还得我替你说，还不赶快谢谢邢总。"

农民工妻子仍旧哭哭啼啼的，我立刻吩咐秘书带他们去人力资源部登记。然而事情到这里并没有结束。就在他们走出公司大厦时，被埋伏在外的记者给缠住了，更糟糕的事情还在后面。

"老邢啊，你们公司上头条了？"

"什么头条？"

"你自己看看吧！"

老友通过微信向我推送了一条网站报道，我才知道公司被推向了社会舆论的风口浪尖。而更令我气愤的是，关于公司无理由裁撤员工的不实报道已经在新闻网站、微信、微博上疯转，还有不少不明就里的网友大肆指责公司。我越看越气，立刻安排秘书去调查那几家网站。这时老钟冲了进来，显然他看了那些不实报道。

"老邢，我就说不能对良泉超市那些人太好，你看看网上都报道了什么，说咱们不顾员工死活，为了转卖超市牟取暴利……这都是没影儿的事，对咱们公司造成多恶劣的影响，以后谁还乐意跟咱们合作？"

尽管我比老钟还恼火，但愤怒只会让人失去理智，当务之急是息事宁人。

"我觉得这事没那么简单，也不见得就是良泉超市那些员工干的。"

"不是他们还能有谁，我问过大厦保安了，前几天来的那个想当会计的收银员，还有那个一直哭哭啼啼的女库管，刚出大厦就被两个记者给带走了。起初说是网站记者要采访，保安虽然拦下了他们，没让进来。可这两个人瞄上了良泉超市那两个女的，居然在门口蹲点，见着人立马拿下。"

我轻叹了口气，大脑在飞速旋转："那两个人也未必就是网站记者，'清者自清'，我看咱们也用不着在这里生闷气，不理会就是了。"

"不理会？你以为不理会这事就能过去吗？你上网看看那些跟帖的，根本不看文章内容，就是想发泄自己的情绪，在下面乱写乱说，往死里骂咱们公司。你以为现在的人都那么有思想有素质啊，这些人根本就不分析不思考，不在乎事情真相，只要自己发泄痛快就行。最可怕的是，这些人能带偏了社会舆论，把咱们公司形象弄得乱七八糟，咱们想正都正不过来！"

老钟的话提醒了我。既然有人恶意捣乱，也趁机打击公司形象，那我们不如将计就计，做一次危机公关。不过这件事情还要兰芝帮忙。

"事情我都知道了，网上那篇被疯转的文章的确说了一些实话。"电话另一头传来兰芝轻柔的声音。

"实话？那报道里能有一句实话吗？"

"至少人家说良泉超市要转卖，这个消息可不是假的，而且买方没有留下一名员工，而卖方正想尽办法帮这些员工找出路，也没错啊！要我看，这也算不上是不实报道，顶多是蓄意夸大事实，博取点击率，网站惯用伎俩，不用在意！反倒是公司内部要了解一下，这么隐蔽的消息，网站记者是怎么知道的？"

兰芝提醒得极是，接连几次来上访的人员中，我都没见到小朱的身影。而且自从上次去良泉超市视察见过一面后，我再也没见过他。毕竟超市转让这么重大的事，他作为店长不可能不闻不问。于是我主动拨通了小朱的电话，当时天色已晚，就约他到常去的一家酒吧聊聊。

"邢总，我迟到了。"

晚上九点三十分，小朱来到酒吧，在我对面的位子坐下，一身休闲装，略显拘谨。

"没事，我也刚到。喝点什么？"

他迟疑了一下，只说要啤酒。

"两扎黑啤。"

"谢谢邢总。"

"这两天超市情况怎么样？"

"还是老样子，到点上班，到点换班。您放心，我会盯好最后一班岗的。"

小朱这话更像是在作报告，我听完便笑了。

"今天叫你出来就是为了放松一下，别弄得跟汇报工作似的，随便一些。"

"是。"小朱还是很拘谨，低着头，酒吧里灯光昏暗，我都看不清他的脸。

"最近大家情绪怎么样？"

我故意这样问，想试探一下他对于这两次的事是否知情，而他是怎么想的。

"大家还是老样子，没什么变化。"

他的回答倒令我颇感意外。为什么会没变化，是员工伪装得好，还是他对这件事根本不知情？我心里隐隐有种忧虑。

"不会吧，最近有人去公司上访了，你知道吗？"

他摇摇头。服务员送来两扎黑啤。他立刻敬了我一杯，我也喝了一大口啤酒。

"超市的员工接二连三地跑到公司来询问安置问题，你一点都不知道吗？"

他仍旧摇摇头，沉默不语。我只好改变策略。

"小朱啊，你来公司多少年了？"

"七八年了。"

"这个时间可不短了。在一个行业做七八年，已经能独当一面了，到了该升职的时候，否则以后就没什么机会了。"

"邢总……"

他看了我一眼，又迅速垂下了头："小朱，你今天有点反常啊，平时不是这么拘谨的，今天怎么到了酒吧，反而放不开了呢？"

我故意拿话激他，可他仍旧是一副欲言又止的样子，看来我得继续改变策略。

"小朱啊，你对超市转让这事儿怎么看？"

他沉默了良久，才说道："这都是公司领导拿主意的事，是为了公司发展好，我这水平看不透，听领导吩咐就是了。"

这完全不像他平素说话的风格。越问下去，越证实了我心中的怀疑。

"我记得当初调你去良泉超市当店长时，你说过'宁当鸡头不当凤尾'这句话。其实这句话也不完全对，如果你没有足够的能力做一个好鸡头，那还不如当个称职的凤尾呢，至少有一个更大的平台，能让你长长见识，你说呢？"

"邢总，您别说了。我只是不想失去良泉超市这个家。"

"你是不想失去经理这个职位，可惜你太着急了！"

"我……"

他沉默了，我也沉默了。我突然想起网络上的信息，思绪一阵翻腾。

合作前奏

合作是一件复杂的事。一拍即合的桥段，只出现在文学作品中。现实中的合作是在猜疑、试探中逐渐培养起信任的，而这种信任还要不断经受外界环境的考验、双方心智的磨砺，才能最终达到无坚不摧的程度。

自从那晚和小朱见过面以后，良泉超市的人再也没来闹过事，算是喜事一桩，但我却轻松不下来。小朱不是一个会在背地里下刀子的人，找人假扮记者采访，再把消息卖给网站编辑，这么迅速的反应、这么连贯的套路不像是新手所为。何况小朱自己也在事件之中，于他又能有什么好处呢？正如兰芝猜测的那样，幕后一定有黑手。不过更麻烦的还是员工安置问题，经过这次网络报道事件后，公司的负面影响很大，员工安置问题也成为社会关注的焦点。

"人家接手的是超市这个房产，可不是人员，这些难缠的主儿还得咱们解决，不把他们打点好了，咱们就别想清静。"

老钟这一番肺腑之言也给我提了醒。人力资源总监这两天也向我汇报过，良泉超市员工上报的个人技能和兴趣太乱，很难按照他们的个人意愿找到适合的培训班。这些人不是被养懒了，就是被养废了，不思进取，连赚钱的动力都失去了，这才是最可怕的。

"这倒是，前几天人力资源总监来找过我，培训班的事也不顺利，人员不好安排，找不到合适的培训班。"

我长叹一声，一脸愁容。那一刻我才意识到，在良泉超市的问题上，老钟不让步是对的。现在所有的矛盾都指向了良泉超市的员工安置问题，这个棘手问题变成了烫手山芋，我突然想到求助政府。作为创业者，如同一叶扁舟在大海中航行，单凭一己之力，只有顺风飞行。但政府是市场的调控方，是社会的救助者，有困难时会提供重要的支持。就像W县工程那样，在工程停工、工人闹事这些恶劣事件僵持着无法解决时，还是W县政府出面，帮我渡过了难关。现在，我又一次迫不得已求助政府了。

S市中心大道上有一家不错的面包店，咖啡好喝又不贵，上次跟田蕊来过一次，对这里念念不忘。有一天早上，突然想起来，便绕路去买一杯咖啡和一份三明治。我极少吃西式早餐，唯独这家例外。

一进门，麦香混合着咖啡的香气就扑鼻而来。我立刻兴奋起来，身体里那个年轻的精灵瞬间被激活了。也许这就是田蕊的节奏，我喜欢她身上永远用不完的活力，喜欢她喜欢的食物，喜欢她喜欢的地方，喜欢她喜欢的一切……而这里，有她的气息，有我和她的回忆。对我来说她是一个十足的域外来客，也是我快乐的源泉。

我点了一份标准早餐，手里端着一个硕大的托盘，正四处找寻座位，突然在角落里发现了一个熟悉的身影——一个穿着卡其色风衣、颇有绅士派头的男人，坐在临窗的位置，正撕下一片面包放进嘴里，优雅地咀嚼着，桌子上还放着一大杯咖啡。

是赵瑞！真是无巧不成书。这是意外的惊喜，还是上天冥冥之中对我的关照？上次谈话中，赵瑞透露了他在政府机关颇有一些人脉，没准与就业办的人也能拉上关系。再退一步说，即使拉不上关系，他毕竟是国企老总，见识自然也比我更广，不如向他请教一二，说不定真能派上用场，也许良泉超市的员工就有救了。想到这里，我端着托盘，立刻充满了斗志，信步走过去搭讪。

"是赵总啊，您也喜欢这家店的早餐吗？"

"是邢总啊，真巧，在这儿碰上您。"

他见我手里端着托盘，便热情邀我坐下一起共进早餐。我自是求之不得。

"这儿的咖啡不错。"赵瑞主动向我推荐。与其他业界老友不同的是，他没有提起网络风波的只言片语，只谈早餐，谈他在国外留学时的一些经历。我随声附和了几句，心里却暗自着急，生怕错过了这个难得的机会。

"赵总……"我突然叫住他，但欲言又止。

"邢总是不是有什么话要说？"赵瑞及时打断了我的话，语气也有些强硬。

"邢总，我可以当今天确实是一场偶遇吗？"我点点头，郑重地向他做了承诺。

"确实是偶遇，我也很意外能在这里碰见赵总，而且这家店我是第二次来，第一次是陪一位同事来的……"

"邢总，你知道，我问的不是这些。"

"我知道。赵总，今天能在这里偶遇，我确实是不想错过这个机会。"

赵瑞听罢放下手中的面包，望着街上川流不息的人潮，陷入深深的思考中。

"邢总，您的想法我明白。公司遇到这样的事，也确实很棘手。不过您大可以放心，这件事情不会对咱们之间的关系产生什么影响，未来还有机会合作。"

赵瑞的口风突然变了，我的心马上悬了起来。莫不是之前的那些话都不算数了？赵瑞变卦了？我瞬间紧张起来。

"赵总，咱们之前谈妥的事情不至于中途生变吧？我这边已经开始改革了，良泉超市就是我们公司清理不良资产的起点……"

"可是这个起点出事了，对吧？"

"是出了点意外，正在解决中。"我斩钉截铁地说道，可心里还是在打战。毕竟人员安置这道难关横在那里，不解决好，一切都是空谈。

"不好解决吧？"

赵瑞的语气让我有些恼火，但立刻冷静了下来。赵瑞这样问，也自然有他的道理，他不是一个随意挖苦人的人。

"要是真能解决，邢总跟我今天的偶遇，那就是纯粹的'偶遇'了。可是邢总的表情却不像是能闲谈的样子，还是我多想了？"

我不得不承认，赵瑞眼光毒，纵使我伪装得再好，也能被他轻易看穿。也许，从我过来搭讪的那一刻起，他就已经猜出我的来意了。我喝了一口咖啡，苦涩的味道让我清醒许多。

"赵总，我确实有事相求，但跟您想象中的不太一样。"

我的坦诚倒让赵瑞感到吃惊。

"哦？愿闻其详，我倒想看看怎么不一样。"

我冷静了一下，理顺了思路。

"赵总，事情是这样的。良泉超市是我们公司下属的一家超市，前些年因为债务问题，转让出一部分股份，但管理权还在我们公司。超市经营不善，一直在倒闭的边缘线上苦苦挣扎。这次公司清理不良资产，也自然在列。原本打算把所有股份都转让给先前入股的那家公司，但对方不想安置员工，事情就僵在这儿了。所以，我今天来是……"

"想让我帮忙安置这些员工？"

赵瑞诧异地看着我，我甚至能猜出他脑子里在想些什么。不过，这次他错了。

"不是、不是，我怎么会提出这么过分的要求呢？"

我赶忙解释，毕竟现在我们双方还没有真正开始合作，这段前奏的好坏，关系到合作是否能达成，也关系到日后双方的发展，尤其是我们公司的生存。

"我是想向您打听一下，您跟政府的关系很熟，据您所知，政府就业办有没有关于四五十岁人员安置的相关政策，或是一些免费培训？当然，如果培训没有免费的，我们公司可以出培训费，关键是帮良泉超市的员工找到合适的培训班。"

这事情对赵瑞来说并不难办到，但他并没有立刻给我答复。

"这个事情不是很难办，我先帮您问一下，您等我回复吧！"

无论事情成否，赵瑞都卖给我一个很大的人情。平平淡淡的几句话，却滴水不漏，我不免心生佩服。

"那太感谢了，您不仅救了良泉超市，也救了我们公司。"

赵瑞听罢，莞尔一笑："不、不，良泉超市这些员工应该感谢您，有您这么尽心尽力的老板，他们是幸福的。"

"哪里、哪里，赵总过奖了。超市我没经营好，已经很对不起这些员工了，现在超市要转让，又给不了他们更好的去处，这是第二次对不住他们了，要是再不把培训班的事弄好，我就是坑了人家三次。"

我边说边笑，但心里还是不免惆怅。

"邢总太谦虚了，现在商超行业竞争那么激烈，良泉超市能撑到今天已经算是奇迹了。"

"不敢当。要是没有赵总帮忙，这最后一步，我可真不知道怎么走了。"

"客气的话先不说，您什么时候把这些人的简历资料发给我？"

"我尽快，现在就让同事给您发过去。"

"好，发到我邮箱里就可以了，有消息我会尽快回复您的。"

"再次感谢。"

三天后，我果然接到了赵瑞的回复，良泉超市下岗人员的就业培训问题解决了，而且是全部免费培训，如果一次考试不通过，补考时再收费。虽然培训人数不多，但对于我们公司来说，十万元已经有些捉襟见肘了。不过赵瑞在政府机关的人脉，也着实吓了我一跳！

意料之外

生活不是一本书、一个程序，我们永远无法预知下一秒会发生什么。所以意外能让一个人无所遁形，也能让一个人光芒四射。

虽然良泉超市的员工没有再来，但其被迫停业、员工四散回家的消息引起的社会舆论不断发酵，跟帖发表评论的网友越来越多。不清楚真相的网友借助良泉超市这个引子，肆意发泄对社会的不满。我看在眼里，急在心里，几次让秘书想办法删帖，结果反而弄巧成拙。一些网友对我们公司删帖一事大肆宣扬，认为是公司理亏在先，才花钱删帖。我第一次领教了网络暴力。为尽快平息事件，需要尽快解决良泉超市员工的安置问题。于是，在那段时间里，我几乎每天每时都在企盼赵瑞的消息，毕竟越早安置超市人员，就能越早解决好这件麻烦事。

结果，在焦虑地过了三天后，我终于接到了赵瑞的回复。虽然消息来得晚了一些，但确实是个好消息。除了小朱以外，所有人都如愿安排了合适的就业培训班，而且也在当地街道办事处和人才市场进行了再就业人员登记。不久的将来，他们将如愿走上新的工作岗位。至于小朱，我破例把他留在公司了。

当然，小朱对于公司的价值是其他人无法比拟的，尤其是在平息良泉超市整个事件中的关键性作用，完全出乎我的意料。后来我才知道，良泉超市的人之所以没有再来，都是小朱的功劳。

良泉超市的疑难杂症解决了，老钟阴云密布的脸上终于露出了久违的笑容，而我则迅速拨通了兰芝的电话。

"赵瑞那边有回信了，一切可以按计划进行了。"

"我有了新想法。"

"什么想法？"

"即使事态已经升级，咱们也不能太草率地回击。"

兰芝是危机公关的高手，而且见识广、主意多，所以我一直信赖她。

"你有什么新想法？"

兰芝停顿了几秒，然后兴致勃勃地向我推荐了拍摄公益纪录片的想法。纪录片以"S市就业办为下岗职工提供免费培训机会，帮助困难职工群众找到新工作"为主题，宣传S市就业办的帮扶服务职能，片中对良泉超市参与再就业培训的员工进行采访，通过真实采访片段来说明良泉超市没有抛弃员工，而是为员工安置问题积极奔走，在宣传政府的同时，也为公司正了名。

"好主意，只有你才想得出来。"

我兴奋地叫了起来。这样一来，既搭上了政府的宣传平台，突出了政府机关为中小企业服务、为普通老百姓办实事的形象，又为我们公司做了免费宣传，这社会效应可比拍一条广告大得多，而且间接表明了公司对每一位员工"不抛弃、不放弃"的态度，这是一次最好的正名机会。

"你呀，别光顾着嘴甜，得办点正事。"

"什么正事？悉听吩咐！"

"小朱是个关键人物，一定要用好。"

"我明白，小朱他有学历，又有一些管理经验，留在公司里，上上下下也都说得通，不会有什么意见。"

"这就好，小朱能派上大用场。"

"什么用场？"

"让他去联络良泉超市下岗的那些员工，提前探探这些人的想法，再向这些人透露政府要拍这个专题片的想法，希望他们能配合，说一些对政府和企业有利的话。记住，一定要跟这些人说是政府投拍的，如果是咱们自己投拍的，那效果就完全不同了。"

"好，你放心，我这就去办。"

"哟，都晚上九点了，还是明天再给小朱布置工作吧！"

我刚拿起电话，一看屏幕上显示的时间，又关上了。

"你打给他时沉住气，虽然这件事时间已经很紧了，但也不能让小朱感觉出什么。"

"我知道，放心吧！"

兰芝提醒得甚是。一旦小朱从我的言语中感到焦急,很容易会想到拍摄专题片的用意,以他的性格,肯定会胡乱猜测,没准儿这种不好的情绪又传染给别人了。

"我还得跟媒体的朋友再商量一下脚本,你那边最好找一找赵瑞,把咱们为了感谢政府就业办打算出资拍摄一个纪录片的事情告诉他,让他去游说就业办的领导。"

"他会帮忙吗?"

"他肯定会的,这可是提升政府形象的好机会,他能不做吗?"

"这倒是,明天我就去办。"

"好,咱们分头行动。"

第二天,我如约将拍摄专题纪录片的想法告诉了赵瑞。他大加赞赏,立刻就去联系就业办了。兰芝果然料事如神,没见几面,就将赵瑞的性格摸透了。小朱也找到了良泉超市那些下岗的员工。安排好一切后,纪录片如期拍摄,并在网络和电视台同步播放。虽然是仅仅五分钟的视频短片,但足以让S市就业办成了最大的受益者,而我们公司不动声色地为自己正了名。我从未想过,一段宣传片的传播力会如此之大,片子一经播出便好评如潮,甚至还受到了政府的表扬。

当然,没有男主角小朱的努力,这段片子也不会大获成功。片中小朱和良泉超市的员工接受采访的片段,虽然很短,但大大提升了片子的真实性。而随着片子在电视台和网络上的传播,狠狠地打击了之前网络上那些不实新闻,也给造谣者以有力的回击。

不过,社会舆论的胜利远不及现实世界来得真实。虽然表面上是我找了赵瑞帮忙,他也的的确确为我们公司解了燃眉之急,但这部纪录片的播出也间接宣传了他们公司,更为重要的是,为我们今后合作铺平了道路。这是意想不到的收获。然而，最应该感谢的人还是兰芝。我心里很清楚，没有她的运筹帷幄，事情也不会顺利进行，她才是最大的功臣。

"片子效果不错。"兰芝第一时间打来电话祝贺。

"这都是你的功劳，没有你，怎么会有这部片子，也不会有现在的成功，真正应该感谢的人是你。"

我在电话中听到兰芝的笑声，虽然声音很轻柔，但我能感觉到她发自内心的快乐，那种真心实意为公司好，看到我成功比自己成功还兴奋的真情，怎能不让人动容。

"公司没事就好。"

"有你出马，自然一切顺利！"

"你少贫嘴，咱们这次就是运气好罢了，天时、地利、人和都占了，要是一个环节出了差错，也不会有现在的效果。"

兰芝说的极是。世人往往只看到事情光彩的一幕，那些背后的艰辛是不会被理解的。要是那天我没有在咖啡店巧遇赵瑞而是登门去拜访，也许会遭到他的婉拒；要是我没能成功说服小朱，良泉超市的员工也不会同意接受采访；当然，最为重要的是，如果我没认识兰芝，也许这一切都不会发生，不会有这家公司，也不会有今天的我……

"我是认真的，这次多亏有你，不然这场公关危机真不知道能不能度过去。"

"你也别想太多了，当务之急是把公司拉回正轨，跟荣鑫公司的项目要抓紧进行了。"

"这是自然，我会跟进的，不过还是要当面谢谢你，顺便……"

"顺便商量一下跟荣鑫公司的项目怎么切入。"

"还是你懂我。"我兴奋地说道。

"来我家吧!"

兰芝的建议正合我意。不过提起去她家里,我倒有些迟疑了。认识兰芝这么久,去她家却只有两次。一次是初识之时,另一次是因为她酒醉。这一次她又主动邀请我去她家,我的心情虽然有些复杂,但还是兴冲冲地去了。

真情难拒

当一个人肯为你付出真情时,她一定是爱你的。然而,为什么还会失去真情呢?因为在失去之前,我忽视了它的存在。

两天后,正好是周末。望京的一处公寓楼,1592室。我手里拎着礼盒,轻轻按下了门铃。时间停滞了半分钟,门才轻轻打开,露出一张小姑娘的脸。

"请问您找谁?"我还从未这样正式地拜访过兰芝,所以一直没见过这个小姑娘,想来是她的小保姆。

"我,我是来找王总的。哦,不,是王总叫我来的。"我不由自主地调整了语序。小姑娘颇具深意的笑容,让我感到这解释未免多余。

"你也是来找兰芝姐的?"

她提到兰芝,我当下放了心。但她说了"也"字,难道还有人来找兰芝吗?瞬间一股莫名的嫉妒涌上我的心头,我下意识地问了一句:"还有谁来找过她?"

小姑娘马上意识到自己说错了话,立刻改口。

"没有，没有，我是说你又来找兰芝姐。"

我顿时怔住了，下意识地往屋内张望。这时，兰芝身着一袭淡绿旗袍迎了出来。只要天气允许，她总是喜欢穿旗袍。因为穿上旗袍的她，浑身上下都散发着浓郁的女人味。自从上次在W县酒会上见她穿过旗袍后，这是第二次。但与上次不同，她的脸色白中透粉，不像是中年女人的模样，倒像是个怀春的少女。

"他确实是来找我的，让他进来吧！"

连声音也与往日不同，温柔中带了一点诱惑，矜持的外表下又有一点悸动。她的声音正如我此刻纠结的心，莫名地跳得厉害。小姑娘很有礼貌地接过我手中的礼盒，请我进屋去。

房间里的陈设虽然没有大的变化，但看得出精心布置过，一些地方还颇费心思地设计了小装饰品，比如茶几上的鲜花、切好的新鲜果盘，两个干净的高脚杯，还有声音轻柔的音乐。午后时分，这样的布局让人沉醉。

"今天有什么贵客吗？"我明知故问。

"有啊！"兰芝淡定地回答我，优雅地坐在沙发上。

"谁啊？"这一回不是明知故问，是我不知不觉中流露出的小情绪。

"当然是你啊！"兰芝并没有立刻回答，她迟疑了一下，才笑着答道。

她原本就是一个社交高手，交友广阔也在情理之中，而我到底是在担心她，还是在嫉妒那个坐过这张沙发的人？想到这里，我不由自主地看向高脚杯，有没有淡淡的痕迹……然而很快又打消了念头。为什么到了这个年纪，我还会凭空生出这些无聊的想法？

兰芝吩咐保姆再去切一盘橙子，这是我喜欢的水果。她娴熟地倒了两杯红酒，我不再纠结于那高脚杯是否有人用过，眼前这个优雅、浑身散发着致命香气的女人早已冻结了我的全部思想。

叮的一声碰杯后，我完全属于她了。红酒的味道闻着如一股甘泉，入口微甜而不涩，是高档品。我对红酒素来一窍不通，但也能粗浅地分辨出优劣来。兰芝对我向来不会吝啬，甚至对我的大方还远不止于此。

"这次事情办得还算顺利。"

"你要求太高了，我觉得已经非常好了。"

兰芝是个绝对的完美主义者，但她只对自己苛刻，对他人，尤其是对我，却很宽容。这正是我喜欢她的地方，因为宽容让女人多了一丝温柔。她是个拥有绝对能力的女人，她不需要依靠男人来证明自己，甚至在很多时候、很多场合，她有能力成为男人们的导师。

"还不够，其实还能做得更漂亮一点。"

"更漂亮一点？你还有什么鬼点子没使出来？"

她说话时眼神中流露出来的都是智慧。有时候我的思维是混乱的，分不清她是女神，还是一个女人。就像此刻，我已经迷失在女神的梦幻之中。我不是一个自制力极差的人，相反，我的自控能力也曾经让兰芝领教过。但今天感觉不一样。

"我的鬼点子还多着呢，你想不想体验一下？"

我从话中听出另一层意思，但却并不是我想要的。不知道为什么，跟兰芝在一起时，每到关键时刻就总想要逃避。我用尽最后一点意志力把思想从这个醉人的环境中剥离出去，因为还有一件重要的事情没有解决。

"你怎么这么聪明，我确实需要你的'鬼点子'。"

话虽这样说，我的神情却严肃而认真，完全没有想入非非。兰芝怔怔地看着我，一语不发。

"怎么了？"她仍然不答，只是静静地看着我。

"你到底怎么了，别这样看着我，都把我看毛了。"

我不禁也浑身上下打量自己，衣貌没有不规整之处，甚至回想刚才的言语也没有出格之处。这时，小保姆端着果盘走过来，缓解了尴尬的氛围。

"吃点橙子吧，今天早上我家小妹特地买来的。"

我顺手拿起一块放进嘴里，汁多味鲜，果然不错，便连连称赞，想尽快缓解尴尬的气氛。兰芝似乎也注意到这一点，迅速开启了新话题。

"片子都拍完了，公司的难题应该解决了，还能有什么事情？"

我又端起手中的红酒，品了一口。味道醇正，在喉咙里停留了片刻才滑入食道，仿佛连喉咙也变得香醇了。然而，一想起公司的事，脸色便骤然阴沉下来。

"确实有一个大问题，而且是事先我没预料到的。"

"什么大风大浪没经历过，至于把你愁成这样？眉毛都快连成一条线了。"

我下意识地舒展了一下眉毛，又继续说："咱们拍的短片播出来后，我曾经试探过赵瑞，他倒是挺有意向合作的，但是合作条件非常苛刻，我迟迟不敢答应他，主要是因为股东们对荣鑫公司有抗拒情绪。"

"抗拒情绪？放着钱不赚，他们没事儿吧？"

"就是因为钱闹的。咱们下了决心要解决良泉超市的问题，当时那些股东一直咬着良泉超市不放，只是想用这个软肋逼我打消清理不良资产的决定，打消跟荣鑫公司合作的想法。可是我咬着牙坚决处理了良泉超市，没让那些股东如愿。"

"你是怕他们会报复？"

我点了点头："我就是怕这个，现在想想，当时的解决方法可能过于激进了，跟股东的矛盾也被激化了。"

"那又怎样，他们毕竟是一盘散沙，逐个击破就行了，咱们又不是没用过这招？再说，有利益的地方就很难真正结盟，谁不是利益为先？"显然，这一次兰芝也把问题想简单了。

"我之前跟几个股东私下聊过，他们不想跟荣鑫公司合作，又说不出原因。"

"这事儿不正常！"兰芝越听神色越凝重，陷入了沉思之中。

"我也觉得不正常，可又找不出是什么地方不正常。自从荣鑫公司出现，就总是觉得哪不对劲儿。"

"也许跟荣鑫公司无关。"

"哦？"这一次兰芝的想法倒和我有所不同。她若有所思，仿佛已经有了怀疑目标，只是没有确凿的证据，现在说出来为时尚早，还容易造成我的错误判断。万一她所怀疑的事是错的呢？这是后来一次偶然机会，我才从兰芝口中得知的。

"现在说什么都为时尚早，而且公司刚刚经历了这么多波折，正是恢复经营的关键时刻，当务之急不是弄清咱们的怀疑，而是把公司带上正轨。"

"对，我这几天总是爱胡思乱想，老钟也这么说我。"

"你跟老钟也提过这些？"兰芝好奇地问，眼神突然变得犀利起来。

"只是草草提过，"我点点头，"每次刚说两句就被他挡回去了，他总说我现在的思维就跟人小女人似的。"兰芝听罢，眼神又似有些游离。

"你说得对，现在最重要的是解决股东问题。半年期马上就到，公司总是要给股东们分一些红利的，可是公司连发薪水都困难……"

"眼下咱们最得意的就是短片播出去，扳回了一局，但也不能保证公司能够起死回生，毕竟公司运营是需要实打实的业务来支撑的。"

兰芝故作高深地品起了红酒，又点起一支女士香烟。香烟夹在她的手指之间，更衬托出她手指特有的女性线条。而烟的香气，亦如香水一般，与她的身体完美结合在一起了。那一刻，她简直就是女神！

"市场培育的确很耗时间，而且短时间也很难见成效。所以我们需要加快跟荣鑫公司的合作，有新项目曝出来，公司才有持续被关注的热点，才能转移公众注意力，重新塑造公司的形象。"

"这PPP项目部成立了，跟荣鑫公司的项目合作还没着落，现在能做什么？"

"这个时候，你才应该行动起来。去找找城建投的王总，无论如何先争取到一个项目来做，哪怕就是室内软装也要拿下来。"

"可咱们不是做软装的，也没有那个资质呀……"

"挑能接的接，我的会馆还有广告宣传的资质，勉强能用，只要咱们手上拿着项目，就能挤进这个行业。先把事情做了，生米煮成熟饭，到时候那些股东再有意见也没用了。"

"对呀，只要PPP项目部正在运营，跟赵总那边就好谈多了，而且咱们受股东的牵制也会越来越小……还是你办法多！"

兰芝突然温柔起来，坐到我身边，轻声地道："办法不一定比困难多，那得看谁在想办法。"

我看着兰芝的脸，突然感觉自己就像个学生，而且是一个乖巧的学生。像兰芝这样的女人，是用来欣赏的。

"今天有点晚了，我等会儿还要赶回S市，约了客户吃饭，下次吧！"我紧张得有些语无伦次了。

但兰芝并没在意，她似乎从我的紧张中读懂了什么，只是淡淡地说了句："你说了一个最烂俗的理由。"

我没再接下去，我们俩静静地对坐了十几秒钟，还是兰芝先开了口。

"好吧，我送你。"

义利博弈

每个人既有君子的一面，也有小人的一面，是君子还是小人，只在于抉择的不同。而在这场艰难的博弈中，道德与利益的取舍正是痛苦纠结之源。

"邢总，有股东要退股！"

我从睡梦中被噩耗惊醒，倏地从床上坐起来，下意识地撩开窗帘，窗外的鸟儿似乎受了惊吓，忽地飞走了。春日的清晨，本该在鸟语花香中醒来，去闻一闻泥土的芬芳，看看新绿初生的大地，最好再打上几段太极，感受血液在身体里流动，感悟生命存在的意义。然而，此刻我随便抓起一件衣服，直奔公司而去。

车子在路上飞驰，闯了好几个红灯，我却全然没有意识到，只恨不得一步跨进公司大门。

"邢总,您总算来了。"

大厦地下车库里,我的车子刚刚熄火,田蕊和公司另一名员工就跑了过来。田蕊冲在最前面,一脸焦急地向我汇报:"邢总,今天一大早公司就来了好几个股东,拿着合同,坚持要退股。"

"人在哪儿?"我急切地想知道闹事者的位置。只要在公司内部,消息就不会快速扩散出去,这是控制事态发展的关键环节。

"在会议室,财务总监在跟他们谈。"田蕊简短说道。

"好,边走边说。"

在电梯里,我勉强让自己镇定下来,这个时候,我必须理性地思考对策。我下意识地看了看表,还不到八点,离上班还有一个小时的时间。我在心里暗暗给自己定下一个期限,必须在一个小时内解决,不能影响公司的正常运作。

"通知钟总了吗?"

"钟总出差了,财务部的几位主管会计正在赶来的路上。大厦保安部也打过招呼了,是用您的名义……"

"谁让这么做的?"

"我。"

说这句话时,田蕊的声音突然变小了,还带着一丝怯意,像做错了事怕被家长责罚的孩子。我看着田蕊略带青涩的脸庞,想到她风风火火地朝我跑来的样子,实在无法想象刚才那些冷静的回答都是出自这个年轻女孩之口。正如老钟所说,她的确不是一个简单的人。

刚出了电梯,公司又有员工急匆匆地跑过来汇报情况:"邢总,您快去会议室看看吧,财务总监快撑不住了,刚才竟然有股东想动手打人……"

我只觉一阵热血上涌,不顾一切地带人就冲向了会议室。我无法容忍自己的员工吃亏,哪怕是一点点也不行。何况真要发生了打人一幕,事件就会升级为刑事案件,必有警察介入,到时候想再阻止消息外泄已经来不及了。

此时的会议室里,的确到了剑拔弩张的地步,情绪激动的股东紧紧抓住了财务总监的胳膊且出言不逊。财务总监见我进来,像见到救星一般,高呼"邢总"。

"住手!"

随我一起冲进会议室的几位员工吓傻了,怔怔地看着这一切。我示意他们先把财务总监拉到一旁,股东们也是一脸惊诧地看着我们。

"哟,邢总好大的派头呀!"人群中传出一个阴阳怪气的声音。

"我只是在保护我的员工。各位这么早来公司一定是有什么事,不妨坐下来慢慢说。田蕊,田蕊?"田蕊已经不见踪影,我吩咐其他员工去准备茶水。

"邢总,咱们少来点虚的吧,我们现在哪有心情喝水,你赶紧把欠我的钱还上,要不我们就直接撤股了,你自己爱怎么折腾就怎么折腾吧!"

股东的语气生硬,还带着三分火气。不像要撤股的,倒更像是来打架的。我一再告诫自己,不能跟着他们的节奏走,要冷静,再冷静!

"哎,连口水都不给各位准备,那还得了,我也不是那小气人。来,来,来,大家坐下来说,别站着!"

我先坐到了会议桌前,随即吩咐几名员工拉开椅子请股东们坐下。原本一个个剑拔弩张的股东见我一脸笑容,也不好再找茬儿滋事,只好坐下来。此时的我异常冷静,当股东们坐下时,我留心观察,发现这些人一直在看向坐在中间的一个人,想来此人便是今天这件事的主谋。他原本是做建材生意的，但不善经营，再加上装修行业竞争激烈，这几年生意每况愈下，此次正好就坡下驴，如果能成功撤股，也能捞回成本了。自古擒贼先擒王，我看准他的心思，便朝他展开攻势。

"魏大哥，既然您来了，冲您的面子，我能为大家解决的困难都解决了，但事发突然，我解决不了的，也请各位股东能高抬贵手，咱们理解第一，魏大哥觉得怎么样？"

他见我一脸真诚，便开门见山了。

"邢总，我们都知道你是好人，不到万不得已，我们也不想走这一步。当初我们答应债转股，那是因为对你百分之百的信任。可是邢总，我们也是人，也得生活，现在这市场是什么行情，你不是不知道，我们的日子不好过呀，这些债对你来说也许不算什么，可对我们来说，那真是钱啊，能顶家过日子的钱啊，没有这些钱，我们是真过不下去了。我们今天来呢，也没别的意思，就是想问问，咱们这钱还能回来吗？这钱要是回不来了，我们也不为难你，什么东西能抵债，我们就搬什么东西走，这也不是什么丢人的事儿，那么多还不上债的，不都是拿东西抵钱吗？但是，你要说这钱回得来，那我们可得问仔细喽，这钱什么时候能回来？什么时候能打到我们账户里？咱们也不玩那虚头巴脑的事，实话实说，给我们一个准信儿，咱们之间呢，也免了一些不必要的冲突。"

魏大哥连珠炮似的发问，一时之间我竟无言以对。从股东立场来看，他说的句句是实情，无可辩驳。我沉默地望着茶杯里升腾的热气，大脑中一片空白，刚才想起的好几个解决方案在这一番话面前，都显得苍白无力，看来这场冲突是在所难免了。我深知这个道理，可惜，现实是公司的确满足不了他们的要求。此刻，连"抱歉"这两个字，我都说不出口了。

"邢总，话都说到这份儿上了，您倒是给个痛快话啊！"

"是呀，是你让我们提要求的，现在我们提出来了，你又解决不了，这什么意思，成心拿我们开涮呢？"

"我说邢总，这一大早往这儿跑，你当我们天天都闲着没事儿干是吧？"

股东们对我的沉默已经不耐烦了，会议室里一下子又沸腾起来。大家七嘴八舌地讨要说法，有的更是直接要债。眼看上班时间快到了，如果事态闹大，被大厦里其他公司见到，宣扬出去，公司刚刚努力塑造的形象又要被破坏了。虽然财务总监和几名员工还在帮我应承，但我的思绪已然凌乱，心里焦虑不安，无论如何也冷静不下来。正在这时，一位天使走了进来。

"来，来，来，早餐放在会议桌上，每人一份。"

是田蕊！只见她带着几名员工，大包小包地拎了十几份早餐进来，并且不由分说地为每位股东派发早餐，一份小面，两样小菜，简单但不失精致。我面前自然也摆上了一份，那味道再熟悉不过，是我带她去过的那家面馆。

"这是邢总为大家准备的早点，不好意思，今天早上路不太好走，送来有点晚了，大家趁热赶快吃，凉了就不好吃了。"

见热乎乎的小面摆在面前，很多人这才感到饥肠辘辘，有个别坚持不住的已经吃了起来。田蕊偷偷朝我使了个眼色，我立刻借着这个机会把气氛缓和下来。

"一大早各位就赶过来，说了半天，一定饿了，咱们边吃边聊。"

魏大哥朝左右看了看，旁人已然拿起筷子开动了，他也不好再固执下去。不到十分钟，早餐如风卷残云般吃完了，看了看墙上的表，七点五十分，时间刚刚好。

"既然大家都吃好了，我也有几句话想跟大家说一下。"

听到这话，刚才还低头吃面的股东们，一个一个都抬起头来。

"如果大家不愿意再跟着公司一起往前走，我也不勉强，三天后，我会给大家一个合理的答复。"

"好吧，既然邢总都这么说了，我们还能说什么，那么长时间都等了，也不在乎多等三天，不过希望邢总到时候可别再让我们等了。"

魏大哥是说话算数的人，虽然其他人心有不甘，但也不敢再多说什么。一场风波就此平息了。我回过头看向田蕊，不由得对这个女孩产生了浓厚兴趣。

"你今天怎么来得这么早？"

"跟我关系不错的一位大厦保安大哥给我打了电话，他是想找您的电话，但一时情急，便给我打了电话，我顺便多问了几句，结果就赶来了。"

"那买早餐的事呢？"她朝我做了个鬼脸，露出了调皮的笑容。

"是我的主意，您要是觉得我做得不对，可以处罚我！"

"你这个小丫头，还挺有心思的，你这么会做事，我再处罚你，那不是显得我这个老板没水平嘛。"

"您这话是在表扬我吗？我怎么听着这么别扭，您每次都这么表扬人啊？"

"不适应了？"

"难怪那么多股东都不想跟您干了，您还真是不会说话。"

听了这话，我假意绷着脸，可心里却乐开了花。

铁腕柔情

管理难，因为人的思想变化太快，当你按下了葫芦，又会起了瓢。所以，我们一面需要果断有力的雷霆铁腕，一面又需要恰到好处的情感修饰。

这一轮风波过后，我开始着手准备项目运作的事。股东们只留给我三天时间，巨大的压力向我袭来。我知道最终结果无非是接收他们的股份，但公司缺的恰恰是资金。兰芝得知股东撤股的消息后主动注资，连外省考察的老钟也提前赶回S市想办法，但杯水车薪，离所需资金还差了一大截。而三天期限马上要到了，我仍旧一筹莫展。但困境反而激发了我的灵感，一个大胆的想法就此诞生了。

又是华灯幻彩的时候，茶馆这种地方本该早早打烊了，但闹市里的茶馆偏偏惯常做晚间生意。每当夜幕降临，来这里谈事情的人就会络绎不绝。听说，不仅仅是因为这里素有"城市别墅"的雅号，更有一种让人平心静气的氛围。

"闹中取静，好地方，邢总真有办法，您是怎么发现这个地方的？"从进门到落座，赵瑞连连感叹这里的幽静和浓郁的文化气息。

"惭愧、惭愧，这里的老板是我的一个股东。"

"原来还有这么一层渊源呀！"

"哪里、哪里。"我一面谦虚，一面盘算着如何向赵瑞开口。其实他早已猜出了我的来意。

"邢总,这个时间出来喝茶,你不怕晚上失眠啊?"

"我现在喝不喝茶都失眠,这些日子真是寝食难安、度日如年啊!"

"我听说了一些风言风语,好像还闹得不太愉快?"

"不瞒赵总说,前些日子确实闹了些不愉快,本来是我们公司内部的事,不应该向赵总抱怨,但我想既然双方合作不该有所隐瞒。"

赵瑞点点头,明知故问:"你是指人民广场那个馆廊项目?"

"对!虽然我们都看好这个项目,但不能勉强公司里所有人都看好这个项目。"

"邢总这么晚来找我,想必是为了那些股东?"

我不得不承认赵瑞的聪明,对一切都洞若观火。有些时候,我甚至怀疑他买通了我身边的人。

"赵总又说对了。股东们让渡出一些股份,可是我不想这些股份外流……"

赵瑞静静地看着我,沉默了片刻,面露难色地婉言拒绝了我:"荣鑫毕竟是国企,我这个总经理也不能独断专行……"

赵瑞走后,我又独自来到酒吧,坐在吧台前一直喝酒,直至打烊。酒吧灯光异常昏暗,如我的心情一般晦涩。第二天中午我被电话铃声吵醒,发现自己竟睡在地上,浑身酸痛,后背如同灌铅一般动弹不得,好不容易才从床下找到电话,打开一看,发现竟有十几通未接电话。

"邢总,股东们又来闹事了。"我听到"又"字,抵触情绪登时涌了上来,头像被炸裂一般疼得要命。我这才想起与股东的三天之约到期了,可是赵瑞却意料之外地回绝了我,我又一次体会到了走投无路的滋味。没办法,只好先打电话联系老钟,请他先调一些资金救急,老钟二话没说就答应了。可事态愈演愈烈,早已超出了我的控制范围。

公司会议室旁边的隔间里。这是我和老钟第一次因为PPP项目争吵。一个想放弃，一个想坚持！我突然发现，把两个人不同的思维融合在一起并不是一件容易的事，是对人性的考验。我坐在窗前，望着楼下车水马龙的街道，思绪万千。而老钟就坐在我对面，一支接一支地吸烟。隔壁会议室里还有十几位股东拿着股权转让合同和手机，等着我们一边签名、一边打款。

"还是出去吧，早晚得面对。"老钟说完站起身就往外走，我拉住他的袖子，想再做最后一次沟通，然而老钟显然已经没了耐心。这时手机响起，赵瑞来电。

是不是有转机了？我下意识地从脑中闪过一念，但很快清醒过来，昨晚赵瑞已经亲口回绝我了。想到这里，心瞬间平静了下来，淡定地接通了来电。

"邢总，我今天给你打过几通电话，你都没接，看来你昨天没少喝啊？"赵瑞半开玩笑地说。

"还好，刚才在开会。赵总找我有什么事吗？"

"有事，而且是大好事。今天早上我跟公司几位领导商量了一下，又请示了上级部门，最后决定购入部分你们公司的股份。"

我兴奋地差点跳了起来。但世上没有免费的午餐，荣鑫公司的资金援助不会是无偿的，果然他们想借这个机会控制我们公司。

"感谢赵总，万分感谢。您看我们怎么配合您变更股权……"我刻意这样说，只是为了不把话挑明，给大家都留下余地。

"邢总果然聪明。我们的确是有条件的，既然入股了你们公司，我们想共享你们公司的PPP项目部。"他见我沉默不语，又继续解释，"其实我们公司不只想跟你们合作一个馆廊项目，而是两家公司能够合作共建一个部门,这个部门由两家公司共同管理,共同拥有人事支配权,你看怎样?"

这样做固然起到了深化合作的目的,但也容易产生矛盾。我一时也拿不定主意,便推说要与股东们商议,先拖延一下。赵瑞的提议显然是为荣鑫公司考虑,但我们公司也的确没有更好的选择了。我现在的任务是去说服股东和管理层,而老钟成了首选对象。只要老钟点头,其他股东的问题就容易解决了。

"什么都不用说,我明白,这不是小事儿,你容我想一想。"老钟是一个多么聪明灵秀的人,他从我的眼神中早已读懂了一切。

星火燎原

"星星之火、可以燎原。"对于所有在困境中挣扎的人来说,这句话有着特殊的意义。尤其在支持者寥寥的时候,信仰的力量是不容小觑的。

信任是需要时间去培养的。说服管理层和重要股东的过程比我想象的还要艰难。老钟绞尽脑汁帮公司争取到三天时间,三天后,我必须给股东们一个交代。然而,这将是漫长难熬的三天,三天时间要解决人们根深蒂固的思想问题,简直是天方夜谭。

尽管老钟保留意见,但作为铁三角之一,他可以牺牲个人想法,服从集体选择。在股东大会前,他和PPP项目部同仁忙了一天一夜,只为了通俗易懂地告诉股东们PPP项目可以赚钱。为了避免管理人员和重要股东的直接回绝,我们做了精心安排,挑选了几个项目一起陈述，以减少管理层对PPP项目的反感，并有意识地让项目部在原有方案的基础上做了延伸开发方案，将馆廊项目的融资方案做得更详尽，以降低股东们对于资金回笼的后顾之忧。老钟激情澎湃的演讲赢得一片掌声，也成功说服了部分股东，而这仅仅是公司重启计划的第一场恶战。

"坦白说，邢总，这个方案很好，可这是人家荣鑫公司的项目，咱们在这替人家操的哪份儿心呢？"

这话一出，旁听的股东纷纷响应，会场氛围一下子又热闹起来。我和老钟差一点就控制不住局面了，幸好有股东站出来替我们说了话，才解了围。但股东们都很聪明，早已猜到了还有后招，纷纷盘问，我和老钟都觉得应该让股东了解事实情况，于是将赵瑞的提议和盘托出了。

"邢总，这事不太对吧，我看着不是共建项目部，倒像是变相收购，我说世上能有这等好事儿？"

"邢总，荣鑫公司给咱们什么承诺了？"

"邢总，我就想问一句，这个部门以后听谁指挥？是荣鑫公司说了算，还是咱们说了算？"

"部门设在咱们公司，我会争取管理权，但重要决策应该是由双方共同决定。"

没想到，现场竟炸开了锅，我和老钟也控制不住了。我看了老钟一眼，老钟欲言又止地朝我使了个眼色。随着话题深入，现场人员情绪开始激动起来。

"好了，大家都别再为难邢总了，事情不是还在谈嘛，又没真的定下来，该争取的，邢总会为大家争取。咱们是不是也该为公司想一想，现在除了跟荣鑫公司合作，谁还有更好的办法？如果没有，那么我们是不是应该支持邢总呢？我想，与其在这儿吵来吵去地耽误时间，倒不如想想自己能为公司出什么力！"

这位发言的人正是小朱，他的情绪还有些激动。原本他只是旁听人员，见我被股东"围攻"，一时按捺不住便替我解围。小朱的挺身而出，令我感到意外，但更意外的是，他这番话，真的形成了燎原之势！整个会议的氛围发生了根本性转变，不利的形势一下子扭转过来。齐声的讨伐戛然而止，小朱在不知不觉中居然为公司重大决策的通过贡献了一根定海神针。我庆幸之余，对小朱充满了感谢，但同时也为自己当初力排众议坚持留下小朱的决定而自豪。

"小朱，谁不知道你是邢总的人，你这话说得有水分呢，这是你的真心话吗？"

此时，矛盾指向了小朱，而这一次发起攻击的人却令我寒心不已，此人是跟随我一起创业的兄弟——老高。他手上还有2%的公司股权，这是当初给每位创业兄弟的干股。加之他资历深，对公司的状况又十分了解，无论在股东中还是管理层都有一定的威望。他的话将对会议进展，乃至整个局势产生转折性的影响。倘若打击小朱的是别人，我也许不会这样气愤，但是这样一位思想觉悟很高的老同事、老兄弟，今天居然站在了对立的阵营中，我一时难以接受。我替小朱鸣不平的同时，也在为兄弟分道扬镳而伤心。我想回击老高，却被老钟拦下了。

"高经理，咱们都是一起跟着邢总打拼出来的，公司里像咱们这样的老人不多了，公司的实际情况您比我清楚，难道您不希望公司越来越好吗？"老高欲还口，被旁边的人拦了下来。而老钟则顺势岔开了话题，提前结束了会议。

回到办公室，老钟坐在沙发上闷头抽烟，提醒我刚才的行为有些激动。这批评我接受,但心里还是失落不已。

"真没想到他会反对成立这个部门!"

"他怎么就不能反对了?"

"老高进公司比小朱还早,他是第一批跟着我创业的人,这些年一直跟我共同进退,这次不知道怎么了。"

我懊恼地拍了一下桌子,茶杯也被震了一下,发出哗啦啦的声响。

"我倒是觉得今天的你有失水准。一旦你跟公司的管理层闹翻了,那可真是不可收拾了。咱们都是从艰辛的创业中走过来的,和着眼泪啃干馒头的日子刻骨铭心。不过,人是会变的。这些年你跟老高还像以前那样热乎吗?你了解他平时见什么人、做什么事吗?"老钟坐到我办公桌对面,语重心长地劝我。

他的话戳到了我心坎上,我不由地垂下头:"这几年我们接触是少了,可他的本质没变……"

"老邢,这话说出来,你自己都不相信吧?他心里怎么想的你知道吗?你就别再自欺欺人了!好人跟好员工是两码事儿!"

我再次沉默了,老钟的话让我无力反驳。我喝了口茶,已经时近中午,茶碱引起的肠胃搅痛,让我一时难以承受。老钟帮我找来药,我服了药,过了半晌,胃痛才渐渐舒缓了。

酒聚人散

酒,能让人认清自己,也能让人认清朋友。有些事,清醒时解决不了，而有些事，只能在半醒半醉之间才说得清。

晚上九点，心角酒吧。昏暗的灯光下，老高坐在吧台的位置，还是那个厚实的背影，还是一杯接一杯地灌酒。他向来酒量惊人，是这些创业的兄弟中酒量最好的。这些年，大家各忙各的，很少来这里喝酒，连灯火似乎也变得陌生了。

这里原本是一家小酒馆，我们创业之初，因为经济拮据，晚餐便时常来这里吃，一盘花生、几瓶啤酒，便是一餐。饥饿感是打不垮我们的，反而更能激发斗志。那时虽然生活清苦，但大家在一起却非常开心。有时候多喝几杯，便会在这间小酒馆里大谈理想，在半梦半醒间憧憬未来。

但现在，很多伙伴离去了，有些转了行，有些跳槽去了其他公司，唯有老高一直留在公司，默默陪着我走了十几年。

"老高，怎么不等我就先喝上了？"我坐在老高身旁，半开玩笑道。但老高一脸严肃，完全没有往日热络的样子。我知道他还在为白天开会的事跟我闹别扭，虽然凭借我们昔日的情分，跟他说调职的事也许并不难，但从老高此刻的表情来看，似乎有一万个理由封住了我的嘴。

"我怕邢总喝不惯我们喝的这些酒，您还是自己点吧！"

老高说话阴阳怪气的，显然是受了委屈。我点了一些啤酒，悄悄观察老高的表情。他脸上一片愁云，似有万般委屈无处诉说。以老高在公司的地位，不知道谁会让他受委屈，一时之间勾起了我的兴趣。

"怎么了？受了什么委屈？"我猜老高找我一定有事。

"哪有，我们这些小人物就不劳邢总费心了，咱们还是直接说正题吧！"

"老邢，咱们可是一起睡过地下室、啃过干馒头的兄弟，现在你发达了，看我们这帮哥们不顺眼了，想一脚踢开是吧？我原本以为你不一样，你有良心，跟那些过河拆桥的资本家不是一路货。可是我错了，到今天我才想明白，人要是有了钱，都成一路货。你也想当宋太祖是吧，跟哥们儿玩'杯酒释兵权'来了。我也明明白白地告诉你，这权我不交，你给我那2%股份我还打算拿到退休呢！"

老高的话让我一头雾水。我从来没想过要解雇他，甚至没想过要收购他的股份，毕竟他是从开始一直跟我艰苦奋斗的人！我不想被兄弟误会，便急忙解释。

"我从来没说过要收回你的股权呢？你这是怎么了？"

"怎么了，你们不是收了很多股东的股权吗？那些债转股的股东就算了，如今连我这样的股东也不放过，你们是真够可以的！"

老高越说越气愤，眼睛瞪得斗大。我立刻意识到这其中有误会，便想再进一步解释，但老高似乎不打算给我解释的机会，连珠炮似的发了难。

"老邢，我知道那个姓钟的帮过你，也帮过咱们公司，我也承认没有他咱们公司早就完了，但他也不是圣人呀，咱们用得着天天供着他吗？"

我越听越觉得事情不对劲，便追问老高。

"到底出了什么事？今天会后，又发生了什么？"

"发生什么你别管，你只要知道那姓钟的绝对不是你想象的那么简单就行了。至于我，他不是想要我一句话吗，我告诉你，你转告他，我老高就是不离开公司，你们有本事就把我的股权都收回。我也不怕，我就是不走，就是等着看他姓钟的到底憋着什么坏呢！"

原来是老钟让他来找我的，我确实没想到这一点。老钟在背后默默为我做了这么多事！他虽然一直不支持我与荣鑫公司的合作，但还是三番五次地说服自己。我并不是一个思想左右摇摆的人，但老高的确是跟了我十几年的兄弟，这些年的情分还在，他不会无缘无故指责老钟，这其中必然有误会。

老钟平素虽然有些霸道，却也不像是心怀鬼胎之人，可老高也不是挑拨离间之人。这两个人的前后举止全部浮现在我眼前，一时之间很难分清谁对谁错。我不得不强制自己冷静下来，不让感性冲昏了头，现在可不是感情用事的时候。

"老高，你跟老钟之间是不是有什么误会？"

"没有误会。"

老高斩钉截铁地说道，但眼神中的杀气却出卖了他。

"我看你这样子可不像啊，到底出了什么事，有什么难处直接跟我说。"

老高并没理会，只是自顾自地喝酒。自古说"哀莫大于心死"，我在老高身上看到了一个人的伤心、寒心和死心，一时也不知道该怎样去安抚。

"老高，老钟是不是打算让你调职？"

虽然老高没有明说，但我也猜到七八分了。老高怔了怔，默认了。

"钟总来了，现在是以大股东的身份进入公司，公司必然会有一些新气象，况且咱们公司现在也遇到了发展瓶颈，不变就是在等死，你也不想看着咱们奋斗了十几年的心血都付诸东流吧？我知道会委屈你，但我也不会亏待你……"

"老邢，这事跟你没关系……"

"怎么会没关系，只要是公司的事，都跟我有关系，包括你的事。"

尽管我一再告诫自己，在公司转型的关键时刻，应该把兄弟义气放下，但我还是义无反顾地感情用事了。

"老邢，我自己的事自己做主，不麻烦你了，我只想告诉你小心那姓钟的，我是不会遂他愿的。咱们公司司机不是缺人吗？我去！那姓钟的是不是觉得我这个人没用了，我就是想让他知道知道，至少我还会开车，这个公司虽然不大，但到哪个岗位我都能干，你看着安排吧！"

说罢，老高将杯中酒一饮而尽，然后起身潇洒地离开了。我知道那潇洒背后的代价，也知道老高对公司的感情，但他今天的话深深触动了我。公司的改革进入到了关键期，而这个时期也正是各种潜在矛盾被激发出来的时候，作为公司的掌舵人，我既要给予老钟一定的改革之权，又不能伤了老高这些老员工的心，所以才会纠结难过。

老高走后，我独自坐在酒吧里，看着老高用过的杯子出神，过去的种种浮现在我眼前。那时的老高还很年轻，那时的我整日里跟老高他们几个在一起，共同吃苦，共同欢笑，共同为我们的事业奋斗，我们那样快乐地奔向明天。可是如今，明天在哪里，连我自己也说不清了。

时光真是无情，我和老高这班兄弟都回不去了！

意外之喜

生活总是需要意外来调剂。无论是计划之外的惊还是喜，总归是给平淡的生活涂上了颜色。

老高事件后，我们铁三角开始盘算要加快公司改革进程。上次股东会虽然取得了一定成效，但比预期目标还是差了很远。"就这么几个股东支持咱们，还是不行啊？"老钟突然发来了一段语音。这个微信群只有我、老钟和兰芝三个人，算是公司管理层的一个隐藏群。

"还得再争取一些股东的支持，钟总，你那边机构改革进度如何了？"

"这两天基本没动静了，能改革的地方咱们都改了，现在剩下的都是硬骨头，难解决呀！王总，你那边怎么样？找到什么新资源了？"

"如果我们直接跟荣鑫签约呢？来个先斩后奏，现在股东安插进来的亲戚也基本被遣散，我想应该没问题了。邢总，你怎么看？"

兰芝的提议也不无道理，快刀斩乱麻也是没办法的办法。但我还是想求稳，毕竟公司已经是多事之秋，不能再乱了。

"可赵瑞一直没有直接回复咱们。"我也发了一条语音信息，"不过我倒有个想法，上次开会时有些股东已经动摇了，可以继续开一个项目推进会，我们可以借着这个机会找荣鑫公司的人过来，专门讲一讲馆廊这个项目，关键是让这些股东看到，这个项目能赚到钱。"

"我同意，正好也可以探探赵瑞的底。"兰芝是坚持大刀阔斧改革的。

"既然你们都觉得这是个机会，就试一下。话说在前面，一旦发现不好的苗头，就及时中止合同，我宁可赔钱，也不想连公司都没了。"老钟算是勉强同意了，这是今天最好的消息。

我们三人一拍即合，立刻开始行动。老钟负责组织股东会议，兰芝则开始约谈一些打算撤资的股东，而我的工作最为艰巨——约谈赵瑞。

两天后,会议如期举行。赵瑞给了我最大限度的支持,不仅亲自到会,还带来了荣鑫公司的项目总监。我亲自开场,以表重视。

"各位股东、各位经理,大家好!今天咱们非常荣幸地请到了荣鑫公司总经理赵瑞先生以及项目讲师,主要是为大家再详细讲一讲馆廊这个项目;同时赵总也是为了考察咱们公司,为双方进一步合作奠定基础。下面有请赵总讲话。"

"各位股东,大家好,今天冒昧来到贵公司,也谈不上讲课,就是跟大家聊个话题,耽误大家一点时间,我们做一个简单的商业逻辑分析……"

对于馆廊这种盘根错节的复杂项目,赵瑞居然讲得通俗易懂,不得不令人佩服。他的演讲带有极大的鼓动性,听完连我都想参与这个项目。但世事总有意外。这么精彩的演讲,股东中响应者寥寥无几,甚至有好几次出现了冷场,早先支持这个项目的一些股东居然没有表态。

"有人捣鬼!"中场休息时,老钟走到我身旁,低声对我说。公司的股东们私下里关系并不好,能够坐在一起开会完全是因为利益。而今天这些人的表现更像是提前串通好了,不仅意见统一,行动一致,甚至连回绝我们的说辞都如出一辙,这令我在赵瑞和荣鑫公司面前尴尬不已。

"看来这些人是有备而来,故意给咱们难堪的。"老钟见我情绪激动,把我拉到办公室,暂时休整。

"我觉得咱们得改变策略,照这样下去,就是商量到明天也不会有什么结果,不如就像兰芝说的,咱们就同意回购他们的股权……"

老钟的话不无道理,我索性借着会议间歇再次找到了赵瑞。讲明来由，赵瑞不禁陷入深深的思考之中。

"邢总，你的意思我都明白，不过我觉得时机还没到。咱们还没有真正形成合作关系，如果贵公司遇到麻烦，我们可以出手相助，但收购股权不是一天两天能够解决的，况且，我们是国企，我不能独断专行。"

"赵总，情况您也看到了，股东不愿意投钱，项目可能进行不下去。"

"我觉得这是贵公司的内部问题，咱们现在还不是利益共同体，这些问题我们公司也是有心无力。"

一边是股东，一边是荣鑫公司，我和老钟被夹在中间，左右为难。

"赵总，您看，我们现在是想把这个项目做起来，甚至可以让出一部分股权，这样贵公司就能以股东身份加入我们公司，那咱们就是一个利益共同体，之后成立的部门可以发挥更大的作用。您身经百战，在公司合作方面经验丰富，我们这个粗浅的提议，想必您早就考虑过。说实话，咱们两家公司合作，我们是沾了您的光，大国企和创新型中小企业合作，尤其是在国家提倡的PPP项目上，那可不仅仅是一次商务合作，还是一次经营体制的创新，我想政府也乐见其成！"

老钟一语道破了赵瑞的心思，而赵瑞目不转睛地看着窗外的街道，心思已经飘到九霄云外。兰芝说得对，做到他这个级别的国企老总，并不仅仅是一位商人，还是一位官员，他所肩负的责任不仅仅是一家公司成千上万名员工的生计问题，还有企业形象和社会责任。尤其是在一些重大决策上，所牵扯的面就更多了。从赵瑞的犹豫不决，我理解了老钟话里的意思。

想到此处，有一种不祥的预感突然钻进我大脑——如果和荣鑫公司长期合作，终有一天，我和老钟之间会产生裂痕，甚至就此分道扬镳。劝说赵瑞失败后，眼看休息时间就要到了，接下来要怎么说、怎么办，我和老钟心里没了底，只好硬着头皮上，走一步算一步了。

"邢总，这个项目我们已经听过好几回了，这位赵总讲的跟您之前讲的也差不了多少，我们还有事，您看能不能先走了？"

会议开场，就有股东给我一下马威。

"会议还没有结束，而且还有重要消息要跟大家宣布。"

为了把股东们留下，我不惜抛出了一枚重磅炸弹。

"各位股东，今天把大家邀到这里来，除了听一听荣鑫公司专家为咱们做馆廊项目的商业逻辑思维分析以外，更重要的是想向大家宣布一件事，咱们公司PPP项目部已经与荣鑫公司市场二部成功对接，共建部门，这个部门不仅仅是两家公司合作的桥梁，更是未来两家公司共同发展的基础。未来，我们将在PPP项目上大展拳脚，而荣鑫公司也将成为咱们进军PPP项目领域的战略伙伴。虽然我们没有搞一个新闻发布会，但对于在座所有人，我郑重宣布并且承诺，这个部门将成为公司的第一大部门，具有调动公司重要资源的权限，这个部门还将由钟总直接管理。下面欢迎荣鑫公司赵总再次为大家讲几句。"

原本现场鸦雀无声，紧接着在老钟和老高的带领下，响起了雷鸣般的掌声。赵瑞在掌声中如众星捧月一般站起身，先是鞠躬致谢，紧接着发表了一份承诺：

"各位股东朋友，在这里，我代表我们荣鑫公司向各位股东表示感谢，感谢大家对这个方案的支持，也感谢大家对馆廊项目的支持。如果在项目发展上，大家有什么为难之处，可以通过邢总来找我们。既然现在咱们已经是一个利益共同体，那么大家在公司发展上有什么新想法，遇到任何问题也可以来找我们，我们荣鑫公司会义不容辞地为大家解决。"

赵瑞这一招"姜太公钓鱼"着实高明，没有直接给出收购股份的承诺，但又敞开了大门等着股东往里钻。

否极泰来

世事无常，顺境、逆境之间本就如同镜子的两面，一顺一逆，一翻一转便是人生。

"今天，赵总为大家带来了这么好的项目，我们再一次感谢赵总！感谢荣鑫公司的所有同仁！"

PPP项目介绍告一段落，我迫不及待地送走了赵瑞和荣鑫公司的人。望着他们远去的背影，我的内心五味杂陈。赵瑞的演讲能激发人的渴望，明明没有效益的项目，也能让人觉得有座金山就立在前方。我亲眼看到，很多人在他演讲的过程中频频点头，瞪大了眼睛，竖起耳朵，聚精会神地领会他话里的玄机！他们脸上绽放的笑容让人嫉妒，我突然感觉自己被排斥在外了，我想这就是老钟一直反对让荣鑫公司参与太深的原因吧。

我返回会议室时，正巧听到老钟在跟股东们讨论荣鑫公司入股的事，便站在门外听听股东们有什么想法。

"荣鑫公司收购我们的股份是好事，反正股份拿在手里也跟废纸差不多。"

"我也觉得是。要不咱们直接去找那位赵总谈谈？"

"我家里有事,我先走了啊!"话音未落,一位上了年纪的股东拎起包就起身往外走。

"我说,你是赶着去找赵总吧?"会场一片哗然,众人争相起哄。

"大家安静一下,咱们的会议还没结束呢!"老钟站在会议室中央,焦急地看了看墙上的表。

"钟总,你还在这儿干什么呢,还不赶快去找赵总,以后咱们都去荣鑫公司上班得了。"

这话如同一根针扎进我心里。我望着老钟略微有些驼的背影,后悔不已。然而,我们之间的裂痕已经产生了,那不是几句道歉就能弥补的。这时,股东们你一言,我一语,场面极其混乱,我必须出场了。

"各位股东,公司已经收到一些股东的股权转让通知函,我们会认真对待,也在积极筹措资金回购大家手上的股份,至于荣鑫公司入股我们公司,则是另一回事,我们也正在洽谈,我希望各位股东多给我们一些时间,也希望大家能够静下心来研究一下PPP项目。PPP项目是国家现阶段重点推行的项目模式,有政府的支持,有社会的关注,现在加入PPP项目,就等于跟上了国家发展的节拍。我在这里郑重地希望大家再重新考虑一下。当然,如果考虑过后还是去意已决,那公司无条件回收股份。不过,我诚心地希望大家能够留下来。听一听,看一看,给咱们彼此一个重新适应的机会,也许摆在你眼前的就是一个大好前程。"

说罢,我深深地向在场股东们鞠了躬。会场响起了掌声。我感动得热泪盈眶,这是阔别已久的感觉,仿佛又回到了创业时的青葱岁月。不知是我的发言感动了大家,还是老高想明白了,就在会议即将结束时,他突然站了起来。

"刚才邢总说得对，咱们是应该冷静一下，仔细想一想赵总今天的来意，想一想咱们把公司股份转让了，眼下是拿到了钱，公司也有了转机，但三年后呢，五年后呢？这些钱花完了呢？我们怎么办？现在已经不是单打独斗的年代了，空有一身力气根本成不了事，遇事还需要用脑子，我相信邢总的判断力和韧劲，我见过他辛苦打拼，所以我相信他能成。"

"老高，你到底站哪边呀？"

老高清了清嗓子，高声道："我今天说的都是大实话，咱们这些人今天能坐在这儿，不都是冲钱来的吗？今天要不是荣鑫公司的赵总来，我想不会有这么多人坐在这儿吧？"

这话一出，在场有一半股东暗自低下了头。

"各位，咱们都是出来赚钱的，但赚钱也得有个信用吧？咱们拍拍良心，当初邢总拿着能赚钱的项目去找大家时，你们可都是满口答应，乐不颠地就把合同签了，可是赔了钱呢，你们一个一个急得跟热锅上的蚂蚁似的，都堵到邢总家里要钱去了，咱们是放高利贷的吗？今天咱们就在这儿，拍着胸脯说一句，之前你们做债转股是邢总逼的吗？赚钱时你们是自愿的，现在公司有难处，你们就想脚底抹油，这是什么道理，连这点担当都没有吗？"

"我说老高，你是副总，跟我们能一样吗？你自己也是股东，你的血汗钱都变成废纸了，你还在这儿摆什么高风亮节，我说邢总单独给你发红利了吧？"

"别胡说，今天的我，已经不是公司副总，我就是公司的普通司机。不信，你们可以问一下人力资源部的王总监。"老高话音刚落，众人就齐刷刷地看向人力资源总监，他一脸惊骇地点了点头，又看向我，而我默默地看着老高。

"咱们都是普通股东，我请你们大家想一想，这么闹下去，对咱们有什么好处？咱们大家之所以加入公司，难道不是想跟着邢总赚点钱吗？就说眼下一时赚不着，咱们就不能等一等吗？再给公司一点时间，万一这个项目成了，公司扭亏为盈，你们是不是又得赖公司没及时提醒你们投资？"

老高的话，句句都说到了股东的心痛之处，说得他们哑口无言。很多打定主意跟随赵瑞的股东，因为听了老高的话，也改变了主意，加入公司PPP项目的阵营。股东大会在老高的激情演说下，形势一下子转向我们这边，我自然高兴不已，但股东们反常的举动和不可思议的行动一致性，却让我隐隐感到，公司内部被一股强大的势力操控了！

"你不觉得最近公司有点怪吗？"

空荡荡的会议室只剩下我和老钟两人，我随便拉了一把椅子来坐。

"我倒是没觉得什么，不过利益共同体真是个好词，一下子就圈住了这么多人！老邢啊，咱们跟这些股东在一起也不是一天两天了，在他们眼里，咱们到底是什么？这个赵总来讲了几句话，怎么就变成利益共同体了？我觉得咱们最失败的地方不是让赵总来一次演讲，而是到现在都没找到问题出在哪儿。"

老钟也拉过一把椅子，刚刚坐下，就拿出烟来吞云吐雾。

"我真该听你的，现在不让荣鑫公司入股都不行了。"

"你也不用自责，我倒觉得今天的事不见得是坏事。"没想到，这个时候老钟却比我乐观。也许是这些年所经历的风风雨雨，早已让他看淡了一切。

"哦，有何高见？"

老钟见我开起玩笑，脸上的紧张情绪也跟着散去："我倒是觉得今天的会只开了二十分钟。"

"你是说老高？"

老钟点了点头："咱们千算万算，就是没算到他。他的话虽然不多，而且是会议快结束时才说了这么短短的几分钟，但是比之前咱们叨叨的一大堆话都管用。有多少股东因为他这番话就改变了立场，这是现身说法，鼓动性最强了。再说，这些股东留下来，至少我们不用把希望都寄托在荣鑫公司身上了，咱们和他们的合作就是对等关系。就凭这一点，老高该记首功。"

老钟边说边竖起大拇指。他和老高虽然一直意见不合，老高不止一次在我面前说过老钟的坏话，但今天老钟却站在了"理"字上，没有因为心存偏见就否定老高。这也是我佩服他的地方。

"是呀，没想到关键时刻，老高还是帮我的。"

老高这个"福将"的作用还远不止于此。自此以后，公司真的否极泰来了，好消息接踵而来。先是一大部分股东主动撤回了股权转让函，紧接着公司和城建投公司洽谈的几个项目都有了回音。虽然都是一些小项目，但却能拿回利润，这一下再也没人说PPP项目部是花架子，而且整个PPP项目部也运转起来了。荣鑫公司也加快了合作进程，不仅迅速成立PPP项目部对接小组，甚至还提出了人员派驻计划，这是我们双方第一次合作——一个美好的开端就此诞生了。

"最近公司可是好事连连，你怎么一点也不兴奋？"

一个周末的午后，我和兰芝在她家小区的花园里散步，兰芝问我。春日的阳光照在身上，暖融融的，我喜欢这样的午后，只是谈论的话题有些煞风景。

"兴奋也不一定要写在脸上。"我答道。

"可是你的语气也没听出半点高兴呀，你最近是怎么了？"

面对兰芝的关心，我的心情纠结又复杂。其实，这也是我想问她的话。

突来一梦

有人把现实活成了梦，也有人把梦活成了现实。对我而言，梦是与现实交错存在的空间，有时候我甚至怀疑，自己就生活在梦中。

她是否还梳着马尾辫儿？

是否还喜欢在失眠的早上煮一碗热粥？

是否依旧在黄昏时分依偎在沙发上听喜欢的音乐？

她的脸上是否还带着腼腆的笑？

这是我最初见她时的样子。每当我这样憧憬，她仿佛就坐在我身边，手里端着一杯热茶，手边是一本破旧的老书，随意翻开几页。她的目光时而望向远处，时而转向在一旁高谈阔论的我。我幸福地笑着，看着，等着，却等来了一串急促的电话铃声。

"邢总，这回您又出名了。"电话里传来秘书的声音。

"出什么名？"我突然惊醒，从床上坐了起来，警惕地问。

"'S市中青年杰出创业人才论坛'邀请您去参加，还要有汇报演讲，而且市长和很多国企的老总都会参加，这是咱们S市的一件大事，市里可重视啦……我现在给您送邀请函去。"

那一瞬间，我的大脑一片空白。直到电话发出"嘟嘟"声，我才清醒过来。窗帘下摆露出了一道强烈的光，天气不错。我披上睡袍，下了床，信步走到窗前。光有些刺眼，我索性拉开窗帘，强光射进屋子里，从床上反射到我脸上。我下意识地闭上了眼睛，好像还在梦中，但人已经醒了。

我被邀请参加"S市中青年杰出创业人才论坛"的消息不胫而走，一时之间又激起了一层浪花，老钟第一时间发来微信祝贺，兰芝也不得不媚俗，还有赵瑞等一众合作伙伴发来了祝贺，甚至连那些许久不联系的名字也突然出现在手机里。不知道这突如其来的"大奖"，是否真的能为我带来好运？

"小邢，听说你要去参加'S市中青年杰出创业人才论坛'了，这可是难得的机会，好好把握，提前祝你心想事成。"

连杨副行长也发来了祝贺信息，但他话里有话，我立刻听出了弦外之音，"谢谢老大哥的提醒"。起初，我怀疑过这份邀请函的真实性，还曾经致电组委会去核实情况。后来了解到一些资料，发觉被邀请的创业人才不是青年才俊，就是功成名就的创业明星，而在泥潭中挣扎的创业者似乎只有我自己。怎么会有这样的好事？我不免怀疑。但思来想去，肯定有人暗中帮了我。那么，这个人会是谁？这才是让我忐忑不安的事情。

杨副行长听出我的不安，又劝我说："你当年跟竞争对手斗智斗勇的劲头哪去了，参加一次论坛活动就吓成这样？我看你的水平不比那些人差嘛！你有你的优势，实践经验丰富，这是那些海归、高知比不了的，你只要发挥出来就行啦！"

杨副行长越说越自豪，越说声调越高。向来淡定的他这次却异常兴奋，可我却并没有他乐观："我这算什么经验，还不是大家帮衬才有今天的。"

"小邢啊，用不着妄自菲薄，这些年你是怎么过来的，大家都看在眼里，别以为你总是时运不济，可是你回过头来想一想，哪一次危机你不是都度过去了，要不怎么有今天的你？说不定就有人看中了你这股韧劲儿！"

"这么说真的有人帮了我？"在我再三追问下，杨副行长只得告知了实情。

"我就是不说，早晚你也能猜到。之前城建投公司的王总向我打听过你，虽然也没细说什么，但他很在意你们公司的发展情况。我当时还奇怪，他为什么不直接问你，或是从一些渠道搜集信息，总比问我清楚得多。不过没过两天，我就接到了你获邀参加'S市中青年杰出创业人才论坛'的消息，说不定这两件事前后有什么联系，这位王总在市政府也颇有人脉，像这种级别的会议，城建投公司如果不是主要协办方，也是在组委会有发言权的重要角色……"

杨副行长不是捕风捉影的人，既然他认定与王总有关，我想事情八九不离十了。可让我想不通的是，公司虽然与城建投公司合作了几单小项目，但我跟王总的接触并不多，他为什么要帮我呢？不明来意的好，更让人不安。

"原来是王总？我就说嘛，这么重要的机会，比我合适的人多的是，好运怎么会偏偏选上我，一定是背后有高人帮忙。"

"我倒是觉得，你也不用太自谦了，要是没有两把刷子，王总也不会关注你。"

在杨副行长的鼓励下，我开始认真准备发言稿。说实话，演讲是我的弱项。好在老钟是这方面的行家，演讲语气和现场发挥这些技巧可以请教他，但讲稿要怎样写呢？

创业这些年，心得体会也积累了一些，但要落到笔头上，却不知从何下手了。加之这些年疲于奔波，早年间练就的文字功底也都荒废了。我独自坐在电脑前整整一个下午,一篇文档写了删,删完再写,总共不过写了几百字,还有很多词不达意的地方。我正满心烦闷之际,屋里飘进一股花香。我走近窗边,才发现满眼新绿,心已神往。想来下午是再难动笔了,便独自去楼下的街心花园闲逛。

四月天,嫩草新绿,桃花初放,万绿之上一片粉白,远望便是一幅油画。我想起那一年与前妻初见也在这样的时节,那时街上还没有花园,但街边的桃树早早迎来了花期,桃粉的颜色、娇羞含苞的花蕾与初绽芳华的花瓣,欲绽还羞地等着,期待着。前妻喜欢桃花,喜欢那粉白掩映的春色。那是她的春天,我的春天,大自然的春天。在春色里,我牵着她的手,走在桃花掩映的小径,满心满眼的粉白,一如心底的澄澈。也许,我们并不引人注目,但那就是我们的春天,我和她的春天。此时此刻,走在这条小径的我,看着眼前的桃园春色,前妻仿佛就走在我身边。

"嗨,你也来散步呀?"这声音让人恍然如梦,却又无比真实,我轻声应和。

"难得啊,一般这个时间你都在加班呀?"再听之下,才发觉不是前妻,但也是心底里渴望的声音……,我不禁侧目一看,原来是田蕊。

"是你?"

"很惊讶吗?我每天下班都会经过这里。"

"但我却从来没见过你?"

"因为这个时间你通常都在电脑前看文件,没见过我从这里经过很正常呀。"

我诧异地看了看田蕊,没想到这丫头对我的行踪如此上心。

"可是你为什么在这个时间出现在这里?"

"你都能来这里散步,我为什么不行?况且你不是应该在准备发言稿吗?"

"你怎么知道?"

"整个公司都知道你要去参加'S市中青年杰出创业人才论坛'了,我只是稍稍留心了一下你的工作安排而已。"她露出了得意的笑,我也跟着笑了起来。

她仔细打量了我一番,若有所思地说:"看来你写得并不顺利。"

我不禁笑了起来,凑到她耳边,低声道:"被你说中了。"

"像你这样心浮气躁怎么可能写出文章来,何况是演讲稿?那可是需要字斟句酌的。"她说这话时,口吻像极了前妻,我仿佛又回到了梦里。

重拾初心

世上没有绝对的好事,自然也不存在绝对的坏事。因果福祸之间的转化,不过是一念之间。

我受邀参加"S市中青年杰出创业人才论坛"的消息不胫而走后,收到了各种祝福、祝贺,老钟比我还兴奋,正张罗着饭局,说是要为我庆祝一番。我再三推脱,还是被他说服了。

"老邢,这可是宣传咱们公司的大好时机,这是一个公司的荣誉,不是你一个人的事儿,咱们得抓住这次机会,好好做做文章。"

老钟是个纯粹的商人,惯会算计。他所说的"做文章"实际上是进行一次形象宣传,为公司提升一些社会影响力,顺便借创业人才论坛的机会拉几家公司谈融资合作。他提出增加融资是想为公司增加一些筹码，毕竟在这场并不门当户对的合作中，我们公司是没有什么发言权的。

"这个时候增加融资有点冒险，万一荣鑫公司不跟咱们合作了，那市政府的PPP项目也就落空了。"我还是有些担忧。老钟看出了我对荣鑫公司的忌惮，也看出我在PPP项目发展上的雄心壮志。他眉头一皱，长长叹了口气。

"难道没了荣鑫公司，咱们就寸步难行了吗？"

虽然我很想安慰他几句，但事实的确如此。以公司目前的财务状况和经营状况，的确很难找到融资。老钟心里自是明白，他只是不服气，想借这次论坛的机会翻身。

"这次论坛让带随行人员吗？"

"你想去看看？"

"我才不想去呢！我是让你带上王总，她可是社交高手，万一有个酒会、茶会，你一个人应付得过来吗？再说，有王总在，能帮你搭上不少人脉呢。"

我心里也是这么盘算的，但最近不知怎的，兰芝极少回复我的信息。我忍不住又给她发了一条信息："我受邀参加'S市中青年杰出创业人才论坛'，第一次参加这么大型的论坛活动，心里没底，想听听你的建议，什么时间有空，我去找你。"这一次她虽然回复了，但语气冷淡，让我心情不悦。

春日黄昏，晚风熏醉，半掩的窗，窗纱轻扬。办公区里昏暗的灯光下有一处亮起了白光，一个熟悉的身影坐在电脑前，长发披肩，身姿笔直，嗒嗒作响的键盘声时断时续、若隐若现，我被那声音牵引，蹑手蹑脚地走过去。屏幕上落下一行又一行的文字，时而删减，时而加字，边写边改。我大致扫过屏幕看了几眼，那措辞像极了我的口吻。真想象不出，世上居然有这种默契。

"别光看呀，多少给点意见。"原来她早知道我站在身后。

我不禁俯下身子，轻声说道："没有意见，你写什么，我就念什么。"

"怎么可能？我又不是你肚子里的蛔虫。"

"你是长在我心里的草。"

她猛然间回眸时额头正碰上我的嘴边，我的心骤然一紧，似被一头健壮的小鹿撞了一下。那是许多年未曾有过的感觉，整个人像被电击了一下。她倏地转过头去，我也迅速直起身。时间如静止一般，我们二人四目相对，春雨朦胧。田蕊转过身，嗒嗒的打字声再次响起。我默默回到办公室，半掩着门，静静地看着她的背影。忽然手机上传来一条信息："这几天忙得很，还没祝贺你受邀参加'S市中青年杰出创业人才论坛'，这可是个千载难逢的机会，好好把握，说不定会有意想不到的收获。"

"收获？"兰芝的话总是带有几分玄机。

我立刻想到一个人："你是指城建投公司的王总？"

兰芝发来一个"赞"的表情。她极少在微信中使用表情，我端详着手机屏幕，猜不出兰芝到底怎么了，直接问她，她肯定不会说。正揣测之际，她又发来一条信息："你要的资料已经发到你的邮箱里了。"

我刚刚看到这条信息时，电脑上已经弹出了新邮件的提示。显然，兰芝是刚刚才发过来的。

"你在哪儿？"我不禁问道。

"加班别太晚，早点回去。"我脑海中忽然闪过一念，鬼使神差般地朝窗口走去，只见楼下一辆黑色奥迪驶向了停车场出口。我认得，那是兰芝的车。她来了，为何不上来呢？我马上拨通她的电话，然而电话却关机了。也许是我想多了，但以我的感觉来看，兰芝一定有事瞒着我。

这是一份受邀名单。这种事情也只有兰芝办得到。我正暗自庆幸，一个无比熟悉的名字突然出现在我的视线里。是她？怎么会是她？我揉了揉眼睛，再次盯紧屏幕，那些熟悉字眼儿一遍又一遍地充斥我的神经：护士、教育、离异……果真是她！难道是冥冥中的安排？

我曾经不止一次幻想过与她重逢的情景，却从没想到会在这样的盛会上。两天后，我将再次见到她！想到这里，心竟莫名地慌了。三年之期马上要到了，而我似乎离诺言越来越远。那时的我天真地以为公司会发展如虹、重回鼎盛时期，可是时间一点点流逝，我仍然在原地踏步，而她已经实现了自己的梦想！想到这里，我不禁对她的新身份产生了好奇。

我想兰芝肯定早就看过这份资料了，以她的聪慧，肯定会找一个合适的理由推掉我的邀请。我望着门外大办公区里那盏孤独的灯光，心里生出一丝温暖，但很快又变冷了。连她也要走了！我看着她收拾东西，关上电脑，办公桌上的灯也熄灭了。她下意识地朝我的办公室望了一眼，挥了挥手，转身走了。我知道这不过是一天工作的结束，但还是控制不住心底的失落与惆怅。也许终有一天，她，她，还有她……她们都会离我而去。

这时，电脑上再次弹出新邮件提示，是田蕊发来的发言稿，还有一行简短的说明："大叔，发言稿初步完成，发你过目，有不妥之处邮件回复。不过也别提太多意见，否则我改不完的。还有，虽然帮你纯粹是人情，但也得对得起我这几天的奋笔疾书，你就请我一个月的早餐当酬劳吧！"

我迫不及待地打开文档，映入眼帘的是正中间四个大字——不忘初心。对于创业的人来说，这四个字一生相随。我认真读了发言稿，辞藻算不上华丽，但平实得恰似我的口吻，句句戳中了我的泪点。这个小姑娘，果然不一般。

一拍即合

和懂的人说话，和对的人恋爱，这便是幸福。如果真要给幸福一个定义，我的幸福就是遇见了一群一拍即合的朋友。

论坛在S市一家五星级商务酒店举行。这几年为了招商引资、发展S市的基础建设，像"S市中青年杰出创业人才论坛"这样的企业家聚会不在少数。不同的是，这一次我不再是看客。成为台上的"明星"并非我所追求的，但我的确需要这样被关注的机会。更幸运的是，有美女陪同。

兰芝的高跟鞋踩在青石板的小径上，着一袭橙色暗纹旗袍，把整个夏天都点燃了。穿旗袍的女人并不少，但穿出兰芝这种韵味的就不多了。和她站在一起，连关注度也提高了。论坛在酒店二层的会议厅举行，从电梯出口到大厅门前，三步一岗、五步一哨，站满了服务人员，热情周到得近乎殷勤。

"先生、女士，您好，请出示邀请函。"

"先生，今天有您发言，请您提前做好发言准备，待会儿会有场内服务人员向您交代论坛流程，确认您的发言顺序和时间。"

"先生，您的入场区在这边，请您跟我来。"

服务级别提升到这种高度，足见政府对此次论坛的重视。我暗自发誓，这一次要好好把握机会，不虚此行。服务人员把我们带到会务大厅。一路上碰到好几位老友，热络地聊上几句，心情一下子放松了许多。

会务大厅有上千平方米，全套的舞台设备，背景大屏幕上正在播放S市近几年的改革成果。如果没有留意到大厅门口的指示牌，还以为走错会场进了政府报告厅。我扫视了一眼整个大厅，发现政府工作人员比受邀的创业者还要多。人这么多，想来要刻意碰上谁是不太容易了，一切随缘吧！

"找到想见的人了吗？"兰芝凑到我耳畔低语。我知道她所指的人，但也并无恶意。她只是好奇我生命中曾经出现过那样一个女人。我摇了摇头，脸上挤出一丝不自然的笑容。

"请就座。"服务人员安排我们落座后，迅速送上茶点。当然更吸引我眼球的是会议议程，不过，兰芝关注的却是一杯香槟。她拿起香槟，缓缓站起身，向四下里扫视了一圈儿。我从她的眼中看到了狼一样的敏锐、鹰一样的犀利，还有她那闪动的一池秋水。她不是天生的美人，但极有魅力，连女人也会被她吸引。

"王总也来参加这次论坛啦，真是没想到。"一个其貌不扬的男人过来搭讪，我正好借机出去透口气。

S市虽然不大，但这两年经济发展迅速，五星级酒店已经有两家。这家酒店是最近落成的，也是市政府支持的PPP项目之一。当年拿下这个项目的中标公司，现在也是S市的风云企业。

我轻轻推开大厅的玻璃门，来到二楼花园。这座花园建在一楼楼顶上，完全由人工造景，却看不出半点人为痕迹。满地新绿衬托出各色鲜花，清新自然，犹如工笔油画。四周的凉棚枝蔓缠绕，阳光从郁郁葱葱的枝叶缝隙射进来，照亮了凉棚，有人坐在成人秋千上纳凉。那是一位青衫长裙的女子，文雅如画中仙子。

"您好，您也是来参加论坛的吗？"我情不自禁地上前搭讪，略带羞赧地垂着头，语焉轻柔地问。然而，当她抬起头的那一刻，我竟怔住了。

是梦吗？这样意外的邂逅，难道不是梦吗？

"是你？"我掩饰不住那一脸惊讶，而她却无比淡定。

"我之前，我之前在名录里看到你的名字了，还以为……"

"以为是同名同姓的人？"她笑了，还是那么美。

"坐下说。"不知怎的，我的声音竟有一些颤抖。她指了指旁边的秋千，我凑过去坐下，身体僵直，两只手紧紧抓住绳子，一动也不敢动。

"小丫头最喜欢荡秋千了。"我们谈话的开始永远是孩子。

"是呀！你总陪她去公园荡秋千。"提起女儿，她脸上露出一丝幸福的笑容，只是眼神中的光芒很快便暗淡下去："现在每次都是我陪她，她也觉得没意思，下次你去陪陪她？"

"我？"我指了指自己，一脸惊讶地问。毕竟离婚以来，父女关系已生疏许多。

"是呀，我只能陪她逛逛街，而你能陪她练练跆拳道。"

"你还记得……"她记得关于我的所有事，然而我大脑中关于她的记忆却少得可怜。那些年我埋头工作，荒废了有她的那些岁月，成了永远的遗憾。

"你现在还常去跆拳道馆吗？"

"最近这段时间不多，迷上太极了。"

"太极好。"

"你怎样，我，我是说……"我突然患了口吃，竟忘记要问什么。

"我离开医院了，现在开了一家少儿教育中心。"

"哦，听说了。"我并不吃惊，少儿教育是她一直的梦想。

我们的谈话仅限于此。她望着枝蔓上的叶子，我望着会议厅的门口。

"仪式马上开始了，我来叫你们。"通往会议厅门口的玻璃门前，不知何时站着一个穿旗袍的身影。也许一直都在！

为了提升此次论坛的规格，开场仪式异常隆重。除了播放S市近年来改革开放成果的专题纪录片外，还展示了S市未来发展规划。但更吸引媒体眼球的是，主管经济发展的副市长亲自出席，S市新经济委员会主任作了重要讲话。我坐在台下，听得心潮澎湃、热血沸腾，仿佛看到了一条光明大道。创业的人永远有一颗年轻的心！这句话突然冒了出来。

我的发言被安排在首轮次的"新兴经济形式激活创业新思路"环节，这是整个论坛最为重要的环节，也是吸引各界媒体广泛关注的环节，赵瑞的演讲也被安排在这个环节。前面每个人的演讲都是激情澎湃，理论有高度，实践有经验，我被安排在最后一位，压力巨大。虽然做好了充分准备，但第一次面对上千人演讲，紧张是难以掩饰的。我紧紧攥着拳头，手心都攥出汗了。上台前，兰芝不停地鼓励我，只可惜我水平有限，掌握不好火候，技巧青涩得很。

一下台，城建投公司王总主动迎了过来："老邢，演讲不错，稿子也好。"

"哪里，哪里，王总过奖了，我第一次在这么大的场合演讲，紧张极了，您看，我手心里全是汗。"

"讲下来就好，现在不紧张了吧？"

"我要郑重地感谢王总，要是没有您帮忙，我就是想找这种机会也找不到呀！"

"这不算什么事，有才华的人就该来这个平台，向大家展示一下嘛，再说你们公司现在不是也需要这个机会吗？"王总是个爽快人，对提名的事轻描淡写地一带而过。

我感激地握着王总的手，发自内心地感谢。兰芝也凑过来，朝我使了使眼色，于是我把王总请到会客间去了。兰芝去请了监理公司的李总和荣鑫公司的赵瑞，我们四方就借论坛大会的机会，搞了一场小型论坛。

"赵总是S市的青年才俊，今天见到本人，真是意气风发啊！刚才的演讲非常精彩。"

"借邢总的光，见到了二位领导，非常高兴。"赵瑞一进门就拉着城建投公司的王总和监理公司的李总客套起来。虽说三家企业都是"国字号"，但城建投公司和监理公司的政府背景更强一些。这么难得的机会，赵瑞自然要牢牢抓住。

"咱们几个人好不容易聚在一起，这可是个难得的机会呀，得唠点干货吧？"

"是呀，这个机会可不好找，建筑、监理、项目运作，就差销售，咱们产销一条龙就齐了。"

虽然谈话时间有限，但有深度、有含量，我莫名地兴奋起来，一场新的合作即将开始了……

最好安排

"一切都是最好的安排。"人生实在漫长,有那么多不幸,逼得我们不得不豁达。可惜,不是所有人都能读懂。即使懂了,一时一事的心境不同,感悟也自然不同。

论坛结束后的第二天早上,我刚刚走进公司所在的写字楼,便在电梯间看到了自己的照片。那是在论坛上演讲时拍的照片。照片中的我甚至有些驼背,目光正望着台下某处。我瞬间回忆起当时的情景,回想起那时我极力寻找的那个人,思绪也一下子涌上心头。

"邢总,邢总,您该下电梯了。"身后传来田蕊熟悉的声音,我被惊醒之余,才发现自己走神了,险些闹出笑话。

"邢总,我们看了您的演讲,讲得真有水平。"刚下电梯,公司同事们就迎上来,殷勤地道贺。

"邢总,您说得太好了,把咱们公司的奋斗历史都讲出来了。"

"是呀,邢总,您的演讲稿写得太棒了,都能当演讲范文用了……"

我悄悄回头看了一眼田蕊,她已经回到座位上,朝我使了个眼色。这小丫头一向精灵古怪,大学专业学法律,严谨的学术风格却没有消磨她天性中的浪漫,她的文笔不失清新。这样一个充满神秘色彩的人,具备了激发男人探索欲的先决条件,当然这其中并不包括我,我早已过了那个躁动的年纪。

"我看刚才那些人里有好几个像是之前在闹辞职的,今天还来公司上班？"我回到办公室向秘书询问情况，下意识地朝办公桌上的文件柜看了一眼，之前放置的几封辞职信居然还在，心中燃起胜利者的喜悦。

秘书见我看了一眼文件栏，又补充道："辞职信他们想收回去，您看……其实老员工留下对咱们公司来说是件好事……"

"辞职信可以还给他们吧！"秘书看了看我，稍稍迟疑了一下才拿走辞职信。我微微一笑，坐在办公桌前。这时裤袋中的手机震动了两下——是微信软件的信息提示。我对于微信这种社交软件并不偏好，除非工作需要，否则根本不会用它，更不会添加好友了，但是这一次有点不同。

自从我受邀参加"S市中青年杰出创业者论坛"后，微信好友数量激增。为了避免打扰，我被迫卸载了微信软件。今早刚刚重新安装了它，没想到马上就有了新的消息提示。或许是猎奇心理的缘故，我并没有忽略掉这条信息，而是通过微信查看了对方的基本信息，看到对方是一名年轻女性，似乎冥冥中有某种力量，牵引着我去认识这个女孩，便同意了她的好友申请。

"您好。"

"您好。"

"没想到您会同意我的好友请求。"

"我也没想到您会加我作好友。"

"有一点意外！"

"我也是。"

隔着手机屏幕的两个人就这样开始了第一次尴尬对话。我不知道对方是谁，尽管内心充满好奇，但指尖仍然要绷住。我下意识地翻看微信记录，她是通过电话号码找到我的，但她的微信空间里并没有留下电话号码，甚至没有一点有价值的信息，我想她是刻意隐瞒了真实身份。

"咱们是在创业论坛上认识的吗？"

"您说对了一半。"

"那咱们另一半是在哪里认识的？"出于好奇，我继续追问。

"好奇心很重呀！"

"以前不是，但现在是了。不过你越是这么说，我反倒越好奇了。参加这次论坛的女嘉宾可不多，我一个一个地查，总能查到你的。"

"呵呵，智者相交，不问出处。"看到这一句，我竟无言以对。第一次谈话就这样结束了。原本以为这个女孩不过是一时心血来潮，不过三两句闲聊，过两天就把我忘了，可是没想到两天后我们又展开了第二次对话，这一次谈话更深入了，她居然透露自己是做儿童教育行业的。当我在手机上看到"儿童教育"这四个字时，竟以为自己是在做梦，第一反应就是对面的是会不会是前妻？我甚至不由自主地想起前妻的样子，她的脸庞，她说话时的语气……

之后的几次聊天也都很短暂，她始终"问多答少"，好在总能似有似无地聊上几句，知道手机另一端还有一份牵挂，那种感觉充满了神秘感，尤其对于我这样的中年单身男人，有足够的吸引力。当然，我更想知道她究竟是谁！随着聊天内容不断深入，对彼此的了解也日渐加深，我对她的好奇心也日益增加。我正看着手机发呆，急促的敲门声将我拉回了现实，老钟已经迫不及待地闯进来了。

"老邢啊，昨天的演讲太成功了。昨晚新闻上这么一播，咱们公司简直是一夜出名。光是昨天晚上，我就接到好几位股东的电话，你猜怎么着？就是先前要吵着退股的那些人，不但不打算退股了，还向我打听公司有没有融资的计划呢。这可是千载难逢的机会，咱们公司这下可真火起来了。"

老钟坐在办公桌对面的椅子上,眉飞色舞,越说越起劲。尽管我并不相信参加一次创业论坛就有起死回生的功效,但也的确被老钟的热情感染了。只是去而复返的这些股东不好解决了。原本他们打算退股时,对公司影响很大,一下子失去了那么多资金支持,公司规模也缩水很多。我正为此事愁眉不展时,还是兰芝曾经说的一番话惊醒了我。

"公司要发展,需要的是优良资产,定期盘活资产是非常必要的。人也一样,要走的留不住,不过留下的也得好好斟酌,这些人是否值得留下!"

后来我不再拦着股东退股,来去自由,心若不在了,强留也没必要,何况他们中有相当一部分人是当初通过债转股转为公司股东的,对公司发展的贡献极少,留下也意义不大。

"你还是想让他们走?"

"也不是硬要逼他们走,还是那句话,'想走的咱们不留,想留的得像个留下的样子',和公司同舟共济的情分公司不会忘,但情分和经营是两回事。"

我的话音未落,老钟看我的眼神已经变了。他怔怔地盯着我,也许我的话让他感到一丝威胁,但久经商场的他应该比我更明白其中道理吧?

"你说得对,我承认。但是咱们公司现在哪来这么多资金解决债务问题,之前咱们一直拖着闹事股东,不想让他们走,不也是因为资金问题吗?今天这么大方放他们走,你是找到新融资了?"

老钟的语气先抑后扬,平静中暗藏刺探,而刺探中又带有一丝失落。我能感觉到此刻他内心的惊讶,但时移世易,人都是在不断改变的。

"没有，哪会这么快就找到新融资，再说公司现在有大项目在谈合作，最好是求稳，贸然找来融资，我怕会影响接下来的合作。"

这话一出，老钟的眼睛立刻亮了："荣鑫那边谈妥了？"他的语气中夹杂着怀疑，但更多的还是试探。

我点了点头："有眉目了。"

"那是好事儿。"他脸上挤出一丝笑容，这个消息对他而言似乎有些意料，于是便忍不住又试探，"在论坛上找到的？"

我继续点了点头。

"什么方式合作？"

"分包。"老钟怔了怔，欲言又止。

"你也知道，这个PPP项目有很多子项目是咱们做不了的。"

"荣鑫也未必做得成呀？"老钟倔强地反问，眼神中带着一点不屑。

"但他们能分包。"我不是故意堵老钟的话，但这的确是事实。以我们公司的人力、物力和财力，成为分包商之一已经很难得了。这一点老钟也是明白的，只是他骨子里的骄傲不允许他低下头。

雪中送炭

锦上添花易，雪中送炭难。朋友之交大致如此，但事情总有例外，在物质社会，人情往往与利益勾连。锦上添花固然用处不大，但雪中送炭也未必出自真心。

自从那天争吵以后,老钟如同消失了一般,一连好几天告了假。打电话不接,发信息也不回,只说是生病了,便再无音讯。他负责的几个部门只得暂时由我代管。忙碌一些倒无所谓,只是老钟的心病不好治。虽然没有正式签署协议,但跟荣鑫公司的合作已经是板上钉钉了。

"最近忙吗,我想跟你见个面,有很多话想对你说。"我思来想去,总这么僵着也不是办法,还得找个中间人调解一下,当然,兰芝是首选。可惜,这一次她居然拒绝了我。老钟的闭门羹和兰芝的躲闪,让我不得不反省自己的错误出在哪儿。也许跟荣鑫公司的合作应该缓一缓?也许根本没什么,只是我过于敏感了?

我正思考兰芝的反常举动,财务总监来访,想来又是退股的事。自从公司要与荣鑫公司合作的消息公布后,股东们分成了两派,自然是一派支持,另一派反对,各有各的理由。正如兰芝那句话:"要走留不住,想留的也赶不走。"我把它当作一次公司股东重新洗牌的机会,让我看清了一些人,也看懂了一些事。

"邢总。"

"遇到什么问题了?"我示意财务总监坐下说,见他一脸愁容,便觉事情不妙。

"问题有些麻烦,可以说很严重。"

财务总监表情凝重,一边解释,一边递给我一个文件夹。我打开来看,里面是一份详细的公司资产评估报告,以及股东退股解决方案。我大致看了两份报告的内容,主要说明公司现在的资金状况不好,已经没有余力买下股东们手上的股份。也就是说,如果我执意与荣鑫公司合作,这些股东就会将公司股份转让出去。而新股东进入,对公司现有结构也会有所影响,甚至影响和荣鑫公司的合作。到那时，非但与荣鑫公司合作不成，还会影响公司好不容易保持的稳定局面。真是一个两难的抉择！

"这么说，咱们只能选择暂时延缓与荣鑫公司的合作了？"

财务总监点点头，默不作声。

"还有其他办法吗？"我并不甘心。与荣鑫公司合作会让公司跨入一个全新的发展阶段，甚至一跃成为行业新星，还能解决债务危机，这么难得的机会，只怕以后不会再有了。当然，财务总监给我的答复依然是否定的。

"银行那边没消息吗？"

"还没有。"

"最近一次回复是什么时候？"

"半个月前。"

我瞬间觉得全世界都在为难我，不过财务总监欲言又止的样子引起了我的好奇："有话直接说嘛，你知道我从来不喜欢藏着掖着。"

"其实这事情也不是完全没办法解决，我倒是想起一个办法。"

"什么办法？"我倒了杯热茶，递到财务总监面前，想听他的高见。

"既然咱们现在跟荣鑫公司合作，那是不是可以把这个消息放给银行？"

我喝了口茶，面露难色，说："咱们跟荣鑫公司的合作还没进入实质性阶段，双方也没有签署正式合同，银行那边不会相信……"

"如果荣鑫公司肯帮忙呢？"

财务总监是支持与荣鑫公司合作的激进派，这样的办法也合乎他的心理，但并不合乎我的想法。就目前这个阶段而言，我并不想让荣鑫公司过多地参与我们公司内部事务。我能体会银行给他的压力，也能体会到处找资金的艰难，但在正式签署协议之前不宜与荣鑫公司走得太近。

正在我愁眉不展之时，兰芝回电了，我瞬间兴奋起来。

"抱歉，刚才一直在忙，刚看到你发来的信息。我想近期还是暂不见面了，咱们两个都很忙，钟总又病了，公司的事现在全指你一个人，而且最近股东圈子也不太平，光是筹措资金偿还债务、回购股份已经不轻松了，能休息时就休息一下吧！"

"那你呢，你最近怎样？"我的问话似乎有些出乎兰芝的意料。

"我，我很好啊，还是老样子。我这边还有一些闲置资金，可以暂时借你周转，重点是买下退股股东手上的股份。"

"以你的名义直接买不是更好吗？股份在你手里，我也放心……"

"我不需要，还是走借款吧，反正我能帮你的也不多了。"

兰芝似乎话中有话。当时的我没理会，权当是兰芝手上资金已经不多，之前被我借了一次又一次，还一直未还呢！现下没有多少资金可借我周转，也在情理之中，便未作他想。不过资金不足的确对公司造成了相当大的影响。加之银行方面多次努力未果，很大程度上削弱了公司员工的士气。与荣鑫公司的合作洽谈马上要开始了，如果不能解决债务问题，那么合作也会蒙上一层阴影。

"公司遇到大困难了，怎么也没听你提起呢？"老钟突然打来电话询问公司近况。也许是我狭隘了，原本以为他在同我闹别扭，轻易不会主动联系我。没想到他竟主动打来电话，着实令我感动了一番。

"确实遇到了一些麻烦。"

"还是那些闹退股的股东吗？"

"是的。"

"上次咱们俩通话，也没听你提起呢？"

"你不是病了吗，我不想用公司的事烦你，况且现在公司缺大笔资金，之前你已经融资不少了，我不能让你把养老钱也搭上。"

"你这说的什么话，前些天我的确心里别扭，就在家休息几天，现在都想通了，准备回公司。再说咱们兄弟之间，哪有那么多要计较的事。公司遇到困难了，你觉得我还在家里躺得住吗？"

"这次的事，你别管了，我自己解决。"

"你拿什么解决？公司现在的状况我还不清楚，银行是不会给你贷款的，少了银行支持，你接得住那么多股份吗？"

"是呀，我是需要大批资金，而且银行确实没贷款给我，连找熟人也没办法了。实在不行，那些股份该放就放吧，也许是天意……"

"什么天意，我这么迷信的人都不信那些，你别乱想，到底差多少啊？"

我把财务总监发来的报告发给老钟，连他也吓了一跳，"这么多？"

"这还是因为有几个股东看好PPP项目，不打算退股了。要是按之前的测算报告，需要的资金更多。"

"说老实话，兄弟，我不得不佩服你们当初把这么多债务变成股份，你们是怎么说服这多么债权人的，光是红利得发放多长时间？"

"是呀，我挺感谢他们的，可是现在……"

"现在人家急着要钱也没错，毕竟大家都得生存嘛！"电话另一端突然沉默了，我也跟着沉默下来。过了几秒钟，老钟重又说道："股份回购的事，我帮你解决三分之二，剩下的三分之一你再找别人想想办法。"

我怔住了，竟然以为自己听错了，赶忙又重复了一遍："老钟，你是说你出资回购他们的股份？"

"是呀，你以为我在开玩笑呢？"

"那可是一大笔钱呢，你的养老金恐怕都要投进去了。"

"投就投呗，我是不喜欢赵瑞，但我没说不看好PPP项目呀！"

"也是，你对PPP项目比我还有信心。"老钟这么一说，我立马有了底气。

"行了，别婆婆妈妈的，赶快组织退股的股东来公司开会吧，我也去，咱们把这个事跟股东说清楚，顺便也谈好价格。"

"好，就这么定了。"我虽然心存疑虑，但还是按照老钟的办法去做了。事后才回过神来，老钟将以个人名义回收这些股份，也就是说，他在公司有了决定权。

福祸相依

没有谁是天生的傻子，只怪我们入戏太深。一旦幸福实现，就忘了那些黑暗中的踌躇。

"什么？老钟又注资了？"兰芝诧异地看着我。我点点头。这是我们自论坛结束后第一次见面。

"他主动提出来的？"面对我的沉默，兰芝若有所思地搅拌着咖啡，目光透过玻璃窗伸向远方。我不知道她在看什么，也许并没有看什么，她只是需要一点夕阳的余晖，遮掩逐渐凝重的表情。

"起初他也没直接提出来。他因为对荣鑫公司有一些看法，在家里休息了好一阵子，只说是病了，我看倒像是心病。"

我笑了笑，把糖罐子推到兰芝跟前。这种传统咖啡一定要配上方糖才有味道，其实袋装砂糖的味道也一样，还可以速溶。但兰芝说："一物配一物，味道不是调出来的，有心的人自然能尝出味道。"

"你没去看看他？"兰芝眉毛一挑，眼睛滴溜儿转了一圈儿。

"看他？一听就知道他是装的，不过是情绪病，休息几天就好了。"

"情绪病才要看，不及时治疗，会酿成大病的！"

我明白兰芝话里的意思，只是不愿意那么去想一位雪中送炭的老友，所以没吭声，默默地搅动杯子里的咖啡。舒缓的音乐在耳边回荡，这样一个浪漫的氛围里，实在不应该说一些煞风景的话。

"别搅了，咖啡都凉了。"

她怔了怔，放下勺子，目光又继续看向远方，似乎并没有交谈的意思。

"有心事？"我问道。

"你不觉得有些奇怪吗？"她终于开口了，这是我想听的。

"有什么奇怪？"

"我总是觉得老钟这个人没那么简单。"提起老钟，兰芝的表情突然凝重了。

"你是不是发现什么了？"我继续追问。

兰芝喝了口咖啡，摇了摇头："也没发现什么，所以才觉得奇怪。"

"你是不是太敏感了？"我笑着又问。

兰芝轻轻叹了口气，看着街景对我说道："希望是我想多了。但我就是觉得哪里不对劲，以老钟的实力，就算刚刚回国缺乏人脉，可他并不缺资金，自己做一家公司绰绰有余，为什么非要注资咱们公司？而且还一再地注资？"

"你不也是一再地注资吗？老钟一向为人仗义，就算有目的，那真金白银也有目的？再说从这两个多月的表现来看，还真看不出他有什么目的，能帮忙的地方，他也都做到位了，甚至比咱们预期的好，我不觉得这样叫有问题。"

"那不一样，"兰芝急切地说道，"我们并不一样，你是知道的。而且我觉得跟老钟需要明确股份回购问题，他这么一大笔资金注进来，虽然救了咱们，可也入主了公司，我总是觉得他的目的并不单纯，还是想好后路比较稳妥！"

我知道兰芝的担忧，收购股份的事，我自有打算，从W县政府传来的消息来看，工程款很快会到账。虽然不足以解决全部股东撤资问题，但至少可以解决燃眉之急；至于老钟入股一事，我不会阻拦，也无法阻拦，但把部分债权用于内部抵押，再签署一份股权回购协议，想来老钟是不会反对的。我和兰芝研讨好这些策略后，她才松了口气，脸上凝重的表情也渐渐缓解了。

老钟居然在三天的时间里筹措到了上千万的资金。正当财务部在为股东退股一事愁眉不展时，突然接到了几位小股东的股权转让通知，而受让人都是老钟。这时我才发现事情不对。

老钟的速度之快出乎我的意料，幸好我和兰芝提前做了准备。老钟对股权回购一事有些反感，但这也是如今的商业趋势，况且这么大笔资金长期占用，对任何人来讲都存在巨大风险，老钟毕竟是生意人，对资金盘活一事还是比较在意的，几经纠结，他最终还是妥协了。

不过我还是决定老钟认真谈一谈。公园里空气清新，花草馨香，晨曦的阳光照在人身上，暖洋洋的。泥土的味道，让人一下子置身于田园之中，暂时忘却了烦恼。我的脚步不由自主地慢了下来。这里的喧闹是平淡中的惬意，再烦躁的心也能静下来。一套太极拳打下来，一起一落、一吸一吐，筋骨舒展开了，人也随之精神了，只是厚厚的眼袋仍旧骗不了人。

"老邢！"

"老钟！"

我诧异地望着老钟。公园是"邂逅"的地方，老钟一袭运动装，步伐轻盈，缓缓走来。自从他回国后，我还是第一次见他这样气宇轩昂的样子。

"你怎么来了？"也许应该说"真巧"之类的话，但我脱口而出就是这一句，仿佛早已预料到这一场邂逅。

"怎么，就许你早上来晨练，我就不能来呀？"迎着朝阳走来，老钟的眼睛眯成一道缝，心情显得格外好，才见面就同我开起玩笑。

"能来，能来，练点什么呀？"

"太极！"老钟哈哈笑起来。我诧异地看着他，运动服是新的，运动鞋也是新的。这运动也太随性了。

老钟站在我右后方，双腿分开，正准备做起势，一本正经地看着我，想来是邀我一起练上一段。我也练了几式。边练边聊天。

"真想天天都过这种日子呀！"老钟的招式虽然并不规范，但兴趣十足。

"只要你想，随时都可以！"

老钟笑了。今天的老钟有点不同！

"我现在可享不了清福，还打算跟你并肩战斗呢！"我也笑了，老钟的话听得我心里一股暖流激荡。也许是我想多了，可心里一直惴惴不安。

"关键时刻还得老哥出马，这次要是跟荣鑫合作成功，您可是帮大忙了！"

"都是公司的事。我还是那句话，公司好，股东才能好。"

"那些小股东可不这么想，要不他们也不会退股了。"

"小股东也有小股东的顾虑，人家可是指着每年这点分红过日子呢，少了、亏了，那都是在割肉呀，能不疼吗？"

"可真要是赔了，大股东的损失不是更大吗？"

"问题就在于，大股东还有得赔！"这话逗得我俩都笑了。

"就冲着老哥的支持，我想这次也一定能成功。"

"兄弟，荣鑫的资产是咱们没法比的，与虎谋皮不是件容易的事，打铁还得自身硬，我看咱们还得再找点资本，否则真成陪太子读书了。"

老钟这话，话糙理不糙。其实在与赵瑞接触的这段时间里，我也确实感受到他有收购之意。但谁都不是圣人，老钟也有他的心思。

"老哥说的是呀！"老钟看了我一眼，眯缝着眼睛笑了起来，轻声说道："昨天看到那些股份转让告知函，心情有点失落吧？"

我完全没想到，老钟竟然这么直接地说出这句话，大脑一片空白，有一种瞠目结舌之感，只觉脸上一阵火烫，极力掩饰自己的心思，但还是被老钟看穿了。

"不是我想多了，是你不这么想，那才不正常呢！毕竟公司是你一手创办的，我这个外来户不能夺了你的大权。"老钟半开玩笑的话让我无从回答，一脸的似笑非笑，有些尴尬。我不得不承认老钟是个语言高手，几句话就俘获了我。

"我哪能那么想呀，要不是老哥你出手相助，咱们公司还真过不去这道坎！"

我拍了拍老钟的手，真诚地感谢他。他帮了我，我怎能负他？这是承诺！我们静静地看着朝阳升上天空，公园里的绿草闪着光，五颜六色的鲜花更显出几分妖娆，那是希望的色彩，至少在这一刻无比绚丽。

"我知道，才来公司不到半年，手上就拿着30%的股权，让很多人都羡慕。可是他们不懂，这是多大的压力！老弟，我可是把全部家当都押在你身上了。"老钟又开起了玩笑，但我知道，他这一回是破釜沉舟了。

"那当然，你亏了，不就是我亏了吗？再说，就凭老哥对我这份信任，我也得把公司搞好了，可不能让你破产呀！"我也开起了开玩笑，但心里还是有一种隐隐的不祥之感。

"不过老哥，现在公司相当于重新洗牌了，这可不是小事呀！"毕竟人员流失是很容易造成公司人心涣散的。

"你放心，那些转让股份的股东，他们的亲戚多半会离开公司。到时候我们可以重新招聘呀，人才有的是。"

人才有的是？这话让我不寒而栗。老钟在拓展业务方面是高手，在管理公司方面也自有一套方法，但唯独用人方面过于严苛了。

"我担心走这么多人会弄得人心惶惶，本来没打算走的人心思也活络了。这几天你没去公司，没看见那情形。财务总监拿着股权转让通知函和一份股权分析报告来找我，消息恐怕早就传遍整个公司了。"

"财务部的人这么喜欢传话吗？"老钟淡淡地看着我，似乎并不在意。

"走吧！"提到财务部，我迫不及待地想回公司看一看。

"这么急着走？时间还早。"

我低头看了看手上的腕表，才七点，时间虽然尚早，但我却说什么也在这悠闲的环境里待不住了，"不早了，我得回去准备一下，待会儿公司见吧！"

"好啊，一会公司见，我再打一套拳，打完再走。"

不知道老钟从什么时候开始迷上太极拳，见他打得兴起，我便独自走了。结果刚走出公园，就接到了一个电话。

"邢总，今天方便见个面吗？"是赵瑞打来的电话，我本能地开始揣测这通电话的来意。难道他听说了什么？

"是赵总啊？好啊，咱们今天见面。如果方便的话，我想上午比较好，下午我还有点事要处理。"

"那好，今天上午十点三十分，新星酒店大厅见。"

重新洗牌

"天下大势，分久必合，合久必分。"世事本就无常，大至国家，小至公司、团队，长长久久是理想，分分合合是现实。

谈判是脑力的较量。一张长桌把谈判双方的情感割裂开，更像是阵前交战的两支军队，马上就要进行一场生死对决。但在中国商场上，在我过往的经历中，绝大多数的谈判是在酒桌上完成的。酒，拉近了人与人之间的距离。酒过三巡便成知己，这是中国酒文化的鲜明特色，也是除了麻痹神经之外，酒能起到的为数不多的作用。

科技的发展，虽然加速了经济发展，但也让很多商业行为变得更加直白赤裸。少了酒这味佐料，也便少了一些人情味。当然，除了那些龌龊的想法，酒的妙用还有很多。比如，让羞涩的我在陌生人面前高谈阔论。不过今天的谈判是纯粹的思想碰撞，这是赵瑞喜欢的，也是我喜欢的。

"安排在商务酒店，这主意不错，聊几句正好一起去吃饭。"和我一起来的老钟调侃道。

我没回应。老钟下意识地看了看手表，指针正好停在上午十点三十分，谈判的黄金时间，当然也是老钟最舒服的时间安排。谈判桌上不过是双方各陈条件、各抒用意，你能提供什么产品或什么服务，对方愿意出什么价格，买卖交易是商业最原始的真理，亘古不变，适用于任何时代。可以说，老钟深谙此道。

"要让双方都觉得合适，哪有那么容易？哪一方觉得吃了亏，这合作都谈不成。"说这话时，老钟一副信心百倍的样子。

新星酒店是一家老式酒店，有上百年历史了，狭小的电梯间只够两人乘坐。电梯咣当咣当地升到了 11 层。1158 房间是一间小型会客室，十点的阳光洒进房间里，整个房间仿佛都被光晕包围了，似梦中一般。我和老钟推门而入时，一股茶香迎面飘来。

"两位真准时，快坐，快坐。"赵瑞和助手主动迎上来，热情握手。

"赵总，比我们到得早啊！"

"哪里、哪里，我们也是刚刚才到。"

接下来的程序是双方相互介绍。赵瑞带来了自己的助手，荣鑫公司项目部徐经理。这个人大约四十开外，看上去很是精明，从我们进门起，脸上就一直挂着微笑，目光温和，极具亲和力，完全不像是一位长期跑工地的项目经理。

"邢总，钟总，这边请。"徐经理笑着道。

"那咱们坐着聊吧！"赵瑞的风格向来是干脆利索，该寒暄时寒喧，该切入正题时也毫不犹豫。

"今天两位一起来真是太好了，很多问题就可以一次定下来，也省得再反复商量，耽误时间，咱们都不是闲人，我看就开门见山吧！"

"就这么定了，听赵总的。"我和老钟顺口搭腔。

"那我先说说？"作为合作甲方，赵瑞先发言也在情理之中。当然，我和老钟的确想了解他的合作方式与合作意图，直到现在我仍然对他的主动合作心生疑惑，毕竟以荣鑫这个量级的企业想找合作对象是轻而易举的。

赵瑞还没正式发言，那位徐经理已经给我和老钟每人面前放了一份合作方案。我粗略看了几眼，与赵瑞之前所说的内容基本一致，并没有太大出入，想来赵瑞也是一位言出必行之人。

"赵总，这方案我看了几眼，跟您之前说的基本一致。"

"对，我想咱们双方合作应该坦诚相见，这是合作的基础，再说我们荣鑫也是诚心合作，没有什么可避讳的。这份方案里还有荣鑫公司目前的经营现状，两位老总可以再深入地做一些市场调查后再做决定。"

赵瑞这话一出口，我和老钟立刻对望了一眼。虽然他是好意，但只怕"说者无心，听者有意"，我见老钟脸上闪过一丝疑虑，拿起那份方案，着重看了看最后的部分。

"感谢赵总的诚恳，其实不瞒赵总，我们之前确实对荣鑫公司的经营状况做过一些调查，但都是泛泛的，没有您这份资料详细。这样吧，我们回去好好看看这份资料。咱们先说正题，别耽误大家的时间，您看怎样，赵总？"

我一边翻看资料，一边打圆场。这话虽同赵瑞说，但也是说给老钟听的。

"好，没问题，既然这次合作是我方发起的，那就由我们先来说。徐经理，你来介绍一下咱们拟订的草案，希望邢总和钟总能开诚布公，多提意见，今天咱们尽量多敲定一些事儿，把合作的进程往前推进一步。"

"我们也是这个意思。"

难得我们双方意见统一，我和老钟也希望早签合同、早开始合作。毕竟搭上这次的PPP项目可是千载难逢的机遇，顺利拿下分包权，至少能让公司轻松摆脱债务问题。当然，对于荣鑫来讲，也找到了物美价廉的新合作伙伴。虽然老钟并不喜欢物美价廉这个词，但眼下我们公司能拿得出手的，也就剩下这一点了。

"那好，邢总，钟总，我先介绍一下我们公司对于此次双方合作的一点建设性想法，不足之处还望赵总补充。当然正如赵总所说，既然是双方合作，还请二位能够多提宝贵意见，尤其是合作中会出现的一些状况，咱们提前做好预判，把问题讲在前面，也为咱们之后合作打好基础。"

"说得对，徐经理请吧，我们洗耳恭听。"

老钟今天一反常态极少发言，方才这一句也显得谦恭许多。他可不是怵场之人，难不成是另有打算？我正思忖，对面的徐经理已经开始说了。

"下面我详细介绍一下我们公司拟订的草案……"徐经理对合作内容娓娓道来，细致入微，对于合作细节也进行了模拟。我边听边感慨："果然强将手下无弱兵，这位徐经理的口才并不比赵瑞差几分，如果我们公司有一位这样的人才，整个公司都活起来了。"

"这个方案简直完美，赵总手下人才济济呀！"徐经理话音刚落，老钟立刻拍手称赞。就凭老钟的眼光如此挑剔，他说好，那便真是好。

"哪里,哪里,两位老总过奖了。"赵瑞连连谦虚,掩饰不住脸上的几分得意之色。

"不过……"老钟这一句刻意拖长了尾音,我和赵瑞都下意识地看着他。

"这个方案好虽好,可是实行起来还是存在一些问题的。"

"哦?钟总可是这方面的行家,您有建议那太好了,我们洗耳恭听。"

"赵总过奖了,过奖了,我算哪门子专家呀,就是替我们邢总说两句,有哪些不足之处,一会儿邢总再给我补充啊!"话题瞬间就转到我这一边了。老钟的频道切换实在太快了,一点过渡也没有,我只得连忙应承。

"钟总比较谦虚,其实钟总的意见也是我们公司的一些想法,那就请钟总谈一谈吧。"

"既然邢总委托我了,那我就当仁不让,说一说我们公司的草案。"老钟的口才终于找到用武之地,看来刚才的沉默是在观察情况。而从他接下来的表现来看,他似乎早有准备,并且一直在伺机而动。

"刚才徐经理提的方案确实很好,咱们单说这次的馆廊项目,我是一直看好公益项目的,咱们是承包商,正需要口碑,这个项目做好了,那业界口碑、市场口碑就都有了,这比花多少钱打广告都管用。所以这个项目,荣鑫想拿,我们也想拿,整个S市的建筑商都想拿。从利益来看,咱们目标一致。再说,怎么做好这个项目,这是咱们双方合作的基础,荣鑫有背景,我们有技术,这是一拍即合的事。当然,以荣鑫的资金实力,想买什么样的技术都能买来,不过有一点可不是钱能解决的,那就是人。"

赵瑞听到这里，脸上的表情愈发认真起来。老钟也越讲越有底气。

"同样一件事，做对和做好可是两个层次，做对了，就是不出错，但做好了，那就要费心了。把任何事儿都当成自己的事儿做，我们邢总就是这样的人，这份责任心可不是谁都有的。何况我们公司特别重视跟荣鑫的合作，可以说为了这次合作，公司各个方面都进行了大换血……"

老钟连带地把公司最近的机构调整也说了，赵瑞听得极其认真，连连点头，时时微笑。双方越谈越投机，但就是对关键问题避而不谈。我按捺不住了，毕竟今天的洽谈结果直接关系到公司未来的发展，作为第一责任人，我怎么可能作壁上观。

"既然咱们谈得这么投机，我想今天再多确定下来一些事情。"

赵瑞似乎已经猜到我要说什么，便抢先一步提出了合作方案："今天咱们确实谈得投机，很多方面想法一致，我想这种合作还可以更深入一些，我们公司的初步方案是想咱们共同成立一个部门，双方共同派项目人员参加这个部门，便于管理，也便于交流……"

"这不是相当于第三方公司吗？"

老钟立马想到这一点，随即脱口而出。不过他这句无心之语，却将问题升级了，直接逼问到关键点上——谁说了算？赵瑞迟迟不说，只怕是他心里早已有了打算。然而，荣鑫的如意算盘对我们来说，并不是个好消息。

权利之争

权利是个古怪的东西。有了权,必然有利;而有了利,却未必有权。显然,权在利之上,聪明的人,以权驭利;愚笨的人,以利获权。

"钟总真是一针见血,说到了点子上,赵总,要不我先说两句?"这位徐经理看上去比赵瑞年长几岁,谈判经验并不输赵瑞,是一位隐藏的高手。

"邢总、钟总,那我就先来说一说。其实我们公司早前想过咱们合伙成立第三方公司的情况,不过我们赵总为人比较厚道,考虑到第三方公司的股份问题,就给压下来了。毕竟参股需要很多资金支持,我们公司要是出资多,那必然是占股多了;可是贵公司又出了很多技术,技术这个东西很难直观地用价值来衡量,技术股占多占少都不好评估,我们赵总也是考虑再三,觉得咱们双方还是要在公平的基础上合作,才能走得远,所以从一开始,赵总就否定这个提案,也是出于对双方利益的考虑,我想这一点邢总应该体会最深……"

这位徐经理的确是个人才,既挡了老钟这一箭,又把矛头转向了我。明明是为了保全自己公司的利益,却还说得像在替对方考虑似的,此时我已经预感到谈判结果了。

"是呀,还是赵总想得周到。我们也没完全理解方案的意思,经徐经理解释,心里就敞亮多了。的确,我们公司现在有一些困难,也一直在想方设法地解决，毕竟咱们双方要合作，不能把包袱带给对方，我和钟总的想法呢，是把问题在咱们正式开始合作之前解决掉，一旦双方正式签订合作协议，那我们公司也必须是轻装上阵，这样才有一个好的开端。"

"是呀，是呀，我们一起讨论了很久，邢总很重视这次合作，为了这次合作不惜在公司里大刀阔斧地改革，这可是需要极大勇气和胆量的。"

老钟也忙着打圆场，抓住机会澄清刚才的误会，顺利地将话题引到我们这一方，毕竟在谈判场上，谁都想赢得主动。

"是啊，邢总的诚意我是感受颇深呀，这次要是没有邢总的执着，恐怕咱们也不会这么快就进入实质性谈判的阶段。"赵瑞一展笑颜，随声附和了一句。

"还是赵总的诚意先打动了我，当初咱们在招标会上，要是没有赵总抛过来的橄榄枝，恐怕我们公司早就对这个项目不抱希望了。"

"邢总谦虚了，你们的方案非常好。说实话，我们事先也找过一些知名公司做过方案，他们的方案也并不比你们的高明，况且从合作诚意上来讲，要比你们差很多，我们也是综合考虑后才下定决心要正式合作的。"

"是呀，咱们这算是强强联手了！"这话算是说到四个人心坎上了。合作既要保全自己，又要互补所长，本身就是求同存异的调和之道，谁能把各方利益与实力融合好，谁就能笑到最后。

"不过合作模式要提前讲好，毕竟关系到两家公司未来的发展。"老钟仍然纠结于合作形式，我懂他的斤斤计较。毕竟作为公司的法人，我不方便参与这样的谈话，老钟作为公司的股东之一，又是起决定性作用的核心董事成员，为公司争取利益再合适不过了。也正是从那一刻起，我突然意识到老钟虽然表面谦逊，但行为却诚实地出卖了他。当拥有公司 30% 的股份后，人的心思难免不活络起来。

赵瑞看了看老钟，迟疑了一下。我想，他已经意识到老钟的存在是一个威胁，至少在双方未来合作中会充当一个麻烦制造者。

"既然钟总把话说到这份上了，咱们双方是友好合作，也没什么可藏着的，不过毕竟咱们这次合作是大动作，牵扯部门比较多，涉及人员也比较广，就凭咱们几个人在这儿草草定下来的方案，难免会有疏漏。我想咱们还是慎重考虑一下合作的细节，形成一份详细的合作协议，毕竟合作的基础是共赢，哪一方吃亏，哪一方占便宜，合作都不会长久。"

赵瑞这话在理，与其把时间花在无谓的讨论上，倒不如各自回去梳理细节，把合作方案完善好。我和老钟对了对眼神，同意赵瑞的建议。

"赵总说得对，我们也这么觉得。不如今天先谈这些，合作涉及的技术层面和资金规模也基本理清了，毕竟是两家公司之间的合作，还需要回去跟公司里的各个部门沟通一下，也正好考虑一下合作中可能会遇到的问题，再细化一下解决方案，等下次咱们碰面时会有更多实质性的突破。"

"我们也赞成，一切为了合作不留隔阂，正式合作前像这样的沟通会会经常开的，不知邢总和钟总有什么意见？"

"没有。"沟通会很快结束了，我们各自回到公司，迅速展开工作部署。

"好久不见。"

"是呀。"

"每次聊天你都很少聊自己，能说说吗？"

"我们不熟。"

"不熟吗？至少我知道你是做教育行业的，你也知道我是做建筑和金融的。"

"这种普通行业，也没什么特别的。"

我按下了语音通话键，想试着跟对方多接触一些，没想到对方拒绝了，只回复我"不习惯语音"几个字。是怕我听到她的声音吗？

"好吧，原本想跟你多聊几句，看来你生气了！"

发完这句话后，我立刻后悔了，犹豫再三还是没有撤回这条信息，但内心还是忐忑地等着对方的回复。过了良久，对方才发来信息："我还不至于这么小气。你心情不好吗？"

她居然主动关心我，我的心情立刻开朗多了："没什么，我很好。"

"那就好，如果解决不了，也不要强求。"

这语气还真是像极了前妻，我的心一阵激动。

"找人帮忙可以，但决定得自己做。"

"你的决定不是找人帮忙吗？"这反问句用得真妙。

"说得对，我的决定就是找人帮忙。"

有趣的谈话就这样结束了，我还意犹未尽，已经开始期待下次聊天了。当然，还有一个人也在劝我找人帮忙，就是兰芝。与荣鑫公司谈判后的第二天，我和老钟就赶往首都与兰芝会合。在与荣鑫公司合作这个问题上，兰芝一直是支持我的。

"这一次我赞成钟总的意见，一定要成立第三方公司，如果咱们出资太少，那就再找一家公司入股，三家公司共同出资，从股权分配上，也不至于一家独大。"

难得兰芝与老钟站在同一立场上。但成立第三方公司并不容易，我不是没有考虑过，一方面因为出资太少，为了股比问题而最终选择退缩；另一方面是公司决定权的归属，我盯着这个位置，赵瑞也会盯着这个位置，而新加入的公司也同样会有这个想法。所以问题的关键是找哪家公司入股！

"我觉得城建投是咱们目前最好的选择。"兰芝的思路往往能出人意料。对于馆廊这个项目，城建投公司虽然没有直接参与，但毕竟作为招标评审单位，又与负责项目监理的S市建筑监理公司有很深的关联，即使为了避嫌，城建投的王总也不会同意公司参股。何况，城建投公司具有政府背景，就算说服了王总，政府也会出面干预。

"最不可能参股的就是城建投了。"我和老钟异口同声道。

"先别急着下结论，让我试试，万一有希望呢？我反而担心的是荣鑫那边。"

"我也觉得奇怪，照理说，荣鑫应该更希望成立新公司才对，可是他们为什么没有主动提出来呢？"老钟眉头深锁，一只手在摩挲着茶杯——他思考时，手指也会跟着一起乱动。

"总不会是荣鑫也缺资金吧？"

"我觉得不是。我们试着从赵瑞的角度去想，如果成立了新公司，以现在咱们公司跟荣鑫之间的实力来看，新公司的大部分股权应该是荣鑫的，可为什么他们放着眼前的利益不要，你们不觉得奇怪吗？"

兰芝这话，让我和老钟深吸了一口凉气。

无利可图

追名逐利不是错，与赤裸裸的利益条件相比，无利可图的行为反而更可怕，因为你永远不知道对方的软肋在哪里。

安静的房间里，昏黄的烛灯下，冉冉升起一缕白烟。兰芝会馆的房间里弥漫着迷人的熏香，那是古代宫廷里常用的一种香。她费了很大力气才找人调制出来的，来她这儿的客人有相当一部分是冲着这种香来的。每次我来，她都会点这种香，渐渐地，我喜欢上了这味道。

"荣鑫公司主动合作的提议不管是出于什么目的，咱们公司也没有别的选择。我的意见是跟荣鑫合作，成立第三方公司。"我先表明了自己的态度。兰芝的眼神已经表明了她的决定，只是老钟还有一丝犹豫。

"老邢啊，话是这么说，我毕竟多吃了几年咸盐，总觉得这事没这么简单，就算咱们不跟荣鑫合作，也没有更大的损失。"毕竟到了老钟这个年纪，一旦破产，要东山再起几乎是不可能了。他所担心的事情要多一些。

"我赞同老邢的做法。除了荣鑫公司，我们也没有其他更好的选择了。"兰芝淡定地朝房间里瞟了一眼。

"既然兰芝也这么想，那我也只好破釜沉舟了，不过我担心的就是城建投公司会不会参股。一个小小的决定在国企都要商量好几轮，可是给荣鑫公司回复的时间马上要到了，咱们拖得了吗？"

"老钟考虑的是，不过城建投公司是项目招标评审单位之一，咱们投标答辩时，王总也在现场，他对咱们这个方案不陌生，加上我上次跟他又详细地说了说，现在去找他不见得没有希望……"

话音未落，我脑子里已经满是说服王总的策略了。要知道说服一位国企掌舵人只靠完美的方案是远远不够的，当然也不能搞暗箱操作那一套，害人害己，还有可能弄巧成拙。问题的关键是找一个王总感兴趣的切入点。

"城建投的王总可不是轻易能说得动的。"老钟的话有些泄气，但也是实情。老钟见我满脸愁容，递给我一支烟。可能是太久没吸过烟的缘故，烟味经过鼻腔时，我竟然被呛得咳嗽了几声，赶忙喝了口茶压一压。

"其实我倒觉得没必要犹豫，直接去谈也许能成，再说合作方不是还有荣鑫公司吗？我打听过，荣鑫内部也不是铁板一块。高管层基本上是五十开外的老油条，赵瑞能坐上总经理的位置，与他海归的背景有一定关系，但并不是主要原因，重点是他有一位重要亲戚在省里工作，所以公司没几个人服他。他接馆廊项目，也是想借着这个项目做出成绩，把荣鑫的风气扭转过来。"

"难怪他这么主动想跟咱们合作，原来是光杆司令呀！"听到这些，老钟脸上竟闪过一丝兴奋。

"可以让赵瑞帮咱们去说服王总？"我突然间醒悟过来，"你说得对，王总为人谨慎，但凡跟他有些关系的项目，他都避嫌。"

"如果是荣鑫集团找上门去那就不一样了。那是两家国企之间的合作，再加上是同行业，本身就有共同话题，他们之间更容易沟通。"兰芝分析得头头是道，我听得入迷，心里已经打定了主意。

"问题的关键是说服赵瑞。这次PPP项目竞标，单就方案来看，咱们跟荣鑫在伯仲之间，甚至咱们在一些细节的处理上还小胜一筹，荣鑫最终胜出，多少是沾了公益和国企背景的光。馆廊项目可是政绩项目，一旦出了工程问题，那领导们可是要受处分的，所以有钱的大公司不愿意接，像我们这种规模的小公司就算技术水平达到了，硬接下来也会很吃力，毕竟资金有限。但国企就不同了，特别是荣鑫这样厚底子的国企，就算一个项目赔了钱，影响也不大。所以现在外面怎么传的都有，赵瑞自己虽然不说，但市政府也没出来辟谣，也就间接默认了。"

"这跟咱们找城建投合作有什么关系？"老钟急切地问。

"当然有。赵瑞跟这位王总不可能事前不认识，我觉得他只是不方便直接提出来跟城建投合作的建议，而是需要一个第三方公司出面……"

"赵瑞会借我们之手跟城建投提合作？"这个想法着实大胆。

老钟怀疑地看了看兰芝，又看了看我，示意我站到他那一边。但我却对兰芝的分析坚信不移，抛开情感因素，至少赵瑞想成立第三方公司的打算是有的，为了平息舆论，多找几家公司参与也不失一个良策，何况这些公司可以挂名但不必参与实际运营，像这样的合作方式也不在少数了，以他的精明不会没想过。再说，城建投公司的王总也并不是不可说服的，像他这层级别的国企领导者，通常是一职双岗的，既要肩负企业经营的重担，又要承担社会责任。所以很多时候，国企领导者不能仅仅从经营效益出发去思考问题，每做一个决定所要顾及的方面更多，所要考虑的问题也会更多。如果我们替他多考虑一步，那么合作就有了基础。

"我赞成兰芝的意见，与其单枪匹马去找城建投公司，倒不如调转船头，跟荣鑫公司一起去说服城建投公司，这样把握也更大一些。"

此话一出，老钟怔怔地看着我，半晌没说出话来。

"老钟，我觉得咱们可以试一下，万一成功了呢？"

老钟没说话，轻轻叹了口气。我知道他内心的倔强正在经历一场激烈的思想斗争，但结果一定会倒向我们这边！

当然，想容易，做起来才知道难。当面向赵瑞提出来成立第三方公司的想法，还是用话引诱他，这都是问题。况且我们跟荣鑫公司还在初步洽谈阶段，稍有不慎，很有可能导致洽谈崩盘。尽管这种可能性极低，但也不无可能，毕竟商场没有不可能！

深渊之门

折磨人的不是人生这条漫漫长路，而是永远不知道的终点，下一站，抑或再下一站……眼前的终点不过是暂时落脚的驿站，或许下一站才是真正的险途。

在约见城建投公司王总之前，我和赵瑞进行了一场推心置腹的谈话。那是个闷热的午后，空气中蒸腾起酸腐的味道，一股又一股热浪直往人裤管里灌。北方的热比南方更多了几许辛辣。从停车位到约定地点不过十几米的路程，走过去时我已经汗流浃背了。赵瑞坐在临窗的位子上，正在朝我微笑，衣衫规整，永远是那副彬彬有礼的样子。我走进了那家西餐厅。

"今天真热。"

"是呀，北方的夏天真是不好过呀！"我笑了笑。在正式开启话题之前赵瑞先点了菜，这是他的习惯。他是一个喜欢主动的人，而我习惯了迁就。

"这么急着见面，有什么事吗？"

"是很重要的事，关于咱们的合作……"

"谈公事有谈公事的场合，在这么优雅的环境里谈公事有些煞风景！"赵瑞突然瞪大了眼睛。我还没张口就被拦了回去，难道他知道我要说什么？

"我倒是觉得这里环境清幽，很适合谈业务呀！"

"既然合作已经提到公司层面了，那咱们私下里见面就纯属是私交，公事还是留到公司层面去谈吧！"赵瑞的理由无可挑剔。

"别啊，咱们之间还是先通个气再拿到公对公的层面上去说比较好。"

听我这么一说，赵瑞怔了怔。我能感受到他眼光中的迟疑，有一丝吃惊，但绝不是因为我刚才那番话，"您说吧，到底什么事，我洗耳恭听。"

刚刚聊起来的话题被上菜的服务员打断了，赵瑞立刻忙着向我介绍菜品口味、烹饪工艺。这个借口不错。我敷衍地吃了几口，不是我不懂得品尝，而是眼下这个节骨眼，怎么可能有心情品尝美食呢？

"赵总，您说咱们两个大男人吃饭，也不能光品尝美食吧？"

见我话锋又转了回来，赵瑞也没有再推辞，"好吧，您说，我听。"

我稍稍整理了一下思路，打算从赵瑞的软肋入手，就是人员。从几次跟他的接触中我能够感觉到，他对公司内部人员的控制力不足，特别是在这次馆廊项目上，公司内部甚至产生了分歧。公司里那些作壁上观的人正等着看他笑话。

"如果咱们合作了，人员怎么解决？"这是我的第一个问题。

赵瑞看了看我，似乎意识到了什么，马上回复道："这个问题完全可以在双方谈判时提出来，没必要咱俩特地跑到这里来谈吧？"

"我不是说双方调配人员的事儿，是人力不足的事儿。"

"那还是要调配人员来解决呀，咱们还是拿到公司层面上去谈，今天就好好吃顿饭。"以赵瑞的聪明自然是在装傻，我看得出来，但不能随着他的思路走。

"赵总，要是拿到谈判桌上去说，那就是讨价还价了，不是商量，我今天请您来，就是想跟您商量一下。"

赵瑞稍稍垂下头，会意地笑了。他只是静静地端详着我，一言不发。

"对，是商量，就是商量一下，我提个建议，您看看成不成……"我坚定地说道。

"邢总，我知道您的来意，您也不用一直把话题往人员上引。上次会面时，钟总直接提出了第三方公司的计划，我看得出他心里是不情愿的，有抵触情绪。今天你重提这事，你们内部协调好了吗？"

"我们统一了意见，成立第三方公司。"我斩钉截铁地回答。

赵瑞听罢，缓缓地喝了口水，仿佛一腔热血被活活闷在了嗓子里。他沉思了片刻，才又说道："好吧，既然话说到这一步了，咱们两个都不是有闲情逸致出来聊天吃饭的人，我也开门见山了。我是主张成立项目公司的，不过您也知道，国企成立一个新公司比较麻烦，不单公司里的高管有话说，连职工那里也不好解释，还不得给我编排出一个小金库来。国企里最难的不是经营，是违规问题，所以我也不好贸然启动这个计划。不过现在可以由你们来主导……"

我再一次被赵瑞的话震撼了,"由我们公司来主导?赵总,我没听错吧,这个项目可是你们中标的,而且前期工作已经开始了呀?"

看我一脸惊讶,赵瑞递给我一杯水,娓娓地说道:"当然我们公司也不会白白替别人作嫁衣,目前我们公司人手也不够,不如由你们公司做日常管理。"

我越听越觉得事有蹊跷,荣鑫公司那么庞大的机构怎么会人手不足?而赵瑞又为什么放弃项目公司的管理权呢?

赵瑞见我一脸惊讶、惴惴不安的样子,又继续说道:"邢总,您也不用有什么顾虑,我相信您,也相信你们公司,下次洽谈时你们直接提方案就行了。"

"可是邢总,您这么大方,我反倒不敢接这事儿了。"便宜就上当,我深知这个道理。尤其在商场上没有免费午餐,这么大的让步背后一定隐藏着什么。

"怎么会呢,我看好您,要不然也不会选择跟您合作了。再说,第三方公司监管,这个项目公司更好做一些。"赵瑞已经把话说得很直白了,我想这也是他之前有所推诿的真正原因。

我见赵瑞如此诚恳,便答应下来,但转念又一想,还有件事不太好办。赵瑞立刻笑了起来,"邢总啊,我看现在咱们谈的才是正题吧?"

我尴尬地笑了,"我直说了。我们的想法是,新项目公司最好拉上城建投公司一起做。从政府关系来讲,城建投公司本身就有政府背景,虽然咱这个项目政府也会参与,但不会以入股注资的方式参与,顶多是为咱们提供一些融资招商的平台,但也有限;可要是城建投公司参与进来,政府一些资源咱们就可以轻松拿到手。再说影响力,就算城建投公司一个人员也不派驻,但有他们参与项目这个金字招牌，咱们还愁没有人才上门吗？"

赵瑞听罢，立刻明白了，"原来邢总今天来想让我出面去说服王总？"

"真是什么心思都瞒不了赵总，我确有此意。"

赵瑞沉默了片刻，手里一直摆弄着手机。看得出，他还是有所顾忌，"其实城建投公司入股是最好的选择，只是我跟这位王总不熟，我这面子能管用吗？"

"当然管用！再说上次咱们见面时，王总对您印象非常好，而且我还记得咱们谈到过合作的事儿了，就像冥冥之中早就安排好了似的。"

赵瑞虽然还是一味地笑，但我知道他动心了。

"好吧，只说试一试，成不成再说。"

"肯定能成，我来安排。"

事情成了，我立刻跟兰芝和老钟分享了胜利的结果。

清者自清

网络上的口诛笔伐远比现实中厉害。没有体验过风口浪尖的焦急，很难想象那种坐立不安的感觉。

天色昏沉。睡梦中的我被电话铃声吵醒："邢总，你们是不是向媒体泄露了什么消息？"这声音有点耳熟，但不是秘书的声音，这么早会是谁呢？

"什么消息？"我诧异地问。

"怎么，你还没看网上新闻吗？看来你还不知道出了什么事。我建议你现在就上网看看新闻。"我挂掉电话才意识到居然是城建投公司综合办公室的李主任。他语气急促，像是出了大事。我立刻打电话让秘书去查，结果秘书那边就传来了急切的声音。

"邢总，的确出大事了。您说得对，这件事真的跟城建投公司有关，但矛头可都指向咱们公司。"

"到底怎么回事？"我越听越急，打开电脑开始搜索新闻。另一边，秘书已经将网上一些言论的大致内容整理成简报发给我了。

当时是早上九点，经过一夜的发酵，网络上已经炒得沸沸扬扬。城建投、荣鑫还有我们公司，一个也没落下，悉数被网络暴力折腾了一番。城建投公司被当成了报道的旗号，几乎每篇报道的标题或是副标题都有他们公司的大名，而荣鑫公司成了出钱又出力的冤大头。当然，形象最惨的自然是我们公司，一个活脱的幕后黑手，甚至被编排成操纵两大巨头的"职业操盘手"。

这么大规模的报道行为，一定是有组织的。况且这不过是一个几千万元的项目，与那些上亿大项目相比实在不值一提。可为什么偏偏引起媒体这么多关注呢？现在报道如山洪般倾泻而来，弄得我们措手不及，而城建投和荣鑫公司也被牵连其中，背后一定有人捣鬼。这个人目的何在？将我们置于死地，对他又会有什么好处呢？我必须得查个明白，但眼下更重要的是平息网络舆情。于是，我不得已向兰芝求助。

"不用说了，我都知道了。我建议现在对外什么也不要做，不要发声，不要表态，让秘书先好好调查一下最近公司里谁跟媒体接触过，这两天有没有从公司内部发到外网的邮件，其余事情我来安排。"

"可城建投那边……"这是我最担心的,李主任焦急的声音,到现在还在我耳畔回荡。

"他们有政府背景,媒体虽然写他们公司,也不过是为了蹭热点,不敢胡编乱造,倒是我们比较麻烦。先把自己的问题搞清楚再说吧,晚上见。"

"好,我等你!"挂掉电话,我的心情稍稍平复了一些。此时,司机已经在门外等候了,公司里面还有一大群人等着见我。

"邢总,楼上堵了很多人,还好你们从小路绕进了停车场,不然大厦楼下的围追堵截也够你们呛了。"车子刚进地下车库,还没停稳,秘书就迎了上来。

"老高说情况不对,特地带我从小路绕进来的。外面现在什么情况?"

"别提了,一大早,大厦刚开门,那些网媒记者就堵在门口了,找了好几个咱们公司的员工打听情况。"

我吃了一惊。网络媒体的行动力真让人吃惊。

"不过您放心,我在公司内网发了邮件,所有人员不允许私自接受访问。"听秘书这样安排,我才松了口气,"荣鑫公司有动静吗?"

"暂时没有。"

"没有?"我不确信,又问了一遍。

"确实没有,不过邢总,眼下咱们着急解决的事还是楼上那些股东。"

"来了多少人?"

"八个。"我看了看秘书,她紧锁的眉头已经快要连成"一"字了。此时电梯来了,我们乘直达电梯,直接到了公司门口。有两个情绪激动的小股东立刻冲上来。

"邢总，您现在都跟大公司合作了，欠我们的分红什么时候分呢？您欠我们的债什么时候还上？"

"你们这个合作是成不了的，我们要撤股！"

我和秘书同股东们周旋，一路被簇拥到了小会议室。一进门才发现，里面还坐着几位股东，一个个怒目横生，手里拿着股权转让协议，想来是有所准备。

"钟总来了吗？"我问。

"还没来。"秘书的声音极低，几乎被淹没在会议室的嘈杂声里。

"邢总，我们也不是来逼您的，可是网上那些报道写得有鼻子有眼的，叫我们不得不信啊。您跟城建投和荣鑫公司之间的事我们不想管，您那个PPP项目的合同是怎么来的，我们也不想知道，我们只想退股。"

一石激起千层浪，会议室里人声鼎沸。我不得不提高音量来控制局面："各位想转让股权没问题，公司不会拦着大家。不过大家这么一起来，公司一时之间也拿不出来这么多钱，咱们分批次解决可以吗？"

会议室里顿时乱作一团，我趁机让秘书顶一下，自己先溜回办公室，抓紧时间跟赵瑞取得联系。不过，我只见到了他的助理。

"赵总怎么样？"我试探地问。

"赵总在开会，他让我先过来，一是看一看您这儿有没有需要帮忙的，我们尽全力帮助；二是表达一下他的诚意，公司那边他自有办法解决，只要您这边保持不乱，这个事件就能平稳度过。"

此时赵瑞的确不方便在我们公司现身，能派助理前来，已说明了他的诚意，于是我说："替我感谢赵总，在这种时候他还能派你亲自来我们公司，这份情谊我记下了。我们公司这边的情况目前还在掌握之中，我暂时还能应付。现在最难的应该是城建投公司的王总，无故被卷了进来，怎么收场，我想听听赵总的意思。"

"那倒是，这次的事城建投公司也不太好解决，关键得看政府怎么看这个事，虽然那些报道实属子虚乌有，不过要等政府查清这件事再启动项目，不但会耽误工期，也会影响整个项目，毕竟城建投公司代表了政府的形象。"

"是呀，这次把王总和赵总都牵连进来了，实在抱歉呀！"

"邢总不要这么说，这种网络跟风报道来势汹汹，但去得也快，一条新闻就顶没了，不会影响太大。"

我听他这话，似乎赵瑞已经有了对策，便不禁又深问了一句。

"邢总真是聪明，赵总的意思是以贵公司的名义开一场新闻发布会，我们公司跟城建投公司都派代表参加，再请一请区里领导或是市城建办的主要领导，出来说一说，澄清事实就行了。也没必要弄得过分紧张，毕竟咱们合作在即，精力还是要放在公司筹备方面。"

"赵总真是见多识广，有大将之风呀，这主意不错，我觉得很好。"

"既然咱们达成共识了，那我先回公司了，赵总的会估计也该结束了，我正好回去向他汇报情况。"

"好的，那就有劳了！"

刚送走荣鑫公司的人，我又碰上了老钟。他急匆匆地闯进来："你还真稳得住驾，城建投的王总今天一早就去政府了，听说是主管城建的副市长亲自召见，看来情况不太妙啊。"

"没说什么原因吗？"

"还用问，八成跟今天新闻有关，你自己看看吧！"老钟递给我手机，上面赫然报出了我们公司跟城建投公司的内幕交易，还写得煞有介事，连行贿金额都有了，难怪王总会被叫去问话了。

"这是假的！"我立刻澄清。

"我当然知道是假的，可是别人哪知道是假的？你再看看那帖子下面的阅读量。兄弟，假话说上一百遍就变成真话了。"

老钟的话再一次令我陷入了沉默之中。关于赵瑞召开新闻发布会的提议，我咨询了老钟的意见，他也赞同公开澄清事实。在这种时候，"以舆治舆"是最好的办法，至于事件真相，总有水落石出的一天，不急在这一时。只是我还需要一个人的帮助，毕竟开新闻发布会这种事我并不在行。

新闻发布会是在几天后才举行的。凭借兰芝在媒体方面的关系，加之赵瑞和城建投公司副总到场，我们还是请了一些记者到场。

"我们并不是要澄清什么，时间会让那些不实报道不攻自破。我们公司向来低调行事，这次作为PPP项目的合作建设方，主要是辅助荣鑫公司把这个项目做好，为广大市民、为社会服务，也希望大家能够为我们留一点踏实做事的空间，谢谢各位了。"

紧接着，我就网络不实报道一事进行了反驳，不仅拿出了项目审批报告的证据，三家公司还当场进行了新公司成立的新闻发布，并对承接的政府馆廊PPP项目进行了现场讲解，特别在资金回笼方面，进行了公开说明，这在S市PPP项目发展史上还是首次。当然，我再一次成为S市PPP行业的话题人物。

暗生嫌隙

练习太极拳的这些年，我学到了一个重要的道理：得，也意味着失。世界是平衡的，相生必定相克，月圆一定会有月缺。当我们得到一件欲求之物时，也就意味着可能失去另一件心爱之物。

这次新闻发布会并不是要公布结果，而仅仅是一次项目启动会。这是兰芝的建议。我们三方之前做了沟通，定了基调，只有四个字——实事求是。也就是说只阐述事件，政府提出了哪些要求，我们对项目的预期是怎样的。不公布任何决定，只纯粹地讲事实，以此回击那些网络上的不实传闻和跟风报道。

虽然新闻发布会是由兰芝一手策划的，但荣鑫公司作为项目的中标方，自然是首先发言。赵瑞的发言一如既往地精彩，简短地公布了公司中标情况，便开始了他擅长的煽情路线，把承接项目的初衷，特别是服务的公益目的讲得感人肺腑。他用几分钟的时间为媒体画了一幅美丽的蓝图，轻描淡写地转移了媒体的注意力。我自然达不到赵瑞的演讲水平，但发言内容中肯，文采称不上精彩，却胜在言语质朴真诚。多亏了兰芝的精心设计，这个简短的发言博得了满堂彩。

最后是城建投公司的压轴发言。可以说，媒体前来，主要是为了城建投公司，想继续挖掘爆点新闻。只能说，这种新闻精神令人感动，但城建投公司在应对媒体方面也是颇为老到的，自然不会轻易给媒体这样的机会。

"目前城建投公司对这个项目还处于考察阶段,考察结果还没有出来。我们公司的一些决定都需要科学的数据分析,在分析结果出来之前,我们会一直保持观察者的角色。"

当城建投公司副总逐字逐句念完发言稿后,会场内一片沉寂,所有的目光都聚焦在这位副总身上。当然,这样的发言是无法满足新闻媒体胃口的。在他发言过程中,已经有很多媒体记者跃跃欲试地准备好了提问的问题,只是主持人临时取消了提问环节,只说是时间紧凑无法安排了。记者们虽然败兴,却也无可奈何,毕竟主办方说了算。但我隐隐预感到,事情并不会这样轻易结束。

发布会后,我并没有直接回公司,而是约了兰芝到酒店的咖啡厅。兰芝要了一杯蓝山咖啡,是她最喜欢的口味。勺子在杯子里缓缓搅动,本该停下脚步,静静地品味,可惜忙碌的心始终平静不下来。

"这次新闻发布会又麻烦你了。"

"公司的事,也是我的事,我自然会尽心尽力地办,你是知道的。"

"我当然知道,但还是要感谢。"

"好了,咱俩说话就用不着煽情了。"

"这次的事情,你怎么看?"我迫不及待地直奔主题。

"城建投会退出,其实你心里也清楚。"她又是一语戳中了我的心事。咖啡早已凉透,我还是一圈又一圈地用勺子搅动着,看着在杯子里漩涡般转动的咖啡。

"你说得对,我早有预感,只是不敢承认。我知道事情不妙,今天发布会由副总代劳,城建投入股的事八成是黄了。"

"其实情况还不是最糟,荣鑫公司会继续合作的,再说我们原本的计划中也没有城建投公司呀？"兰芝总是在困境中表现得很乐观。

"话是这么说，一旦失去城建投这个靠山，荣鑫恐怕也会动摇，他们完全可以找更有实力的公司合作。"

"用不着这么悲观，还没到山穷水尽的时候，再说我料定荣鑫不会反水，赵瑞是无论如何也不会放过这个机会的。即使没有荣鑫公司的内部问题，即使没有我们出来顶包，他也绝不会退缩。"兰芝胸有成竹地说道。她对赵瑞的了解倒是出乎我的意料。

"赵瑞不是随随便便就打退堂鼓的人，况且项目已经由董事会审批通过了。"

"我知道他不会放弃这个项目，但那并不表示他会跟咱们继续合作，毕竟在S市能提供技术支持的又不止咱们一家公司。"

"以我对赵瑞的了解，他是不会临阵变卦的。"

她越说越激发我的好奇："怎么可能，现在连城建投都撤了，我看这个项目要烂尾。如果我是赵瑞，现在就找一家小公司接手，把项目转包出去，实在转包不了就把标书退回去，赔点违约金也比现在这样风险低……"

"所以你不是赵瑞！你以为赵瑞这么年轻就当上荣鑫公司总经理，真是凭他那位神秘亲戚吗？"

"难道还有别的？"

"荣鑫公司的高管哪一位没有所谓的亲戚，为什么偏偏是他上位了？其他人虽然心里不服他，但表面上还都要给他面子，毕竟他有眼光有能力。"

"这一点我承认。"

"所以这么好的项目，他是不会放弃的。而现在整个S市都在关注这个项目，也就是在关注荣鑫公司，这是多好的广告机会呀！你想想，在这个项目曝光之前，有多少人知道荣鑫公司的具体业务，可现在几乎没有人不知道荣鑫公司是做建筑的，既省了广告费，又省了公关费，赵瑞这算盘打得响。"

"说得对，可是城建投那边还是会退出。"

"你能想得开就好了，这是必然的结局，没必要纠结。"兰芝劝我说。

许久没跟兰芝这样推心置腹地聊天了，即使聊工作，也一样享受。兰芝脸上不时露出笑容，这样愉快的谈话，对她来说也是久违了。不过她话锋一转，话题立刻凝重起来。

"好了，不开玩笑。钟总最近很忙吗？今天这种场合，他居然没来？"

"哦，他有事，前两天就跟我提过了，今天赶不过来。"

"真的吗？"原本我并未在意老钟的缺席，但兰芝突然一问，也给我提了醒。

"怎么，有什么不对吗？还是你发现了什么？"

"算不上发现。照说他对新闻报道这些事情很在意，可是这次网上跟风报道他反倒是最后才知道的，而且从咱们开始解决这件事到现在，他要么在关键时刻缺席，要么就是支支吾吾的，一点都不像他平日里的作风……"

兰芝这么一说，我也开始回忆老钟最近一段时间的表现。网络报道事件爆发那天，他的确是管理层中最后一个赶到公司的。

"那些闹事的股东最近有什么举动吗？"

"他们倒还好，我答应他们一个一个地接纳转让的股权，他们倒是没有异议，都答应了，而且还答应得很痛快，也非常配合我们工作。老实说,我都有点意外,也许真是冥冥之中有人在帮咱们。"

兰芝听罢,意味深长地道了一句:"的确是有人在帮我们。"

我看出她表情不对,又问道:"是不是有什么不对?我觉得你话里有话。"

兰芝的目光掠过我的脸庞,望向远方,一副欲言又止的样子。

"你要是觉得哪里不对,就直接跟我说,咱们不是一直有什么说什么吗?"

"也许是我想多了。"兰芝见我眉头紧锁,便赶忙解释。

"即使你不说,我也察觉到了。只是现在不能断定老钟到底是不是还站在咱们这边,他这几天忙碌的是什么事,我也不想过早下结论,还是再看看吧!"

最后通牒

绝大多数人的心理承受能力并没有自己预想的那么好,心理上的脆弱远比生理上的衰弱更不堪一击,而绝大多数人只是扮演了自己想象中的英雄罢了。

那天下午,有一瞬间,我见到兰芝脸上复杂的表情,好像有很多情绪要喷涌出来,却又瞬间消散了。我问她缘由,她只是敷衍,想来是与我有关。可是我知道,她不想说,我问了也没用。那天下午,我望着她的车子绝尘而去,心里充满无尽的落寞。从来没有过这样失落的心情。

回到家后,我仔细回味兰芝的话,觉得颇有道理。我仔仔细细地回忆了一遍网络报道后老钟的行为，尤其是他几次出现的情景和时机，把握得那样恰到好处，反而有一点欲盖弥彰的味道。虽然没有证据表明他对公司近来的危机事件有所参与，但也很难洗脱身上的疑点。

但如果真与老钟有关，他图的又是什么呢？老钟在公司里已经是仅次于我的大股东了，也拥有相当的决策权，如果真是他在幕后操纵一切，岂不是自损利益，这完全不像他的风格呀？可是，兰芝是不会凭空乱猜的。我相信兰芝，但也不想凭空猜测老钟，毕竟是一起奋斗的兄弟。怀疑这个事本身就会伤害感情，我不想因此伤害了兄弟之间的情谊，特别是在需要团结的时候！这时，田蕊发来的信息令我突然萌生了一个主意。

"邢大叔，最近发生这么多事，有什么需要我帮忙的，尽管说。"

"还真有事要你帮忙，有没有兴趣换一换工作岗位呀？"

"换工作岗位？"

"你在项目组学得也差不多了，想不想再学点新东西？"

田蕊是个敏而好学之人，给她学习知识的机会是最能吸引她的，我自然要对症下药。"什么新东西，领导你又给我发糖了呀？"

我对着手机屏幕笑了："明天早上陪我练太极吧！"

"又练太极啊？老年人运动！好吧，明天见，大叔！"

翌日，田蕊的身影在晨曦中出现，朦胧光晕中见到她的影子，我喜欢她的一切，青春，朝气，像只欢快的小鹿。她穿着一身运动装，自光晕中走来。一时之间，我竟仿佛见到了多年前的妻子。

"嗨，大叔，今天天气不错啊！"田蕊缓缓走了过来，对着我笑。看到她，我也不自觉地想笑，我控制不住自己。

"大叔，能教我几招吗？"田蕊见我还在拿腔作势，便笑着打趣我。

"看你主动求学,态度不错,那我就好好教!"我腾出一个人的身位,让田蕊站到身后,一式一式地教。起初几式她还学得有模有样,渐渐地便敷衍起来。

"大叔,你真的叫我来学太极拳的吗?是不是有秘密任务要交给我呀?"田蕊一脸期待地看着我。

"哪有什么秘密,我就是想跟你谈一谈工作岗位的事,别想歪了。"

"你不是说要给我换个岗位吗,直接说就行了,搞这么神秘。"她瞟了我一眼,赌气径自走到公园的长椅上坐下。我跟了过去,看着她失落的表情,甚是可爱。

"钟总的秘书辞职一段时间了,他最近工作又忙,很少在公司里待着,总得有人帮他安排行程,做做案头工作。前些日子呢,我也没顾上帮他选秘书,再说公司里也没合适人选,而我又一直舍不得让你去……"

"那现在怎么舍得了?"她立刻噘起嘴,气冲冲地质问我。我一时竟无言以对。

"哦,我知道了,你是想让我去盯着钟总,他最近常常不在公司,是想让我去摸清他的动向吧?"这小丫头瞬间便看穿了我的心思,没想到现在的小孩都这般聪明。

"被我说中了吧?"她得意地笑了。

"瞎说,我怎么可能让你去监视钟总?我是怕他太忙了……"

"不要掩饰,掩饰就是伪装。"她站起身来,上下打量我一番,似乎又猜到了什么,继续打趣我,"你突然就紧张起来了,还忙着解释,心里一定有鬼,还不说实话?不说实话,我可帮不了你哟。"没想到这小丫头竟反过来要挟我了。

"我有什么可掩饰的,是你自己想多了,我就是单纯地让你去帮钟总的忙。"

"算了吧,钟总一直不主张跟荣鑫公司合作,这事儿全公司都知道,你也没必要藏着掖着。再说,钟总的秘书辞职也不是一天两天了,你早不派秘书、晚不派秘书,偏偏在这个时候派秘书过去,而且还是把我派过去,那钟总就是再不往心里去,也能看出来你的心思啦,整个公司的人都能看出你的心思。"

田蕊轻轻叹了口气,坐了下来,见我眉宇间似有愁容,灵机一动,主动帮我想办法出主意。

"我说大叔,不如这样,公司里成立一个秘书部,统一负责所有高管的秘书工作,不指定秘书,组内分工那就由组长定好了,但是对高管都是以秘书组的身份出现,这样作为公司的新规定就不会引起非议啦。钟总就算心里有什么想法,也不会直接拒绝,而且一些工作,他就算不愿意交出来也没办法。"

我怔怔地看着眼前的田蕊,那一瞬间似乎有点陌生。没想到现在的小丫头竟都是潜藏的职场高手。

"怎么,我说的有什么不对吗?"田蕊见我怔住了,半天没应声,便又问了一句。这时我才回过神来,昏昏沉沉地回复了一句:"对,就这么办。"

该来的终将会来!尽管在新闻发布会上,兰芝的强力策划,帮助我成功化解了危机,也帮助城建投的王总洗脱了嫌疑,但新闻发布会结束后的第三天,我还是收到城建投公司的书面回复,内容很委婉,但撤出之意却是明明白白的。

"邢总,您也知道,我们是国企,不仅仅是商人,还负有社会责任，王总又是一把手，别说这次这么大的新闻舆论，就是小小的风吹草动也不行。不仅对贵公司有影响，对我们公司也有很大影响。特别是王总本人，光是政府那边就跑了好几次，反复解释，作汇报，耗费了好多精力。好不容易查清了事情，可是好多商机也错过了。王总的意思呢，咱们这个项目还可以继续，只是我们公司不直接拥有新公司的股权和决策权了，我们可以全力提供项目施工的技术支持，也会协助你们做好人员培训，甚至为你们的项目融资提供平台，但就不直接参与经营工作了。"

还是那位副总作为王总的全权代表前来解释，也算是下达最后通牒。我知道，王总为了这个结果已经尽了全力，我应该感谢他，但拒绝参股的结果还是让我有些难以接受。我想，此刻赵瑞那边也应该接到消息了，或者说，他早就料到这个结局了。

欲盖弥彰

怀疑是一件可怕的武器，让人疯狂！怀疑也是一件自保的利器，让人永远立于不败之地。

"我相信钟总，但我更相信野心。"这是兰芝对老钟的评价。我特地约了老钟在外面见面。今天将是一个不平常的日子，我的思绪翻滚。我明明可以相信老钟，可为什么总觉得那么不踏实？即使误会解除，即使我有一万个相信老钟的理由，可偏偏有一个理由含糊不清，如鲠在喉。

"有什么话在公司里说就好，用不着特意跑出来说吧？"

"公司里人多嘴杂，不便说，还是这里安静，咱们兄弟俩也可以推心置腹地好好聊一聊。"我和老钟在附近找了一家小酒吧，叫了两杯啤酒。

"看来你消息比我灵通啊！"

"怎么，你误会了，我也是跟做房产中介的老朋友聊天时偶然得知的，就跟朋友多说了几句，请他多照顾一下。原本我打算跟你说的，结果那阵子正好赶上网上报道那件事儿。那些日子，你整天阴沉着脸，整个公司的人都不敢跟你多说话，我一看别自找没趣儿，就想着过几天等事情平息了再跟你提，没想到一拖再拖，就拖到今天了。其实也好，省得我单独跟你说，你倒当成个事儿了。"

"怎么会呢？我是这么小心眼儿的人吗？"

"你还真别说，分时候，也分事。你这个人呀，哪儿都好，就是想得太多，心思太重。"

我知道老钟是有所指，便笑了笑，说："你说，好些日子没聊天了，今儿咱就把话说透。最近发生了这么多事，是得好好聊聊了。"

老钟喝了口酒，摆弄着盘中的洋葱圈儿，"城建投退了，后面你打算怎么办？荣鑫那边有什么动静吗？"

"你这一连串问题抛过来，能不能一个一个说呀？"我借机开个玩笑，想让自己放松下来。老钟瞟了我一眼，忍不住笑了。

"今天我是打算去见荣鑫的赵总，结果赵总那边有事，改了时间。"刚才在来的路上，赵瑞的确给我发信息改了见面时间。

"也就是跟荣鑫还没谈过？"

我点了点头。

"那哪儿行啊，速度太慢了，耽误一天，那就是钱啊！得赶紧跟荣鑫谈合作的事儿，趁热打铁，可别放凉了，到时候咱们就被动了。"

老钟突然转变的态度让我颇感意外。

"你不是一直不赞成跟荣鑫合作吗？尤其是建项目公司，总是怕咱们成了给荣鑫打工的。"

"是啊，我是怕这个，可眼下被网上新闻这么一折腾，形势就变了。"

"变了？"看来老钟这几天的确没闲着。

"当然变了，还不是网络惹的祸。"

"怎么说？"抛开怀疑成见，我真心实意地想听一听老钟的高论，毕竟他在商场上摸爬滚打的实践经验不是用来吹嘘的。

"这道理还不简单，你想啊，以前这个馆廊项目没有多少公司上心，咱们投标时就看出来了，咱们这种实力的小公司都入围了，可想而知，那些大公司并不重视。可是现在不同了，在网络上这么一闹，甭管报道上说的是真是假，至少关注度上升了。"

我点点头。老钟凑过来，一本正经地看着我："想通过这个项目提升知名度的公司就该上心了。这个项目有什么难度，你比我清楚，就说这S市，做得了这个项目的公司也不止咱们一家吧，你能保证没有其他公司跟荣鑫接触过吗？"

老钟这话简直醍醐灌顶一般。这些天，我陷在网络新闻报道的事件中，只是一味在想怎么找网站平息媒体舆论这件事，却完全忽略了有人可能借机插足。

"是呀！"老钟见我一脸震惊，又继续说道，"就算没有公司接触过荣鑫，现在项目这么受关注，以赵瑞的聪明，他怎么可能想不到与更有实力的公司合作呢？原本这公益项目就是赚名声的活儿，还能讨好政府，说不定以后会拿到更好的项目资源，这一点赵瑞能不明白吗？那些商场上的老手们能不明白吗？"

我原本以为老钟会说秘书组的事，但整个下午他都只字未提。看来，是我狭隘了。我竟然没有想到整件事情也许另有幕后黑手，也许还藏着更多的秘密。

我不知道什么情况才算最糟，也许本来就没有最糟。原本以为城建投公司撤出合作就是最糟的，可听了老钟刚刚的分析发现，那还不是最糟的情况。更糟的是，有公司来抄我们的后路。千辛万苦煮熟的鸭子，真若飞了，连句招呼都不会跟你打，那才叫欲哭无泪呢！

"不至于这么糟吧？你这么一说，吓了我一跳。"老钟笑着叹了口气。

"其实你心里早就想到这一点了，我就是替你说出来了而已，问题的关键是赵瑞的态度。"

老钟再次把矛头指向了赵瑞，问得我哑口无言："好吧，我找机会跟赵瑞见一面，探探口风。"

"我倒不是催你，可是眼下这个事不好解决了，虽然荣鑫明确表态要跟咱们合作，但怎么合作、什么时候开始，这些事一直都没有明确答复，很难让人相信荣鑫公司的诚意。不是我想得多，咱们这些股东投资到公司的钱都是血汗钱，有一些还做了债转股，打心眼儿里人家就不乐意，你说咱们怎么做才能消除这些股东的误会？兄弟，时间不等人呢！"

老钟的话虽不顺耳但不无道理。要说服股东们接纳荣鑫公司，特别是那些思想保守的股东，的确存在相当大的难度："我是该去摸一摸赵瑞的心思了。"

老钟见我这么说，便放心了，干掉杯中酒，兴冲冲地去接儿子了。望着老钟消失的背影，我突然发现忙于工作的我，已经许久没有关心过我生命中最重要的那两个女人了。在她们的生命里，我已经消失得太久了……

生活就是这样,从来不会给人留下半点喘息的机会,一旦陷入忙碌的怪圈,就走进了如陀螺般的命运转轮中,直到有一天转不动了,再被转轮的惯性狠狠抛出去,直至遍体鳞伤。

这不是我想要的结局。至少不应该是我命运的结局。所以,我约了赵瑞!还是那间西餐厅,还是那个时间,我坐在同样的位子上等他。希望一切都没有变!

再传噩耗

人这一生,除了生死,都是小事。然而,人偏偏喜欢沉湎于那些承受不了的小事,却忽略了真正的大事。

"迟到了,不好意思。"赵瑞左手轻轻扣住领带,绅士般地坐在了我的对面,不住地道歉。此时已过了约定时间一个小时。

"没事,最近出了这么多事,你公司里应该很忙,可以理解。"我微笑地回应。在城建投公司退出三方合作之后,他的态度已经成为左右合作大局的关键。

事先点好了菜,我们边吃边聊,"城建投公司的告知书发到我们公司了,我差人给你送去了复印件。"

"我看了,内容诚恳,毕竟王总是有难处,公司内部事务复杂,人际关系也不轻松,换了是我,也会那么做的,这个事儿我没放在心上,你也不必挂在心上。咱们再找别的合作方,再说王总不是也说以后会在其他方面合作吗,这已经算是不错的结果了!"赵瑞这话不带任何个人情感，这正是我佩服他之处。

"是呀，这是最好的结局了，总不能因为一次合作让王总搭上前途吧，那就得不偿失了，毕竟咱们以后还会有很多合作的机会。"我故意说出合作二字，也是想借机提醒赵瑞之前的合作承诺。

"是呀，现在S市正在建设中，城建项目有很多，以后还会更多，现在是PPP模式发展的春天，但是能不能抓住这个机遇赚一桶金，就看各家公司的本事了。"

这话意味深长，我赶忙接过话茬儿："那也不是谁都能做到八仙过海的，我现在全指着馆廊这个项目翻身了。"

赵瑞看了看我，不动声色。他自是知道我的来意，可从见面到现在，偏偏东拉西扯不说主题。我不免心里没了底。

"赵总，既然城建投公司的事已经尘埃落定了，下一步是不是该进行咱们的计划了？"

赵瑞深吸了口气，放下手中的刀叉，双眉紧锁，面露难色："这次新闻事件恐怕还没结束吧，我听说王总还在往市政府跑，解释工作都做了好几轮，这事有点不太正常啊！"

"是呀，这次是对不住王总了，我一直在找机会向他解释，跟他道歉，可他……最近太忙了，还没找到机会……"

"我看还是不见的好，就当是避嫌。最好缓一段时间，再说他也有他的难处，各人立场不同，多理解吧！我和他虽然交情不深，但是我能体会他的难处……"

我听得出赵瑞是在借王总之口说他自己。可是，我也不能就此不见，任凭这个项目付诸东流："可咱们的项目得做下去呀，再说您那边压力也不小，工程再不开工，恐怕赶不上工期了吧？"

即使赵瑞再沉得住气，但工期是拖不起的！我此时提出来，也并非想逼他，只是善意提醒，想激他做一个决定。如果我们继续合作，那么抓紧时间谈实质性合作内容才是当务之急；如果不想再合作，也别相互拖着，像我们这样的小公司，是玩不起暧昧的。当然，说这番话时，我也是下了很大决心的，毕竟这不是一道填空题，做与不做，选择权在赵瑞手中。

赵瑞看着我，目光移向窗外，仍旧是那一副面无表情的脸。我看不透他的眼神，但如果换作是我，此刻应该可以脱口而出了吧？

"看来邢总今天是来要答复的。"赵瑞不慌不忙地继续吃着盘中餐。鲜嫩的鱼排，冷了，味道便有些腥了。他习惯性地往鱼排上撒了一些黑胡椒，如教科书般熟练的动作，在西方生活多年，生活习惯也变了。

"是呀，合作的事说了这么久，也牵扯太多精力。您也看到了，为了这个项目，我们公司也一直都在做调整……"

"邢总，之前的合作不变。这是我能给你的承诺。"赵瑞说这话时，淡定自若。我信他，因为这份淡定。

"那咱们什么时候可以谈实质性内容？"我又继续追问。

"再等等吧！"

"等？"我不解地问。既然两家公司都有合作的意向，而且工期也临近了，再拖下去，对谁都不好，为什么赵瑞还要再等等看呢？

"对，再等等，合作可不是小事，咱们得好好筹划。"

"可是之前咱们已经筹划得差不多了，如果有需要调整的地方，也可以边合作边调整，毕竟在合作适应期，很多规章制度和业务流程都是需要不断调整的。"

"这个场合不适合谈细节，我看还是下次双方谈判的时候再说吧！"

"那也好，咱们什么时候安排两家公司再会谈一次？"

赵瑞见我有些心急，便敷衍地约了一个大概时间。见面很快结束了，我急匆匆地赶回公司，准备应对接下来的会谈，这一次必须要有所斩获。

几天后，与荣鑫公司的第二次洽谈终于如期举行了，我们公司基本上保留了上次洽谈时的原班人马。洽谈地点设在荣鑫公司的一间小型会议室，硕大的商务圆桌几乎填满了整个会议室。荣鑫公司的主谈人员改成那位徐经理。

"赵瑞怎么没来？"老钟在我耳畔窃窃低语。

我微微摇了摇头，没作声，但难掩忐忑，不知道对方葫芦里卖的是什么药。我想给赵瑞发信息，手指在手机屏幕上划动了几下又放弃了。这是荣鑫公司，是他的地盘，他若想相见，那必然不会错过尽地主之谊的机会。显然，他是在"躲"我。我知道这一定与PPP项目有关。

"邢总，钟总，各位同仁，大家好，赵总临时去市里参加一个重要会议，委托我来主持。两位老总，下面我看咱们是否先就上次会议作个简述，再讨论一下会议内容，有哪些项是今天能够定下来的，咱们尽量当场定下来。"

徐经理和颜悦色地抢了班、夺了权。这突来的变故令我措手不及。虽然我不知道荣鑫公司内部出了什么问题，但我知道这位徐经理和赵瑞一定有什么秘密交易，也许这个项目从开始就已经是一种筹码了。不好的结局突然之间浮现在我眼前，我的心有一些慌了。直到身旁的老钟推了我一下，才缓过神来。

"既然赵总有事在身，就按徐经理说的流程办吧！"

"那下面我们先简述，把咱们上次洽谈的结果梳理一下。"

荣鑫公司的人员就上一次洽谈的结果进行了简短的汇报，但绝大多数是我们公司需要改善之处，其中矛盾的焦点还是债务问题。我大致听了一下，并没有放在心上，因为我们此行的目的是成立全新的项目公司，至于我们公司内部的债务问题，并不会给新公司造成影响，当然不会跟新公司扯上任何关系。不过，那位徐经理显然不认同我的观点。

"邢总，恕我冒昧，咱们今天就上一次洽谈结果进行深入洽谈，赵总给我的指示也并没有提到成立项目公司的事。我觉得咱们还是不要直接否定了上次的洽谈结果，不然每次洽谈都有新课题，这洽谈就成了无限循环了。"徐经理还是一副和颜悦色的样子，但言辞却犀利得很，直接回绝了我。

"徐经理，不是我否定上次洽谈结果，而是之前赵总已经明确表态过，要成立项目公司的，而且这个事是在上次洽谈之后，我想这次洽谈咱们是不是要讨论一下新公司组建的事？"

"邢总，赵总没给我们讨论项目公司的指示。"徐经理照旧是一副笑嘻嘻的样子。我终于见识了微笑的杀伤力，不但把责任推给了赵瑞，还让人无法反驳。

"那好吧，我看咱们也别僵在这儿，就按照商定的流程，先看看双方的进度，你看怎样？"老钟见场面陷入僵持，朝我使了个眼色，赶忙打了个圆场，不过这圆场难免有胳膊肘往外拐的嫌疑。

"那邢总的意思呢，要不我们先看看荣鑫这边的进度情况？"

"好吧。"我轻声地回了一句，竟有一种被架空的感觉。不过那位徐经理似乎很高兴，立刻就让手下人员开始汇报进度了。但这种纸上谈兵我根本没听进去，也并不关心。此刻我只盯着两件事：一是赵瑞为什么没出席，二是项目公司是不是真的成了泡沫。其余诸事，都无法塞进我脑子里。

"内容很详细啊！"

"过奖，过奖，临时弄的，还有很多不完善的地方。"

"徐经理客气了，我这边的进度还是请项目部经理说一下吧！"我们公司的进度主要还是内部组织结构调整，因为毕竟是内部问题，项目经理只是草草说了一下。

"既然咱们双方也都通了气，接下来咱们是不是进入下一个议题，确认一下项目的合作方式？"我原本以为今天不会有实质性进展，没想到徐经理话锋突然一转，打了我一个措手不及。

"邢总，钟总，你们觉得怎样？"徐经理又郑重其事地把问题重新提了出来，我和老钟面面相觑，一时之间也找不到合适的理由拒绝。

"徐经理，关于合作模式，我们之前已考虑过，而且刚才我们公司在进度报告中也解释了，之前搞的一系列内部组织结构调整，都是为了建立这个部门，也是为了能够全力配合贵公司……"

"邢总，钟总，这些报告中都提到了，既然您对共同成立部门没有异议，我看咱们就按照这个思路拟合同吧，合同至少也要往复修改两次，法务再审核，一来一去，又要半个月的时间，马上要进场，咱们得加快进度。"

"是啊，我们也想快点开工。"老钟已经迫不及待地替我做了决定。

项目就这样决定了，我甚至还没有发表意见就结束了。我诧异地看了老钟一眼，突然发现，不知道从什么时候起，自己竟成了配角！

直到当天傍晚，我才收到赵瑞的微信回复。虽然满是歉意，但还是维护了洽谈的结果。很难说这是不是他的本意，但木已成舟，要继续合作下去，就要认同这次洽谈的结果，否则就成了开倒车。

这个项目虽然不大，但回款不会太快。即使像荣鑫这样的大公司，长期质押大笔资金也会影响正常运营，何况我们这样的小公司，无异于慢性自杀。通常PPP项目都是由政府牵头、多方融资来解决前期工程垫付款的，但这个项目的隐患也在于此。由于没有成立项目公司，项目仍然归口在荣鑫公司名下，名义上我们公司仅仅是分包商之一，将来还会有其他分包商。不是唯一选择，也就意味着被动。我们公司就成了出力最多、利润分得较少的劳动力输出企业。这与当初和赵瑞所谈的双方合作构想发生了质的变化，是我万万不能同意的。

我坐在办公室，一个人静静地思考，然而并没有什么头绪。手中那份财务报表已经卷了边。我随手拿起桌上一杯咖啡，喝了一口，皱着眉头强行咽下去。咖啡已经凉透了。桌上好几个杯子都留下了淡淡的咖啡渍。我不知道在这里坐了多久，只觉窗外的光线由暗转强，又由强转暗。

世界真安静啊，有一点冷！渐渐地，窗外的霓虹灯也灭了。这时，一股奶香冲击着我的味蕾。我正要转头去看时，一杯热鲜奶已经递到我眼前。

"少喝点咖啡，大叔，你都几岁了，还戒不掉熬夜的恶习，平时健身养生的那一大套理论都是讲给别人听的呀！"这熟悉的声音、这熟悉的身影，让我笑了，甚至脸上肌肉都有些颤抖。田蕊拉了一张座椅坐到我身旁，和我一起望着窗外的星星。任凭时间流淌，我们只有彼此。

釜底抽薪

危险的最初，总是甜蜜的旅行。所以，我们会被对方的釜底抽薪吓倒。而那并不是因为对方强大，实在是我们忘记了思考这个本能。

新一轮的碰头会设在了一家酒店的商务会议室。这一次谈判的主角仍然是老钟和荣鑫公司的徐经理，赵瑞还是没有现身。虽然我不止一次通过微信、电话邀请他出席，但他每一次都用充足的理由回绝我。

会议室里燃着我熟悉的熏香，让我有一种回到兰芝会馆的错觉。那是老钟特地从兰芝的会馆带来的。

"这香气很特别呀。"徐经理脸上终于绽放出爽朗的笑容。

"是呀，这种香在古代那可是皇家才能用的。"老钟得意地说道。

"哦？那我可得好好看看。"徐经理兴之所至，摆弄起桌上的香案，被刚刚从洗手间出来的我看个满眼，他尴尬地看了看我。

"既然邢总回来了，那咱们今天的碰头会就正式开始了。"老钟同样当仁不让地承担起了会议主持的角色，一场全新的较量就此拉开了帷幕。

"徐经理，荣鑫公司的各位同仁，邢总，项目部的各位同仁，上一次咱们谈了很多实质性的内容，洽谈的效率很高，希望这次咱们能继续保持高效率的作风，把合同条款也议定了，那么后面的事情就好办多了,说不定月内咱们的工地就可以开工了。"

老钟的提议让我震惊!我怔怔地看着他,看着他那张永远笑盈盈的脸,而对面也同样有一张笑脸。第一次觉得笑容也可以让人厌恶!不知道从何时起,老钟的状态发生了180度的转变,从最初的抵触,到后来无奈之下的妥协,再到今天的积极配合……老钟惊人的转变,的确让人无法解释。再加上荣鑫公司徐经理的悉心配合,很难让人相信他们二人事前只见过两面,而且只是泛泛之交。

"等一下!"我被迫叫停了整个会议进程,所有人的目光都集中在我身上。

"邢总,有什么指示?"不知道我的用意,大家莫名地有些紧张。

"好了,时间差不多了,大家都别问了,让邢总先思考一下待会儿要说什么,咱们先开始,进入第一个议题……"老钟似乎并不想听我唠叨。

"等一下,钟总,你们先等一下。我就是有几句话想在议题开始前先跟大家说一说,我希望钟总、徐经理以及在座的各位能够先停下来,听我把这几句话说完咱们再开始今天的会议。"

"邢总,您这说的是哪儿的话,您请说。"荣鑫公司的徐经理依旧和颜悦色,但那笑容却总是让人不踏实。

我定了定神,说出了那个大胆的决定——继续找融资,成立项目公司。众人哑然!我知道他们不是在为我的执着而赞叹,他们恨不得我放弃融资,这样就可以完全依附于荣鑫公司,这正是荣鑫公司想要的,也是赵瑞想要的。

"邢总,这是什么意思,我没听明白。你这样一弄,我们又回到原点了,那这两次我们热火朝天的商议都白费了。"

凡事就怕有人煽风点火。因为有人带头，大家的情绪一下子被点燃了。但老钟却异常冷静，并没有跟随大家起哄，他只是静静地坐着，看着我，一言不发。若在以前，他应该是第一个冲出来质问我的人，可是他今天的举动，着实令我感到意外。我能察觉出他内心的波澜，但却猜不出他接下来会做些什么，这才是最可怕的！

"我知道，这个决定会让很多人感到不舒服。坦白地说，到目前为止，我还没有找到合适的融资公司。我们大家都清楚，PPP项目所涉及的行业五花八门，看起来也没有发展的一定之规。但恰恰错了，我们没有挖掘出这个行业的真谛。咱们今天要谈的共建部门是一个不错的话题，但就目前来讲，它还太新颖了，我们当中的很多人，包括合作伙伴还没有认识到它的好处，所以它的发展还没有适应的土壤，一旦咱们的经营模式脱离了现行轨道是很危险的，所以我觉得现在成立这个部门的时机不够成熟。"

这样一段长篇大论之后，众人更加哑口无言了。我侧目看了看老钟，他面无表情地喝了口茶；再看看荣鑫公司的徐经理，也是一言不发。我知道，我的坚持几乎给了所有人一次迎头痛击，也让他们中的一部分人陷入矛盾之中。

但每个人都有自己的立场，荣鑫公司的徐经理也有他的立场，"邢总，我理解你的坚持，也理解你的立场，但咱们毕竟是合作关系，也请你换位思考一下。我们公司是项目的中标单位，应该更有主动权吧？这个项目的进度好像也不是你们公司来控制的。再说，邢总也是业内人士，找融资这种事是那么容易实现的吗？我们公司不支持成立项目公司，也是有原因的。一是工期临近，再不开工，政府那边也说不过去了；二是我们公司已经全部承担了前期垫资，没有资金困难又何来融资呢？"

面对全场几乎压倒性的意见，即使我的决定是正确的，也没有人愿意听进去，"徐经理说的话不无道理，不过我这个脑筋要转个弯也并不容易。不过，我还想听一听赵总的意见。这两次谈判都没见赵总，毕竟这个项目是他最先倡导的，我还是希望能在谈判桌上见到他。"

"徐经理，既然咱们双方都需要一点时间考虑，而且项目开工还有一段时间，我看也不急在这一时，不如先缓两天，两天后咱们还在这里开会，到时候咱们把赵总也一起邀来，不过还要拜托徐经理去请一请。"

会议就这样结束了。从酒店回程的路上，我真诚地向老钟道了歉。老钟还是一如既往地露出笑容，他的笑容还是那样灿烂。

"这都不叫事，关键是下一步你打算怎么办。今天这阵势你也看到了，人家荣鑫公司根本没有成立项目公司的意思，一直是咱们自己在忽悠自己。我看咱们做个分包商也挺好，不用操那么多心，也不用花精力去管理公司，咱们本来也就这点水平，没必要拔高自己，弄得大家都受罪。"

看来老钟是要当说客了，他果然擅长做和事佬，我没理会他。我知道，他一门心思地打算傍上荣鑫公司这棵大树。虽然我猜不透他的目的，但我们的目标是一致的，也算是有了合作的基础。合作嘛，就是讲究"和而不同"！

我陷入了深深的思考中。老钟也没有再追问什么，只是默默地坐着，点燃一支烟，略微打开一点车窗，冉冉升腾的烟气沿着车窗缝隙飞走了。

众筹新招

世上绝大多数的路是弯曲的，因为弯曲才会见到那些隐秘的风景。弯路给了我们困顿，但只要懂得欣赏它的美，就能看到人生更多的风景。

兰芝是实干家，是无所不能的存在。我早已习惯了离不开她的日子，那种依赖复杂而简单。

"这次真是骑虎难下了，早知道当时就不坚持了。你说得对，赵瑞是希望成立项目公司，但那仅仅是'希望'，而不是'必须'，荣鑫公司完全可以绕开项目公司，甚至绕开我们直接去做这个项目。我们从来都不是唯一，所以我们没有筹码！"

"第二次洽谈的事儿我都知道了，现在贸然去找融资公司并不现实，何况上次城建投公司的事影响太大了，恐怕没有哪家公司敢碰这个项目，一时之间你很难再找到合作方了。其实……"兰芝的欲言又止我理解，融资这么重大的事，怎么可能马上决定，更何况是一个名声在外的项目。

"我知道，项目公司的事早就黄了，所有人都知道，只是我不甘心。只怕赵瑞现在也不想成立项目公司了，自从网络报道事件以后，他总是有意无意地躲着我，想找他，太难了！"我不禁叹了口气。

"至少我没躲你。"

"只有你！"我在微信上默默打下这三个字。窗外又是繁花似锦的时节。我独自坐在客厅的落地窗前，孤单地望着窗外。想来，今天是见不到她了。

然而，意外总是来得突然！此时，门铃响了。

"我是来送资料的。"兰芝指着手中的资料袋，微笑地看着我。她的笑总是那样温馨，仿佛一个温暖的壁炉，在寒冷的冬夜，让人忍不住想抱它取暖。

"进来坐。"我努力保持清醒。这是她第一次来我家，我有点意外。

"你是怎么找到这儿的？我没告诉过你地址！"我接过资料袋，又请她坐在客厅的沙发上。我家在S市一处较偏僻的公寓区，除了司机没几个人知道。

"这点侦察能力都没有，我怎么帮你搞到那么多消息呢？"我倒了一杯热茶递到兰芝面前，她示意我打开资料。

"这是什么？"我好奇地问。

"你需要的信息。"

我打开资料袋一看，原来是一家专业的融资公司，公司名字极为眼熟，只是一时之间想不起来了。

"眼熟吗？"

"眼熟，一时想不起来了。"

"上次在创业论坛上，这家公司对咱们公司正在做的项目很有兴趣，但当时太匆忙，只是草草聊了几句，之后也没什么联系。刚爆出网络新闻时，我就开始找城建投公司的替代者，结果找来找去，还是这家公司合适，没想到见面一聊，居然一拍即合。最近这段时间我一直忙着约见这家公司的一把手，已经把咱们的资料给他们看过，他们很感兴趣。今天我专程过来，也是想跟你一块去见见这位年轻有为的老板。"

兰芝再一次救了我，我立刻换了衣服，随她去见那位青年才俊。

"我跟这家公司聊过项目的大概情况，只是没有说到细节。你知道，这方面我是外行。不过他们是专业做PPP项目融资的，办法和渠道都比我们多。最重要的是，他们是主动的一方，这对我们更有利。"

"可是，他们为什么不直接找荣鑫公司，毕竟项目是他们中标的，而且……"

"而且荣鑫是S市知名大公司，实力雄厚？"兰芝说出了我的想法，她仿佛是种在我心里的草，任何风吹草动都瞒不过她。

"对啊，这正是我百思不得其解的地方，倒不是怀疑人家，只是好事从来也不会无缘无故地落在我头上，世上没有免费的午餐。"

"还没见到人，咱们先别自乱阵脚，也没准儿是因为荣鑫公司太过强大而望而却步了。以荣鑫公司的实力，完全不需要依靠融资来完成这个项目，全程垫资完全没有压力，所以他们之间没有合作的诉求。而荣鑫公司之所以找合作伙伴，一方面是因为技术问题，有一部分工程确实需要依靠技术引进来完成；但另一方面也是因为他们公司内部矛盾严重，管理层意见不统一，很容易造成四分五裂的局面。我估计这家公司已经跟荣鑫公司联系过了，要么双方没谈拢，要么他们吃了闭门羹，所以才会转投我们，因为单纯从合作角度来讲，我们公司更合适。"

兰芝的分析丝丝入扣，没有任何反驳的必要，因为我相信她的判断。她看了看表，镇定地说道："十分钟后咱们出发，我约了他在这附近一家茶室见面。"

兰芝看中的人，的确不是简单人物，没想到那位青年才俊竟是融资和项目运营的高手。他虽然年纪轻轻，却经验老到。如果PPP项目是我们公司中标，那么我一定会选择跟他合作。我自认不是一个开拓市场的先锋，但他的见识与视野当得起先锋官和领航员。也许荣鑫公司错过了一匹千里马。

这一见相谈甚欢，他年少有魅力、有思路。虽然他说自己现在给不了任何承诺，但双方公司之间的战略合作意向已经初步达成。我想，是时候联系赵瑞了。

醉翁之意

"醉翁之意不在酒，在乎山水之间也。"不是我们看不懂美景，而是我们少了那一双醉眼。

黄昏的红日挂在天边，晚高峰到来的前一刻，马路上已见行色匆匆的人群。赵瑞提前到了约会地点，选了临窗的位置坐下，见我们走来，老远便满脸堆笑地挥手示意。我和兰芝也挥手还了礼。

"邢总，好久不见。"

"王大美女，终于见面了，快坐，快坐。"赵瑞见我们走来，便主动跟我握手，一阵寒暄，却完全不提之前神秘消失之事。

"赵总可真是难得一见呀，不知道今天我们是借了谁的光？"兰芝冷嘲热讽地挖苦赵瑞，他却全然不生气，一直赔笑。

"那还能借谁的光，当然是借你王大美女的光，今天我跟邢总才能这么轻松地见个面。你们也知道，咱们双方公司正在谈合作，私下里见面不太好，我是怕给公司里一些人当了话柄，对咱们合作的事不利，没想到惹得咱们大美女不高兴了，今天我自罚请客。"

兰芝扫视了酒店一圈儿，摇了摇头，假装嫌弃，"看来赵总还是没诚意呀，只是请客就打发我们了？"

兰芝话音未落，赵瑞的脸色已经变了，赶忙解释，"怎么可能呢，能请到王总可不容易，请客吃饭算什么，咱们今天怎么也得唠点干货！其实，二位今天不来，我也是要去拜访二位的。我听说最近洽谈进度有点慢，本来还想找你们了解一下情况，看看是不是中间出了什么问题，如果有什么问题还是尽量在合同签署前解决掉，别把问题带到合作中，这也是为咱们日后顺利合作打基础。"

"赵总最近太忙了，我这儿想多跟您交流一下都没机会呀。"我紧随兰芝的步伐，也调侃起赵瑞来，其实是想逼他同意共同成立项目公司的事。

"怎么会连交流的机会都没有呢，凭咱们之间的交情，你还不相信我吗？前几天我的确是比较忙，实在抽不开身，所以就委托徐经理代替我跟你们谈了两次，下次我一定准时参加。"

赵瑞就差拍着胸脯向我保证了，然而这样的承诺毫无实际意义，我听了一次又一次，便没什么新鲜感了。当然，赵瑞也清楚，凭这样的"保证"根本糊弄不了我和兰芝。

"那是太好了，我跟邢总今天来找您，也无非是为了合作的事，一个合同而已，拖得时间太久了，我们也怕耽误了您的工期。"见兰芝态度缓和了，赵瑞也松了口气，脸上露出了笑意，但总是让人感觉阴沉沉的，心里不舒服。

"王总这么为我们公司着想，太周到了，看来今天二位是有备而来呀？"

"赵总，既然大家都是聪明人，那咱们就开门见山吧。我们刚刚跟一家专业做PPP项目融资的公司聊过，这家公司目前为S市很多政府PPP项目做融资，公司人员年轻，思想新，资源渠道也不错，当然更重要的是，他们听说跟荣鑫公司合作，非常中意这个项目，跟我们公司有合作意向。"

"跟你们公司有合作意向？"赵瑞心中一惊，脸上也流露出惊讶之色。也许他从未想过，一家有政府合作背景且正处于上升期公司会对我们这样的小公司感兴趣，甚至还达成了合作意向。

"对呀！"我和兰芝异口同声地道。

"邢总，王总，恕我多问一句，你们打算怎么跟这家融资公司合作？据我所知，这家融资公司完全是靠内线才拿到风投单子的，我觉得跟这样的公司合作危险系数太高了，我奉劝二位一句，三思而行，谨慎从事。"

"谢谢赵总善意提醒。不过就算没有馆廊项目，我们也会合作的，他们公司能提供的、能解决的问题，正是我们公司所需要的。"为了试探赵瑞的反应，我故意抛出这句话。果然，他按捺不住了，我甚至能感觉到他在竭力控制情绪。

"今天跟二位见面，其实我也正有此意。王总也不是外人，邢总，有些话我就直说了，您也别介意。成立项目公司的事，我从来没有反对过。之前徐经理所做的一些决定并不代表我，也不代表荣鑫公司，所以在这里我郑重地向两位声明。"

"我们也有此意，还是赵总先说吧，我们想先听听您的想法。"

赵瑞诚恳的态度，我并不觉得意外。但事情走到这一步仅仅才刚刚开始。接下来，他话锋一变，又展开了另一轮凌厉的攻势。

"那好，邢总，关于项目公司，我是这样考虑的，公司一定要成立，但要作为荣鑫集团下属全资子公司，而不是分公司。"

我和兰芝登时怔住了。原来这才是赵瑞真正想要的！但这与我们最初设想的项目公司经营模式完全不同，按照我们的设想，项目公司可以作为分公司或一个独立法人机构的全新公司存在，多方合作共赢。这样无论从经济效益还是人员归属方面，哪一方都不会吃亏，也比较合理。但赵瑞想把项目公司作为子公司，这与拥有实际经营权的分公司差别就大多了。子公司并不是独立的法人机构，一切所属权归荣鑫公司所有。也就是说，一旦我们双方开始合作，项目公司的经营收益和项目所有权全归荣鑫公司所有，甚至连我们公司派驻的人员也极有可能划归荣鑫公司了。

"我们只是想成立一家独立公司，赵总的想法确实让我们有些震惊。"我凝重的表情已将心事完全表露出来。

"震惊？怎么会震惊呢？我觉得这件事邢总应该早就考虑过的，咱们二人之前不是一直在讨论这件事吗？"赵瑞微笑地反问，轻声细语，却感受不到半点商量的余地。那一刻我意识到，赵瑞比那位徐经理更可怕，他要的不只是方案、技术，还有人，甚至是包括我在内的技术骨干。

不知不觉中，我的事业再次走到了十字路口。一根意外抛来的橄榄枝，让原本坚定的心不得不动摇，也打乱了我的全盘计划。

我该接受赵瑞的招安吗？国企向私企抛出橄榄枝的情况并不多见。尤其是作为行业巨头的大公司，看中一家刚刚起步的小公司，完全是偶像剧中的桥段。对于独自打拼的人来说，也许背靠大树真的好乘凉；但对我而言，这却是一个骑虎难下的抉择。当年从稳定工作中走出来，为的是自由、理想。可是现在要我重回老路，需要的不仅仅是勇气，还有放弃、担当，以及那些舆论攻击……那一瞬间，我仿佛走过了一个世纪的路。当我转头望向兰芝时，真希望她能帮我拒绝赵瑞。然而，她沉默了。我突然发现，真正的醉翁从来不喝酒！

"这个项目现在已经成为S市的焦点,业内公司都在盯着它,要么不动,要么就迅速开工,否则插手的人会越来越多,也会越来越麻烦,我想咱们还是尽快签署合作协议,再拖下去对双方都没好处。趁着咱们还是对方的唯一合作对象,把这关系维持住,不好吗?"

唯一,他居然用了这个词,这令我们欣喜不已。当然,赵瑞的话也传递出一个不好的信号——有人盯上了这个项目,而且对方的背景很强大,至少比我们公司的实力强劲许多,足以让赵瑞忌惮。难怪他今天会痛快地同意见面,想来他是站在我们这边的,至少到目前为止,他不愿意把希望留给其他公司。

赵瑞在给我们公司机会,或者说是在给我机会。可是这个机会我到底要不要?如果要,是否意味着我、老钟还有那些一起奋斗出来的兄弟们要分道扬镳了,我创业的初心也将改变;而如果不要,也许我和公司都会错过一个良好的发展机遇,甚至终此一生也难再遇到……多么艰难的抉择,我仿佛一下子沧桑许多。

"邢总,我知道您的顾虑,不过这个项目顶多是不盈利,亏损的风险非常小,一是这个项目本身投资不会太多,再加上是政府的形象工程,政府也会有一定补贴,说到前期垫资无非是走过场,待资金到位了,还是能结算回来的。除非有人为因素,否则资金风险极低,这也是很多公司盯着这个项目的原因。当初我费尽九牛二虎之力也要拿下它,一方面是为了这个,另一方面也是为了跟政府加强联系,有合作才有联系嘛!我俩都是商人,心知肚明。所以,我觉得您的顾虑完全可以打消了。"

赵瑞的气势完全压过了我,而这种气势不仅仅来自荣鑫公司强大的背景,还来自赵瑞自身的人格魅力,就连兰芝也败下阵来。

"赵总,我需要点时间。"我做好了跟公司里那些股东打持久战的准备，但此刻我无法给赵瑞任何承诺。

"我理解。不过，邢总，时间紧迫，决定要快。"

"好，我尽快给你回复。"

艰难抉择

时机从来不等人，抉择再艰难，也必须要当机立断，这是我们必须学会的生存技能。

夜幕已降临，霓虹初上的华彩照亮了整座城市。夜色总是美的。我和兰芝走在逐渐安静下来的街上，心也渐渐平静下来，似有似无地聊着不相干的话题，莫名地有一种中年夫妻间的淡然安逸。不知不觉中，我们两人的手竟扣在了一起。

"这条路一下子清静了。"

"是呀，晚高峰过去了，人们都各回各家了，街上的人自然就少了。"我的心竟有一点悸动。

"大概是吧，已经很多年没有在这个时间看街景了，还真是挺新鲜的。"

兰芝可不是一个轻易感慨之人，我只觉她此刻情绪有一些起伏。我侧目划过她的脸庞，昏黄的路灯下，那张脸的轮廓真美！她年轻时一定是个出众的美人，不，即使现在她仍然很美，非常美，美到我不知道该如何形容。真想把这张脸绘制成画，藏在我心里，不让光线中任何一点杂质破坏了它。

"谢谢你，让我找回了自己。"她突然说这么一句，我竟不知如何作答。

"我今天的感慨是不是有点多？"兰芝眼睛里充满了晶莹的光，这样的眼神会让我迷醉，让我忘了自己的存在，我就要沉沦了，我的身体，我的心……

"我想去吃点东西。"她的眼神突然变得温柔起来，仿佛有无限依恋藏在其中。兰芝的手一直蜷缩在我掌中，天气并不冷，但她要的就是这样的温暖。

她只是默默地陪我走着，不知不觉地走到了我家门口。从她那辆黑色奥迪车旁经过，我下意识地紧紧握着她的手。这时天色已晚，夜路不安全，我不想她独自返程，但又说不出那些土味情话。

"原来家就在眼前啊，不如咱们进去坐坐，公司的事我想好好规划一下，特别想听听你的意见，什么意见都好！"

兰芝默默地注视着我。我第一次俯视着她，身体里那只猛兽仿佛要奔涌出来了。

回到我家的客厅，我们习惯性地坐回了原位。一切又回到了克制的原点，理性的分析判断代替了前一刻的感性冲动。我憎恨开门关门这些烦琐的动作，因为它们吓跑了我身体里的那只野兽！

"要来点红酒吗？"

"咖啡吧，我坐一会儿就赶回去，还有很多事要处理。"兰芝若有所思地说道。她极少这么匆忙，似有心事。

"都这么晚了，再着急的事也解决不了了，再说走夜路也不安全，还是明天早上再走吧，我这里有客房……"

"我确实有急事，咱们之间不用客气。明天早上五点有重要客户到，我得亲自去迎接，今晚赶回去还得提前做些准备，省得明早匆忙。你也知道，服务行业从来没有小事，越是细节越考验公司实力……"

这一段冠冕堂皇的言语将整个房间都带入了尴尬的气氛里。接下来又是一片静默。咖啡壶发出咕噜的低吼声，仿佛困兽重新归笼。那一瞬间，我突然有种预感——兰芝迟早会离开我！不知道是不是冥冥之中的安排，每个跟我在一起的女人，到最后都难逃分离的命运。也许，我真的不适应两个人的世界。

"你要的咖啡，半奶，不加糖。"咖啡煮好了，我按照兰芝的习惯为她倒好一杯。她优雅地接过咖啡，指尖触碰的那一刻，竟仿佛是左手触碰右手的感觉。也许是年纪的原因，悸动这东西，来得那样迟，却去得如此快。

"这咖啡豆还是你上次给我的……"我的声音瞬间变得极小、极低，不情愿的表情写了一脸。不知道为什么，近来总是感觉与兰芝不似以前那般亲近了。虽然工作上的默契依旧，甚至在几次关键时刻，都是兰芝的及时雨救了我和公司，但其他方面的话题却少之又少。如同现在，我极力找寻着话题，但总是那样牵强尴尬。最后我们还是回到了熟悉的工作话题，我心底不禁泛起说不出的惆怅。

"你打算怎么跟老钟说？"兰芝开门见山地提出来。

"不知道，我还没想好。"我叹了口气。明明知道这是千载难逢的机遇，但失去独自闯荡的自由还是让我难以抉择。何况还有好多跟我一起创业的兄弟，该如何向他们交代呢？这些年，他们的苦苦坚持又是为了什么呢？

"我知道你当初出来创业，也是下了一番决心的，现在让你重新回去，从情理上的确难以接受。"兰芝又一次说到了我的心坎上，我忍不住苦笑。

"荣鑫公司在国企中是改制比较早的，现在实行的也是现代企业管理模式,赵瑞这个海归把很多国外先进的企业管理经验融入荣鑫公司的管理当中,虽然让很多人不舒服,也得罪了一些人,但不得不说,赵瑞的措施得当,改革成效显著。先前跟荣鑫公司旗鼓相当的好几家公司,现在都被他们远远甩在了身后。据说,在荣鑫公司内部,只要赵瑞想做的事,不管有多少阻力,最后都能做成。要应付那么复杂的环境,可不是一般人能做到的。现在的荣鑫公司已经没有慵懒怠工的风气,绩效管理甚至比一些合资企业都要好,算得上是一家优质公司。我觉得,你大可以考虑一下赵瑞的建议。"

"赵瑞给了你多少代言费,你这么替他说话。"我半开玩笑地说。

"我不是替他说话,是替你着想。"兰芝说出这句话时,我的眼神突然不由自主地盯住了她。

"老实说,我完全没想到他会提出子公司的计划,这才是他想要的结局。举棋不定可不是件好事,他不会无限期地等下去。"

我拿起杯子,刚要喝,才发觉杯中的咖啡已经喝完了,不知不觉中已经聊了半个多小时,指针指向九点。我下意识地看了一下表,兰芝也意识到时间有些晚了,便急匆匆地准备赶回去。

"先别着急,司机马上就到,他走夜路的经验丰富,有他送你我放心。"兰芝微笑着道了声谢,这一刻,仿佛从前的感觉又回来了。

第二天,老钟兴冲冲地来找我,问起融资公司的情况。我据实以告,老钟连日阴沉的脸上终于见到了悦色。

"有了这个融资公司参与,咱们跟荣鑫的实力对比就不会那么悬殊了,在合作上也有一定话语权了,我是真没想到,王总可是深不可测呀!"他边说边感慨,眼睛快眯成一条缝了。

"今天咱们得跟荣鑫公司那边提一提,合作这么大的事儿,也不能光听他们的,咱们也是合作方之一,有权提咱们的意见,你说呢？"老钟见时间到了，兴奋地正要往外走。

"事情有一些变化，荣鑫公司同意成立新公司了。"老钟听到这里，眼睛突然放出了光芒。我感受到了狼一般的目光。我整理了一下思绪，又说道："不是我们所想的分公司或是项目公司，而是子公司。"

"什么？！子公司？！"老钟的表情瞬间由天堂坠入地狱，脸色由红变黑。说这番话之前，我已经做好了充分的思想准备，以老钟的脾气，肯定是要爆发的。

"子公司是什么意思，咱们归荣鑫公司了吗？就因为这么个项目，咱们做着做着，连公司都做没了？这不像话呀！荣鑫公司跟强盗有什么分别？当初咱们做投标方案时，他就想要咱们的方案，现在连咱们公司都想要了。他可别忘了，网络报道那件事，从头到尾都是咱们公司出头平事儿的，那时赵瑞在哪儿呢？他们堂堂大公司都不出头，把咱们都挤墙角了，这回又想反过来要咱们公司，没门儿！"

老钟气冲牛斗，抛下这一句话便夺门而去了。

被迫离职

真理并不总是站在多数人一边，如同我们熟知的二八定律一样，80%的市场机遇是不容易被洞见的，可惜绝大多数人相信自己是那20%的决定因子。

终于，我和老钟走到了这一步。

"找我来谈什么？"老钟表情肃目。

"荣鑫公司在等咱们回复。"

"看来今天得谈出个结果。"老钟脸上突然闪过一丝笑意。

"我想咱们内部先统一思想。"我坦诚地表明来意。老钟并没有像上一次那样反应强烈,反而平静得面无表情。

"其实跟荣鑫公司合作,你也是同意的,只是这次合作的方式有些不同,但大体方向是不变的……"

"不仅仅是合作方式不同吧,我看是大大的不同呀!你把合作方式跟股东们说清楚就行了,毕竟是要共同成立部门的。"老钟明知故问。

"老哥,上次咱们就谈过这个问题了,荣鑫公司已经否定了这个方案,他们想成立一个子公司……"

"子公司这个方案我是不会同意的,不仅是我,你可以去问问其他股东,有多少人会支持你。"

"子公司运营可以避免资金风险,对咱们公司来说绝对是利大于弊的。"老钟的态度还是激怒了我,眼见一起并肩战斗的兄弟最终将走向分道扬镳的命运。

"老邢,我虚长几岁,叫你一声老弟。这个世上就从来没有绝对的事儿,尤其在商场上,没有绝对的好事儿,也没有绝对的坏事儿。我只是想奉劝你一句,别轻信人,到最后你连哭都哭不出来,凡事还是给自己留一条退路为好。"我知道老钟并不喜欢赵瑞,但这一次,他的反应过于强烈。

"你是不是听说了什么?"这句话刚问出口,我就后悔了。如果我是老钟,是万万不会回答这个问题的。但老钟毕竟是老钟,总是能出人意料。

"我是听说了一些荣鑫公司的事,咱们都跟对方合作了,打听打听也是正常的！"我连连点头。

老钟又接着说："就算我不打听荣鑫公司，也会有人把他们的消息往我耳朵里灌，你和王总简直是中了赵瑞的毒，他说的那些玩意儿我听不懂，也不想懂，生意场上不管怎么变化莫测，追求利益是永远不会变的。别整那些虚的，钱才是实实在在的。一分钱不赚，你问赵瑞会做这个项目吗？什么好心帮咱们公司，没有一点利益，他会这么好心帮一个不相干的公司吗？"

老钟的连珠炮向我投过来，压得我竟无一点还击之力，几乎要窒息了。我知道老钟的善意，但每个人的角度不同，他的建议我会借鉴，可是此刻的我已经做了决定，并且义无反顾。

"不管怎么说，眼下跟荣鑫公司合作是咱们公司唯一的出路，这一点我想你也是认可的。至于合作方式，我倒是觉得大树底下好乘凉，咱们没必要非得另起炉灶，跟荣鑫合作可以帮咱们解决一些债务问题，也可以规避一些资金风险，只是在自主权上会吃一些亏。再退一步说，公司真的被荣鑫兼并了，子公司的运营管理也是可以事先谈好的，这些并不是问题。"

我们俩的音量都在逐步攀升，惹来周遭的注目，老钟下意识地压低了音量，我也喝口咖啡，平复一下情绪。

"这儿还真是个谈事儿的好地方。"老钟也喝了口咖啡，向四周扫视了一圈。

"我是诚心想听老哥的意见。"

"你到底让我说什么？笑脸相迎地加入荣鑫公司，我是办不到的，这点我早就告诉你了。如果今天的话题只有这一个，我想谈话可以结束了。"我没有叫住老钟，我知道谈话已经无法继续了，而我们的关系也走到了尽头。老钟虽然表面和善，其实是一个极重原则的人。他一旦下定决心，是很难改变的。

最后的尝试也以失败告终，独自坐在咖啡厅的我，心情无比失落。然而，噩耗总是接踵而来。正当我烦闷不已之时，又接到股东转让股权的消息。财务部一连接到了几份股东转让股权的通知函，接盘的居然都是同一家公司，而且公司名字极其陌生，这不禁引起了我的怀疑。

没等财务部查出个所以然来，股东们已经迫不及待地上门了。

"邢总，跟荣鑫的合作我们不想参与，转让股权也是为了尽早拿到钱。"

"是呀，不是我们想撤股，实在是不了解荣鑫公司。"

连跟我打拼多年的伙伴也打了退堂鼓，我的心情愈发沉重。当初的好兄弟、好伙伴，早已慢慢疏远了。人生真是没有不散的筵席。

"各位，你们能亲自跟我说一声再见，我非常感谢。当初大家支持公司做债转股，已经挽救了公司一次。人各有志，大家选择离开，我不会阻拦。我只是希望大家今天的决定，对得起自己。"说完，我站起身来，真诚地向各位股东鞠了一个躬，或许这是我们在人生路上最后一次见面了，感谢他们陪我到今天。

众人惊呆了，怔怔地看着我。没有人再发言，因为说什么都显得多余。股东们很快都走了，而我一直在等的消息还没有到来。

夏雨总是匆匆而来，我和田蕊走在路上，已经嗅到了泥土的芬芳。真好，又一次有了青春的感觉。一个人愿意走进另一个人的世界，除了着迷，大概是因为对精神世界的向往。青春不是年龄的专利，每个人无时无刻不在享受自己的青春，即使老态龙钟，只要心中怀有一份青春，那么眼睛所见也都绿色盎然。这是田蕊告诉我的。

"心不老，就永远活在春天里。"看着那样一张青春的脸，听着她说这些话，我感觉自己身体里也有一股力量在游走。

"要下雨了！"

"你不是喜欢雨吗？"

"但我不喜欢淋雨。"我不知道自己为什么喜欢跟这个傲娇的小丫头聊天。

"没关系，我记得前面不远处有家小酒吧，可以进去躲雨。那今天就放你半天假，陪我喝一杯。"

"上班时间喝酒，老板都不以身作则，还怎么带员工？"我看着她那可爱的小鬼脸上露出的笑容，真希望雨快点下。

"放假了，我就不是在为公司服务，我是自由的，可以不服从你的安排！"

"没想到你在这方面倒是挺会算计，难不成我还要发你加班费？"

"那是当然呀，我现在可是在利用自己的业余时间陪你，这是劳动合同以外的时间，按照《劳动法》的规定，你这个老板的确是要付费的哟！怎么样老板，你打算花多少钱雇我陪你聊天呀？"

我忍不住笑了："不如我送你一份礼物吧？"

"什么礼物？"田蕊的眼神中闪过一丝光芒，但她还是本能地克制了，用一种理性的思维问出这一句话，瞬间把我从幻境中带回了现实。

我认真思考了片刻，才一本正经地说："我打算带你到一个新的工作环境去。"

"新的工作环境？"田蕊的眼睛滴溜乱转，"你是说新公司吗？"

我点了点头："看来公司的事你也听说得七七八八了，准确地说，是新工作环境，因为我打算带一些人过去，这样熟悉工作快一些，毕竟新工程开工在即，没有多少时间给我们准备了。"

"集体跳槽？"只有田蕊能想出这么奇怪的解释，倒是颇有新意。

"还真是这么回事，相当于集体跳槽吧！"

"这个嘛，我还是要考虑考虑。"这完全不像田蕊果敢的风格，不过我今天找她来恰恰是想听一听她的考虑，或者说是顾虑。

"为什么？那只是咱们单独成立的项目公司，还是原班人马，跟现在没什么区别呀？你别想多了。"

"我可没想多，荣鑫公司是大国企，公司里很多人都知道，而且新公司只是荣鑫公司旗下的子公司，以后咱们都是荣鑫的人了，那能叫一样吗？"

"没想到你对公司这么有感情。"

"我也没那么高尚，不过是不喜欢国企罢了，所以你说带我去新公司，我不得不好好考虑。"

"怎么了，国企稳定啊，现在工作不就是图个稳定吗？"

"我可没那么想，很多人都没那么想，我们要的不是稳定，是自己……大叔，看来你真是老了，想法都跟我父母差不多了。"

快乐的时光总是短暂的。第二天早上，我满怀信心地走进公司，正跃跃欲试地想大干一场，才发现公司的公示栏里贴着一份公示，内容居然是我由于健康原因辞去了总经理职务。

健康原因？我的健康没出问题呀？我更不可能在如此关键的时刻提出辞职。但这些都不重要，重要的是这份公示是怎么签发的？除了总经理以外，谁有这样的权力？

独木不林

所以古人常说，独木难成林！人是群居动物，少了相互扶持，便成了一粒尘埃。可叹的是，我们还沾沾自喜于那一份孤独的洒脱。

我居然"被离职"了？这是命运和我开了一个玩笑吗？我把公示栏里的公示仔仔细细地读了一遍又一遍，一个字也没有落下。我的大脑一片空白，不知所措，耳畔不停地响起一个声音："这难道是真的吗？"

我要用最快的速度麻痹自己的神经。可惜，一切已经太迟了。

"邢总，要注意身体啊！"

"邢总，你还会留在公司吧？毕竟是公司大股东。"

我看着一张张脸，仿佛每张脸都是一个恐吓信息。公司就像我的孩子，再没有什么比眼睁睁看着别人抢走自己孩子更痛心的事了。而此刻的我，更像是被孩子遗弃的孤寡老人。

原本我以为这种时刻不会再有人理睬我，没想到财务总监突然出现在我身边，轻声道："邢总，这个公示的事太突然了，我们都不知道是谁贴上去的。早上我来的时候，它就已经在了……"

我微微扭了扭头，隐隐约约听了其他人的窃窃私语，内心五味杂陈。我从没想过要谁负责，也没有怪罪过谁，世上最可怕的就是无人负责。我甚至找不出质问的对象，即使找到了，又能怎样？对方既然可以这么明目张胆地贴出公示，也就做好了一切准备。此时任何的挣扎，都是愚蠢的行为。

我不愿成为被嘲笑的对象，即使我已经是了。那一刻，孤独与失败更让我难堪。我并不是一个苛刻之人，自问对员工也向来大方，为了公司发展我不拘一格储备人才，尤其是对这位财务总监，更是提拔再三。

然而，这些都不足以令我痛心，最令我痛心疾首的还是人与人之间的冷漠。我曾经那么极力地、认真地在公司里营造温暖亲和的氛围，我真心实意地把职工当成家人，竭尽所能地为每个人提供施展才华的舞台。现在想来，只怕是我错了，我的真心并没有换回真心。这一次，我输得彻彻底底。

我在公示栏前徘徊了良久，有一种无所适从之感。离办公室越近，内心的彷徨就越明显，双脚如灌铅一般越走越沉重。秘书室就在总经理办公室旁边，秘书小高总是习惯性地开着门，以便观察门外情况。

"邢总，您，您怎么了？"她从秘书室走出来，诧异地看着我。我摇了摇头，又发觉有些不对，便停了下来。

"我看您脸色不太好，要不要去医院？"

"不用。"我拒绝了，只想赶忙逃离所有人的视线。我的世界全都变了。比小说更残酷的是生活，而生活中的真实则是一种无处躲藏的痛。我迅速避开所有人的追问，一转身走进了办公室。

还好，办公室还是我的。不，此刻它还是我的，当我从这里离开，当我走出外面那扇大门时，它就不再属于我了。准确地说，这里的一切都不再属于我。为什么一夜之间，世界都变了？

我蹲在地上，后背靠在墙边，胡乱扫视房间里的一切——沙发上留下了我和同事们开会的影子，茶几上的茶具有一只碗的碗口处摔掉了一小块瓷片，我还没来得及告诉秘书去换一只新的；那边办公桌上的签字板上有很多茶渍，鼠标垫有些陈旧了，电脑中还有好几个没处理完的项目方案……一瞬之间，这一切都与我无关了！我感到腿越来越软，像要瘫倒在地上一般。

事情来得太多突然了，我甚至没有一点准备。从天堂到地狱的距离原来这样近，连一道门的地方都显得多余。其实，我不知道要拿走什么，更不敢想从这个房间出去时，那些齐刷刷的目光。曾经的同事，现在该怎样称呼？而我，对于他们又算什么？

我像个充满恐惧的孩童，蜷缩在角落里，一动不动。这时，手机又发出了声音，那是我曾经讨厌的声音，可是现在却无比珍惜。我第一次迫不及待地打开微信——原来是兰芝发来的信息，她已经获悉了一切，正在劝我理智解决。

"这么大动作一定早有预谋，要冷静，愤怒只会让事情变得更糟。"在这种时刻，也只有兰芝能淡定自若，也只有她能第一时间站出来挺我，她就是我生命中的女侠，是三番五次拯救我的人。

"好，我听你的。"此刻的我，消失的不只是勇气，还有思考的能力。

"别在办公室逗留，回去吧，这不是解决问题的时候，你现在也不在解决问题的状态，我建议你赶快回家去休息。"

"我不想走。"

"你必须走。"

"我需要一个理由。"那一刻，我倔强得像个孩子。

"现在不是赌气的时候，你需要足够的时间让自己冷静下来。"

"我很冷静，现在已经没有人乐意听我说话了。"

"我不是在听吗？但是我希望你也听我说一句，赶快回家休息，以你现在的状态留在公司，事情只会越来越糟。人们会觉得你不舍得总经理这个位子。可我知道你不是这个意思，你还有很多事要做，但现在不是时候，赌气就更没必要了。听我一句劝，回家休息，好好睡一觉，脑子会清醒很多，你自然能找出幕后主使，只要有了方向，事情就有转圜的余地。"这是兰芝的肺腑之言！

"现在都解决不了的事，睡一觉就能解决了？"

"你别想太多了，先回去休息，既然事情已经出了，也不是马上能解决的，回去想好对策才是关键。"我是相信兰芝的，她的建议总能化腐朽为神奇。不知道这一次能否延续她的好运？

我垂头丧气地回到家中，有一种丢盔弃甲、大败而归之感。我蜷缩在沙发里，望着天花板，恍若隔世。不知道为什么会走到今天这一步？我在反思最近发生的一切，它如胶片一般在脑中闪过。每一个细节、每一个瞬间，我在拼命找寻问题的根源。兰芝分析得对，这件事太突然了，背后一定有一个完整而精密的计划。我所好奇的是，那个人是谁，费尽心机地搞这一切仅仅是为了把我赶出公司吗？

门铃响了，我趔趄了两步，打开门，脸上终于露出了一丝笑容，因为来人是兰芝。她一面换鞋，一面微笑着同我开玩笑。我知道她在竭尽所能地安抚我的情绪。其实，只要见到她，我便开心了。

"这种时候，只有你会来。"兰芝还没坐定，就朝沙发上的靠枕看了一眼，便坐在对面的沙发去了。那是我刚刚用过的靠枕，一切都瞒不过她的眼睛。

"昨晚没睡好？"

我点了点头，随意地回了一句："睡不着。"

"情绪比我预想中低落。"

我又点了点头，只是忙着准备茶道。不知道是不是内心在逃避，此刻就想沏茶，拼命想沏茶。

"我原本以为你休息一晚，心情能恢复一些了，没想到……"

"还好，今天已经比昨天强多了。"

"想不想去打拳，你不是一直在练跆拳道吗？"难怪从她一进门我就感觉不同。她这样一说，我才注意到她穿了运动装，"看来你是早有预谋呀？"

"想跟你切磋切磋，不知道邢教练肯不肯赏光？"

"还是算了吧，我这水平可教不了人，回头再伤着你。"

"怎么会呢，我可是亲眼见识过你的水平，你赖不掉哟。走吧，去换衣服，咱们就去你常去的那家俱乐部。"

兰芝兴致勃勃站起身，拉着我的手臂，往卧室指了指，硬要我去换运动装，像个磨人的小姑娘。看来今天我是躲不过去了。我知道她想尽力转移我的注意力，真是用心良苦。

我习惯了有她在身边的感觉，喜欢她身上的味道，喜欢她说话时的样子。我情不自禁地拉起兰芝的手，她很美，真的很美，为什么没有早一点发现呢？走进跆拳道馆的大门时，我看到她脸上的兴奋与好奇，也不由自主地嘴角上扬。

在这里，只有前踢、横踢、侧踢，只有提振士气的叫喊，简单地出腿、摔倒，再出腿，再摔倒……我扶起她，看着她脸上盈盈欲滴的汗珠，看着那简单的笑容……这才是生活，这是办公室里永远体会不到的乐趣。

"怎么样，这一关能撑过去吗？"兰芝摇摇头，动作轻盈地站了起来，示意我继续。没想到她颇有些基础，甚至有些动作比我还要娴熟。

"你练过？"

"很久以前的事儿了，衣服都泛黄了。"我仔细观察过她那套跆拳道服，想来是多年前买的，有些旧了但很合身。多年过去了，她的身材依旧没有走样。

"练了半天，有点累了，俱乐部有吧台，我们去换衣服，吧台见。"

我回到更衣室迅速换好衣服，习惯性地打开手机，发觉微信上又挤满了各种未读信息。从昨天到今天，整整一天一夜，我把手机调至免打扰模式，为的是不被无聊信息打扰。昨天的爆炸性新闻一出，有相当一部分人来刺探虚实。在这种情况下，如果我急于表态，难免受波动情绪的影响，乱中出错。兰芝让我闭而不应，这一招果然厉害，让事情变得扑朔迷离，反而更激起人们的无限遐思，也正好试一试真朋友和假友谊。

不过，有一个人的信息，我还是想看一下的。那是田蕊发来的，言语很是急切。我知道，这丫头的心是向着我的。然而，当我看到微信内容时，乌云再次爬上我的心头。我知道，噩耗总是接踵而来。

"大叔，听说你在家里休息。有件事我思前想后，还是觉得应该跟你说。公司里今天开了临时股东大会，有好几位股东跟你一样，因病没有出席，他们都找人代交了病假申请。这么多人同时生病，要不是疫情，我真不敢相信，还以为是电影桥段呢！

"不过上面这些还不是最奇怪的。我听会议服务的同事念叨，那些股东在讨论公司未来发展方向，他们想撇开荣鑫公司，单独承接市政项目，之前咱们跟荣鑫公司谈好的所有合作全部作废，他们甚至把事情推到你头上，只说是你一意孤行跟荣鑫公司合作的，你现在生病辞去总经理职务，项目也自然搁浅了。"

随后，她又补充了一句："大叔，我看到了比小说情节还跌宕起伏的故事，如果你不在公司了，我也会离开。我是一只单细胞动物，看不出这么多门门道道。"

我锁上手机屏幕的那一瞬间，心仿佛掉进了冰窖里。尤其那最后一句，让我看不到公司的光明。幸好兰芝的电话叫醒了我。

"怎么了？"兰芝见我一脸失落地走到吧台，刚才所做的努力怕是白费了。

"没事，点些喝的吧，你要软饮还是女士鸡尾酒？"我在竭力控制自己的情绪，不要受任何消息的影响。然而这根本是不可能的，这件事情实在太大了，不是说放下就能放下的。

"到底发生什么事了？"兰芝一本正经地看着我，那眼神让人无法拒绝。

"好吧，又有新情况了，咱们先点喝的，我慢慢跟你说。"

兰芝点了点头，点好酒后，我把田蕊微信中发来的内容一五一十地告诉了她。兰芝浅浅喝了一口鸡尾酒，那是她平素最喜欢的蓝色妖姬，可是今天，在某一瞬间我看到她皱了一下眉。

"你说得对，老钟的确有自己的想法。只可惜，我一直都不敢相信。现在很难再回去了，我刚才在更衣室里给几个关系不错的老股东打了电话，有多半电话打通后没人接。他们的态度已经说明了一切，剩下几个接了电话的，要么是病了在家休养，要么就是满口道歉，有价值的信息一点也没打听到。"我说完这一番话，竟发觉兰芝一直在盯着我看。

"怎么了？"我诧异地回看她。

"我们很快就会被踢出公司了！"我自叹没兰芝那么冷静，她的神态、气度，愈发迷人了。

"现在的你，才是真正的你。看来摔几跤、发泄一下，还是挺管用的。"

"我觉得你有时候像个男人。"我的眼睛一刻也离不开那张秀气的脸。

"你这么说,我是该高兴呢,还是该生气呢?"兰芝眼神中满是温柔。

"要是没有你在身边,我真不知道该怎么办。"

"没有我,你也能想到怎么做,只是你现在需要陪伴,我恰好有空罢了。"

我喜欢兰芝温暖的鼓励。事实上,任何人都喜欢听到这番话,尤其在不知所措的时候。我想,我已经知道该怎么做了。

享受孤独

孤独是一种武器。我并不是一个喜欢孤独的人,但我必须学会适应孤独。

我知道独坐家中解决不了任何问题,但事情刚刚曝出的那两天,除了蜷缩在家里疗伤,我还能做些什么呢?我像一只受伤的小鹿躲进棚里,甚至想封闭外面的世界。任何与公司有关的消息,都是在考验我的心。那两天,我平生第一次感受到了孤独的滋味。以往也曾因创业而感到孤独,但那种孤独更多的是无助。现在的孤独则是一种被世界遗弃的感觉,没有人记起,也没有人关心,我的手机从来没有像现在这样安静过,连微信提示音也消失了。有好几次,我恍惚间似乎听到了手机铃声响起,但打开手机一看,才发觉是自己的错觉。

我是多么想听一听人的声音!才短短两天的工夫,我像是在荒岛上被囚禁了一生。难道我的余生都会这样度过吗？实在太可怕了！孤独是一种可怕的病，它让人变得冷漠。我不要变成那样的怪物，那不是我想要的生活。

我是谁？孤独让世界忘记了我，唯有眼前这个女人除外。兰芝是一个充满魅力的女人，不只是我，很多跟她交谈过的男人，都被她的智慧所折服。因为客观、冷静，才有那么多另辟蹊径的思路，以至于我常常惊讶于这个瘦弱的身体里竟藏着的大胆想法。我相信，她的灵魂是强大的，比一般人都要强大。

我并不想把兰芝归入共患难的朋友圈子，但她的确是，而且是唯一的，所以才有了今天的俱乐部之行。跆拳道是幌子，俱乐部同样是借口——她想见我，而我，也想见她。这种陪伴已经超越了肉体，上升到精神层面，这就是我离不开她的原因。

我们每个人都会为自己种一株精神之花，也许它并不能上升到信仰的高度，但确是我们生存的动力。我望着吧台前的兰芝，她的发尖还挂着沐浴后的水珠，晶莹剔透，像是水神。在我的印象里，只有水，能让女人成为女神，但不是所有女人都能被称为神。我生命中一共出现过两位女神，一位是眼前的兰芝，而另一位是前妻。她是水，是我的天敌。我本该对她敬而远之，但人生如果没有天敌，便不完满了。所以，我的世界里永远有她的痕迹。

这两天自闭于家中，我想了很多，把过往都仔仔细细地回忆了一遍。我无力改变什么，也不想重活一遍。可能人闲下来，便会追忆往昔，尤其是人到中年，时间变得越来越紧迫。

我蜷缩在客厅的沙发里，任凭窗外的日月轮转、黑白交替，手中摆弄着手机。屏幕解了锁，锁上；再解锁，再锁上……我多么希望它再次响起！然而，世界仿佛都消失了，一片沉寂。

那时的我，已经没有沮丧的能力。我的思想是停滞的，我的人生也停滞了。我只想听见那个叮的声音。除此之外，任何声音对我来说都是刺激，特别是人声，那些背后藏着阴谋的声音，实在恐怖！

终于，在我即将放弃的时刻，那个叮的声音出现了。我慌乱间解锁了手机屏幕，直接进入微信，果然是那个神秘女人。无论她是否乐意，也无关乎真相，此刻，她就是前妻，就是我生命中那抹不去的痕迹。

"嗨，在吗？"她总是这样简单而标准地问候，永远的惜字如金。

"在，这么晚了，你还没睡吗？"

"你也没睡。"

"我心情不好。"我完全不想有任何隐瞒。也许因为她只是一个虚无的存在，我便放下了戒心；也许因为我假想中的她是前妻，而自己像个受了委屈的孩子，急于想向她倾诉。总之，我想告诉她，藏在心里的苦闷，以及此刻停滞的人生。

"怎么了？你一向很自信的。"

"自信解决不了现实问题呀！"

"但至少可以让你不颓废。"

我看了看窗外漆黑的夜色。落地的玻璃窗照见了一个颓废的人影，蜷缩在沙发上，像个衰老的婴儿。客厅里鹅黄的光没有丝毫温暖感，只把人映得愈加颓废，老态龙钟，我仿佛一下子看到了几十年后的自己，被自己狠狠地吓了一跳。

"我被炒鱿鱼了。"我只想把这个消息告诉她。

"接下来有什么打算？"

这问题难住了我，我现在大脑一片空白："一个人，没什么好打算的。"

"其实孤独也是一种武器。"我还是第一次听到这样的说法,而我这个孤独的人,竟从未发现。

"好新奇的说法,第一次有人把孤独当成武器。"

"我觉得孤独是世界上最厉害的武器,能够享受孤独的人也能够享受一切。"

她居然用了"享受"这个词!能说出这句话的人,一定是一个强大的人,至少拥有强大的思想、顽强的意志。我实在想象不出,这样强大的思想是怎么装进一个瘦弱的身体里的。也许,她并不瘦弱,只是我强行把她想象成了前妻的样子。

"跟你聊天真有趣。"我简单地回复了一句,高兴地笑了。也许她就是前妻,也许她们并无交集,那都不重要,只要能时常看到她的信息,读她的文字,便足矣。有时候,一点小小的满足便是乐趣。

当然,我的思绪最终还是要回到现实世界,回到兰芝的面前。吧台上的沙漏摆件已经翻过几回了,我对着酒杯出了神。兰芝坐在我身旁,只是静静地看着我,等着我。她知道,无论我的思想飞越到哪里,也最终会回到她这里。她是我的坐标,她在哪里,原点就在哪里。

"还在想公司的事?"

我点点头,没作声。兰芝并不知道"她"的存在,也没有必要知道,"她"之于所有人都是一个虚无的存在。所以,我给了兰芝一个敷衍的答案。

"怎么可能不想?那毕竟是我一手创立起来的公司,比我女儿还亲呢!"

"我理解,可女儿也有长大的一天,你不能总把她拴在身边吧?"

我怔怔地看了看兰芝："你说得对，可是我离不开它。"

"留不住的才叫不舍。既然已经到了这个地步，索性想开点儿，钻牛角尖只是在折磨自己。"

"大道理我都懂，可是这个心结真的不好解。我为公司花了那么多心血，总不能说放弃就放弃……"

"我知道，那是你的生命。"兰芝拉过我的手，细腻的肌肤触碰到我的手背。这种体温的传递，让多少人为之疯狂。我也醉了，因为她用了"生命"二字，瞬间便有了知音之感。

"我也想马上振作起来，可是连生命都没了，我该拿什么振作？"

兰芝也沉默了。这个无解的问题，连她也回答不出。我极少看到她沉默不语的样子，可是今天我却一连见到了好几次。

"我知道事情没发生在自己身上，劝人的话都好说。我不想劝你，因为咱们还没到山穷水尽的地步。"

我猛然抬起头，看着兰芝。以我对兰芝的了解，她从来不说没把握的话，方才这样说，肯定有后招。

"我都'被离职'了，现在除了一个股东的身份，公司的一切事务已经与我无关了。要翻盘，我可是没有半点资本呀！"我半开玩笑地说。

兰芝点燃一支烟，故作深沉地向我娓娓道来："其实你从公司事务中抽身出来，说不定也是好事。现在你虽然不是公司的管理者，但还是公司最大的股东，股东的身份可是很有用的。"

"可公司的管理权已经不在我手上，跟荣鑫公司的合作也自然泡汤了，光有一个股东的身份有什么用，荣鑫公司可是跟咱们公司合作的，又不是跟一个股东的身份合作！"

"你怎么知道赵瑞看上的是咱们公司？"

我突然发觉，身边的女人一个比一个厉害，说出的话一句比一句惊人。"何以见得？从我认识赵瑞的那天起，他一直在谈双方合作，可从来没提过跟我个人合作。"

"那是因为你一直在以公司总经理的身份跟他谈。"

"我当然是以总经理的身份跟他谈，不然谈什么呢？"

兰芝喝了一口她喜欢的蓝色妖姬，重重地对我说了一个字："你。"

"我？这跟我有什么关系？"我诧异地问。

"当然有关系，而且大有关系。你不妨跳出整件事，把赵瑞从头到尾的态度重新梳理一遍。"

我按照她的话，把跟赵瑞接触的前前后后，甚至每一次见面细节都重新梳理了一遍。最初见到赵瑞时，是在招标会上，他看中我们公司的原因是那份投标方案。虽然我并不知道同样作为投标单位，他是如何拿到我们公司标书的，但他的确连连称赞我们的方案。后来与赵瑞达成合作意向，是在王老师主办的培训班上，他虽然没有提及合作之事，但对王老师的一些见解大加赞赏，甚至主动和我相约会谈。再到后来，在那家小面馆里，我们真正达成意向的基础还是那份方案。

"你仔细想一想，咱们公司的一系列改革，哪一次不是为了配合与荣鑫公司的合作，而这些改革建议的始作俑者又是谁？"

经兰芝的提醒，我这才意识到公司的每一次改革，其实都是赵瑞在引导我。为了拿到馆廊项目的分包协议，我不惜一切代价地招募人才、成立PPP项目部；并且为了公司能够运转下去而四处找融资渠道；甚至与老钟合作，也是因为赵瑞。

"细细想来，真是赵瑞在一路引导我，可是这次的事八成是让他失望了。"

"也不见得，我倒觉得他正得意呢！"兰芝越说，我越糊涂。

"我这个合作伙伴都被公司开除了，他还得意什么？"

"当然是你。"

"我现在还有什么资格谈合作？"

"合作有很多种，不见得非要公司之间合作。"

"你的意思是……"

"赵瑞现在提出了成立子公司的合作方案，也就是说，子公司是荣鑫的下属公司，是完全属于荣鑫公司的。如果你是以咱们公司总经理的身份入职这家子公司，那跟两家公司合作有什么区别？但如果你只是以股东的身份入职，那情形就完全不同了。"兰芝的话简直醍醐灌顶。

"那我不是完完全全地成了荣鑫公司的人？"

"我倒是觉得赵瑞真正想要的，恰恰就是这个结果。"

集体出走

人总要有一些骨气。强敌不屈，临危不乱。骨气让人被尊重，也让人活出尊严。但倔强不是骨气，它只是有骨气的底子。

"怎么可能？赵瑞怎么会看上我？"兰芝的大胆猜测确实让我有些震惊，并不是我妄自菲薄，而是我的确想不出有什么地方会吸引这位海归，总不会是我骨子里的传统吧？

"马上你就会相信了。我想，用不着你出手，赵瑞马上会来找你的。"

兰芝同我打了个赌：我"被离职"的消息传出后，不出三日，赵瑞肯定会找上门。彼时我并不相信，只当是应酬罢了，与兰芝敷衍了一番，但三日之后，果然应验了。当我看着赵瑞发来的信息时，根本不敢相信自己的眼睛。

"邢总，你的事情我听说了，有兴趣见个面吗？"

蜷缩在沙发上的我突然跳了起来。这样简单的一句话，我不知道读了多少遍。我当然第一时间应承下来，毕竟这是个千载难逢的机会。尽管我并不知道赵瑞的用意，他想聊些什么，现在的我对他还有什么利用价值。心想着，难道真如兰芝猜测的那样，他是来招安我的？我的思绪起伏不定，时而兴奋，时而忧虑，直到我再次见到赵瑞，一切的胡乱揣测才戛然而止。

约会地点是赵瑞挑选的，离他们公司和我家都有一段路程，故意找这么远的地方，唯一的解释是为了避人耳目。去时，我的心一路狂奔，想马上见到他，像约见一位久违的知己，躁动的心怎么也安静不下来。我把消息告诉了兰芝，兰芝的淡定，给了我足够的信心。

"我的预测还是挺准的吧？"

"的确很准，不过现在还不知道赵总有什么想法。"尽管我预感今天会有好消息，但在没有真正见到赵瑞之前，我还是保持谦虚谨慎。

"去了你就知道，一定是好消息，我有预感。"

"如果真如你所说，我也不知道是好消息还是坏消息了，毕竟要放弃公司，我还是有很多不舍。"

"我理解，不过还是理智为上，好好把握机会，祝你成功。"

我怀揣着兰芝的祝福踏进了那家茶社。赵瑞就坐在靠门的位置，一见我便笑了。桌上已经摆好了茶具,他一边沏茶,一边请我坐下。我的心情稍有一些忐忑。

"赵总,让您等我,实在抱歉!"

"今天怎么这么客气呀!"赵瑞递给我一盅茶。看得出,他心情不错。

"哪里,哪里,谢谢赵总。"

"您不好奇今天为什么请您来吗?"

我迟疑了一下,摇了摇头,脸上含着笑意却没作声。

"既然邢总坐定了,那我就开门见山了。"赵瑞酝酿了一下,饮了口茶,一本正经地向我言明了来意,"上次咱们会面时我提出的建议,不知道邢总考虑得怎样了?"

他指的自然是成立子公司一事。正如兰芝所料,这才是赵瑞真正想要的结果,也是他一直接近我的原因吧!然而,现在的我也没更好的选择了。

"赵总,我现在已经不是公司总经理,这么重要的决定,我做不了。"

赵瑞笑了笑,缓缓地说道:"可邢总还是公司最大的股东,股东也有股东的权力。而且据我所知,钟总现在只是公司的代总经理,这一个'代'字打了多少折扣,谁都清楚。以前钟总是副总,也是股东,他的身份与股东们并不对立,但是现在不一样了。作为公司的一把手,股东也在他的约束范围内,这关系就发生了微妙的变化,我想这几天钟总的日子也不太好过!"没想到他对我们公司的状况竟然了如指掌,这更令我后怕!

"赵总比我还了解公司的状况。"

"咱们毕竟是合作伙伴,总是比其他人多关心一些。尤其是邢总的动态，我们更加关心。"

茶过几轮，我的心情也放松下来，见赵瑞这么说，我连连推辞："可别这么称呼，我现在已经不是总经理了。"

"怎么会呢，在我这儿，邢总永远是邢总！"

聊到现在，赵瑞终于开始进入正题了："我想请你做新公司的总经理！"

正如兰芝所料，不出三天，赵瑞果然向我抛出了橄榄枝。

"这不太好吧，我可是刚刚被员工炒了鱿鱼呀！"

"那是他们没眼光，我可是一直看好邢总的。"

"赵总过奖了，我哪有那么高的水平。"连我的假意推脱都瞒不过赵瑞。我感谢他给了我这么好的机会，但同样感到战战兢兢。有一位赵瑞这样精明的上司，真是压力倍增呀！

"邢总谦虚了。咱们之间就不用客气了吧！不瞒邢总，咱们初见时我就有这个想法了，后来的合作也基本建立在这个基础上。所以邢总不用妄自菲薄，我看好你。"

赵瑞的话着实令我感动不已。三天的时间，从天堂到地狱，又从地狱到天堂，世事变化真是无常，人生际遇轮回实在太快，快得我来不及思考。其实自从兰芝分析过后，我的确考虑过加入荣鑫公司，尤其是遭遇了这一连串的事业打击后，"背靠大树"这四个字在我脑中频现。我知道，我该回归了！

兰芝又一次帮我做了一个重要的人生决定，她的确是我生命中离不开的女人。赵瑞一边喝茶，一边等我的答复。他是认真的，而我也是认真的。我需要先卸掉一身的骄傲，然而对事业的梦想却无法轻易卸掉！

"其实真正想做一番事业的人，在什么地方都能做出一番事业来，何必在意形式呢？邢总也是聪明人，创业有很多方式，在体制内也可以创业呀！我们公司领导班子已经沟通过了，新项目公司虽然是子公司，但可以自主运营，独立核算，除了荣鑫集团这个名字外，公司运营采取总经理负责制，给您高度自治权，咱们除了法律范畴的隶属关系外，还是合作关系。"

赵瑞一席话打消了我所有顾虑。他仿佛能看穿人心，这一点比兰芝更厉害。既然话都说到这一步了，如果我再次拒绝，那真会失去事业发展的最后机会了。

"好，感谢赵总的信任，我就当仁不让了。不过咱们之前谈的合作怎么办？我现在还是公司股东的身份……"

"我早有准备，我想把你们公司也一起划归过来。"

难道他真要收购所有公司股份？赵瑞果然是一个有野心、有魄力的企业家。能与强人为伍，是一种幸运。于是，几天后，我重新回到了公司，在公司会议室召开了一次别开生面的会议。当然，赵瑞作为合作公司的特约代表也参加了会议。

所有股东和重要管理人员都到场了。由于之前大批股东撤资、股份转让，股东数量骤减，往常拥挤的会议室突然变得冷清了。我走进会议室的那一刻，吸引了不少目光。因为会议是以秘书组的名义召集的，我的出现自然就成了一场意外。我甚至能听到现场那些窸窸窣窣的声音，然而这并不能使我退缩。我只是感慨世态炎凉，我只是不再担任总经理的职务，便引起了这样的轩然大波，倘若将今天会议的议题说出来，不知道这些股东又会有怎样的反应。

老钟最后一个走进来，会场里已经坐满了人。他朝我看了一眼，面无表情，而所有人的目光都停留在我们俩身上。这一场世纪对决，悄无声息地结束了。在场的有些股东脸上竟露出了失望的表情，没有上演他们期许的戏码，实在抱歉。老钟礼貌性地朝赵瑞微笑致意，然后便当仁不让地坐在了总经理的位置上，这是一种宣告——他才是公司的主角。

"赵总好，大家好，咱们现在开会。今天把大家召集过来，有两个议题：一是众所周知，咱们公司最近有一些人事变动，虽然已经发了声明，但还是需要郑重其事地通知大家；二是今天咱们专程请来了荣鑫公司的赵总，沟通一下双方合作的进展，也为了向各位股东汇报。下面咱们就正式开会，人力资源部先宣布一下咱们的人事变动情况。"

人力资源部总监缓缓站起身来，看了看老钟，那一张肃穆的脸，不怒自威，我自叹比不得老钟威严。他又看了看我，踌躇再三才宣读了那份公告。

"邢斌由于身体原因不再担任公司总经理职务，即日起由公司副总经理钟强代理总经理职务。下面请钟总讲几句。"

人力资源部总监目不斜视地宣读完公告，迅速将话语权交还给老钟。我注意到他神情闪烁，有几分尴尬。从进门开始到现在，他甚至没有看过我一眼。我从来没有怪过任何人，何况公司原本的管理制度上也有这样一条，股东决定是凌驾于总经理之上的，也就是说，只要参与决策的股东持股占比超过50%，就可以影响公司决策，当初也是为了避免出现一言堂的情况。可惜，自公司成立以来，唯一一次行使这个规定便用到了我身上。

"这是公司一些股东联系商议后的决定。前一段时间邢总为了咱们公司的业务忙前忙后，实在太累了，这个决定也是为了让邢总好好休息。其实，我也是暂时代理而已。我来公司时间不长，跟很多股东还不是很熟，再加上公司又是邢总一手创立的，我这个外来户有点鸠占鹊巢了。但是公司还得发展,邢总也需要休息,我只好当仁不让了。我想,邢总是支持我的。今天邢总也来了,咱们请邢总讲两句。"

有一个词,老钟用得真妙,他的确做了一件鸠占鹊巢的事。但我并不恨他,甚至还要感谢他。他这样急着洗白自己,更加说明了他的心虚。

我微微一笑,缓缓站起来。没有急着开口,而是先扫视一周,待会场安静下来,所有人的目光都集中到我身上时,才开始今天的演讲。

"感谢钟总,感谢今天到场的所有股东。前段时间,我的身体的确出现了一些状况,感谢钟总在这个时候挺身而出,接下了公司发展的重任,也接下了这么多股东的信任,希望大家继续支持钟总的工作。"

说罢这一段话,我看到了老钟诧异的表情。凭他对我的了解,我说出这样一席话,应该不会惊讶才对,但他脸上的表情出卖了一切。所有人都心知肚明,只是事不关己,没有人会在这个场合去为我鸣不平。当然,也完全没有那个必要。因为接下来我要说的事情,远比寻找心理平衡重要得多。

"谢谢大家的支持。从今天开始,我要换一个身份跟大家一起工作了。"

此话一出,我看到一些股东脸上骤然变色,当然,也包括老钟。赵瑞并不是他请来的。今天,他初见赵瑞时,脸上闪过一丝惊讶,尽管他很好地掩饰了,但相知许久,终究逃不过我的眼睛。也许,他会猜到接下来要发生的事。

"刚才大家也都听到了,从今天开始,我只是一个普通的股东,跟大家一样的股东。既然今天召开的是股东大会,那我就用这个新身份跟大家聊几句。"听到我这么说,大家都松了口气。

"作为一名股东,我对大家的处境感同身受,所以这几天我走访了一些朋友,在帮助我自己脱困的同时,也帮大家找到了一些方法,不知道大家想不想听……"

"当然想听,邢总,您给我们说说,有什么好的解决方法。"

话音未落,已经有人迫不及待地回应。而此时老钟的脸色异常严肃,他看了看赵瑞,又看了看我。他猜出我下面的话与赵瑞有关,但在这样的场合,有这么多人看在眼里,他是无计可施的。

"这个方法大家之前要么做过,要么想过,就是股份转让,但大家自己去找,比较困难,所以我想,还是由我来做这个终结者。既然当初是我说服大家做了债转股,或者直接向公司融资,那么现在不如以我个人的名义来接收大家的股份,保证不让大家有财务损失。这是我目前能为大家做的唯一一件事了。"

话音未落,聪明的股东已经将目光转向了赵瑞。他谦虚地朝大家点头致意,保持一贯的微笑。我心知大事不妙,但没等我把话说完,已经有人开始质疑我了。

"邢总要是有钱,早就接收我们的股份了,也不用做什么PPP项目了。"

"是呀,邢总,咱们时间都挺宝贵的,有话就直说吧,兜这么一个大圈子有什么意思?"

质疑声越来越多,眼看局势已经不受控制,逼得我几乎无路可退。在金钱利益的引导下,温顺的人也会展现出另一张面孔,你从未见过的恐怖场景没准马上就会出现在你的面前。我实在招架不住,赵瑞不得不直接公布了成立控股子公司的决定,并提出荣鑫公司可以全面接收所有转让股份。虽然他提出了高价收购这些人手中的股份，这样的大手笔在整个S市也不多见，当然，荣鑫公司在整个S市也是名列前茅的大企业，但股东们仍颇有微词。尤其是在老钟等一些股东的挑唆下，场面一度陷入混乱。会议只得作罢，不欢而散。

几天后，我收到了荣鑫公司的告知函，声称已经接到了一大部分我公司的股份，并且以新股东的身份进驻我们公司。我仔仔细细地翻看那份告知函，结果转让股份的股东名单中，绝大部分是与老钟相交甚好的。当天晚上，我收到了老钟的微信留言。

"老邢啊，我也不想走到这一步，但是我真的不愿意跟荣鑫公司合作，不知道赵瑞给了你什么承诺，但他绝不会给我任何承诺，我也不需要。虽然我不想跟你分道扬镳，但世事难料，我必须要跟你道别了。别怪我带走了很多股东，他们确实不想给赵瑞打工，也劝你好自为之，他日再见。"

那时我才知道，老钟带着很多股东毅然决然地"集体出走"了！他配得起他身上的骨气，但他的骨气又是什么呢？

全新之路

天下没有不散的筵席！每个人都是别人生命中的过客，纵使再相好的两个人，也很难共同走向生命的终点。

我喜欢有骨气的人，老钟就是其中之一。尽管他负气出走，带走了公司一多半的股东，留给我一个巨大的窟窿，但我仍然喜欢他浑身上下的傲气，只有他能够离去得那样潇洒，这让我刻骨铭心。

"邢总，钟总……"

秘书欲言又止。自从那天股东大会后，"钟总"这两个字几乎成了公司里的禁忌，没有人敢提起这两个字，甚至大家都有意无意地避开这两个字，生怕我听到似的。但事实上，我却巴不得听到有关他的消息。因为那条微信留言是他留给我的最后信息，而我出于朋友的关心，想知道他的近况。但我错了，有些人一旦分别，就永远不可能再做朋友了。

"钟总怎么了？有什么问题直接说吧！"

"邢总，钟总的朋友来帮他们收拾东西。"

"朋友？什么朋友？你认识吗？"

我不禁多问了几句。秘书摇摇头，我顿时明白了一切，老钟是不想见我。其实，事情已经过去半月有余，我早已不放在心上。况且，眼下我已经着手准备公司合并的事情，开启了与荣鑫公司合作的全新之路，而我自己得以用独立持股人的身份加入荣鑫公司，还要感谢老钟和一众股东的离开。要不是他们慷慨转让股份，荣鑫公司也不会在那么短的时间内就拿到半数以上的公司股权，从而成为最大的股东。从某种角度上说，我的全新职业生涯还要感谢老钟他们，若不是他们的一把火，可能现在的我还在犹豫。

"好吧，让他们联系钟总求证，只要钟总亲口许诺他们，就可以拿走私人物品。待会我再通知项目部过去两个男的，别让这些人搞出什么事情来。"

"好的，邢总。"秘书走了，我的心也跟走了。我也想见识一下这两位"钟总的朋友"，听他们讲一讲老钟的现状。这并不是落井下石！也许离开公司，老钟会有更加广阔的施展空间。

最后，在好奇心的驱使下，我走向了老钟的办公室。真是"风卷残云"！那两位兄弟难道有翻江倒海之功？档案柜、办公桌、文件夹……被翻得乱七八糟。说好的只带走私人物品，这素质着实不敢恭维。我不知道老钟什么时候交了这样的朋友，但这些似乎已经与我无关了！

"大叔，你什么时候学会偷窥了？"我身后传来了田蕊的声音。这些日子忙着处理股权转让、员工辞职这些烦心事，已经快忘了这个小丫头的存在。

在老钟的带动下，公司一大批员工选择了辞职，尤其是青年群体，出于对体制约束力的恐惧而毅然决然地选择离开。暂且不论这些人的决定是否值得，但就田蕊选择留下这件事，深深地感动了我。

田蕊走进凌乱的办公室，倒背着手，左看看，右看看，一副轻闲的样子。虽然公司并没有停止现有业务，但大部分股东撤资着实对公司形象产生了负面影响，进而导致公司一些往来业务出现了停滞的情况。所以，这个小丫头才能在这里悠闲地同我开玩笑。

"你不是也不喜欢国企吗？"

"没错，你说对了，我是不喜欢被约束。谁说我要留下，我只是暂时没提出辞职而已。"连这小丫头也学会讨价还价了，居然还威胁起我来！

"那你打算什么时候辞职？"

"看心情吧！"这小丫头真是越来越有趣了。

"你现在不走，小心以后走不了了。"我的话音未落，她倏地转身望着我，拼命掩饰脸上的笑意。

"我要是走不了，就赖上你了。"

现在的小姑娘都这么开放吗？我已经不知道该如何接这个话茬儿了。想来，我的确有被她赖上的本钱。我虽然加入荣鑫公司，但正如赵瑞事先承诺的那样，除了公司名称之外，我拥有新公司的一切决策权，甚至包括自我以下所有管理人员的聘用。也可以这样理解，公司还是我的，只是将一批股东换成了荣鑫公司这一家。不仅是我，这也是兰芝最想得到的结果。

提起兰芝，近来似乎异常忙碌。上次股东大会她也因故缺席了，而近几次股东会议，甚至同荣鑫公司合并的工作会，她也没有出席。我给她发的信息很少得到回复，她就这样神秘地隐身了。

"兰芝，明天是咱们公司跟荣鑫公司合并的新闻发布会，是公司的大日子，你不是一直盼着这一天吗？明天你来参加吗？还是那家红星酒店，咱们经常去的，你认识。"

信息发过去许久，我仍然没有收到回复，索性打了电话给她，要么占线，要么手机不在服务区……也许我要经历一次没有兰芝的新闻发布会了！想到此处，我不免有些忐忑。

新闻发布会如期举行。虽然我们公司的影响力并不大，但荣鑫公司可是行业内名列前茅的企业，它的动态可能直接影响整个行业乃至S市的经济圈，自然前来报道的记者和媒体人就不会少，甚至还有好几个拿着手机在拍摄的自媒体人。这么重大的场合，少了兰芝，我像是少了主心骨一般，整个人精神游离恍惚。

"邢总，邢总……"一位礼仪叫了好几声，我才回过神来。

"赵总请您到主席台就座。"坐在主席台上的人是要接受采访的，我事先并没准备，便连连推辞。

"我就不上去了，再说今天赵总是主角，我就不去凑热闹了。"

"那怎么行，赵总请您过去呢！"

我顺着礼仪所指的方向看过去，赵瑞果然在向我招手。我推脱不及，也只好回应，毕竟今时不同往日，以前是纯粹的合作关系，现在成了上下级，很多事情便不得不受约束。自由与风险是共存的，要安稳就必须要舍弃一些自由。世界是公平的，得失之间需要一个平衡。那不是别人构建的平衡，而是我们内心的自我平衡。

新闻发布会的主题是"荣鑫集团市政项目工程公司成立"，荣鑫公司是当仁不让的主角。虽然只是一个子公司的成立仪式，但由于媒体关注度高，加上赵瑞又邀请了市政府、市政规划办的领导，以及城建投公司等重点企业的高管，与会人员级别较高，所以备受社会各界关注。

发布会上，一位女性出现在我的视野里，短发齐颈，浓眉大眼，目光伶俐，看上去四十开外，是一位成熟的中年女性。沉稳中透着干练，看起来和兰芝截然不同。她更像是在职场中打拼多年，靠能力一步一步走上高管位置的职场女王。

主持人宣布发布会开始后，她成了全场的焦点，略带沙哑的女中音，有一种成熟之美，那声音厚重又深邃，如同一片海，藏着很多故事的海。虽然加入荣鑫公司半月有余，但这位副总还是第一次见。

"感谢各位来宾、各位媒体朋友，我受赵瑞总经理委托，在此宣布两件事情：第一，荣鑫集团市政项目工程公司今天正式成立，该公司作为荣鑫集团的全资子公司，将承接市政项目，目前首个项目——人民广场馆廊项目已经开工；第二，邢斌先生将以独立持股人的身份加入荣鑫集团，并从今日起担任荣鑫集团市政项目工程公司副总经理，主持工作。在此，我代表荣鑫集团、赵瑞总经理向邢斌先生表示欢迎，也希望各界朋友能够继续关注荣鑫集团、关注市政项目工程公司。"

话音未落，她的声音已被掌声淹没。不知道是出于对我的关注，还是因为荣鑫公司的主场，到场媒体和各界人士都非常热情，这是以往发布会难得一见的场景。

"邢斌先生是我市PPP项目界的风云人物,在前不久全市中青年杰出创业人才论坛上,有幸见识过邢先生的风采。邢先生不仅是我市PPP行业的先行者,在金融和建筑行业也具有丰富的经验,这正是我们荣鑫集团需要的人才。凡是人才,荣鑫集团都会对其敞开大门。所以我们非常欢迎邢先生的到来,也希望在今后的工作中,能够再次见到邢先生的精彩表现。"

引荐完毕,我在全场掌声中起立鞠躬。首先与身旁的赵瑞握手感谢,又与这位漂亮的女副总握手表示感谢。最后要开始我的感谢发言,也算是就职演说吧。荣鑫公司作为一家国有企业,虽然是经营型单位,但也同样是国家形象的代表,新闻工作如同喉舌,一旦出现纰漏很容易引起大问题。这一点我深有感触。

"我和荣鑫公司因为PPP项目而结缘,也因为PPP项目的紧密合作,让我看到了国有企业的强大实力,看到了一家企业不仅要盈利,更重要的是社会角色、社会责任。这次承接咱们市人民广场馆廊项目,既要建设一个能够突出咱们S市文化底蕴的馆廊,不敢说要成为咱们市的地标建筑,至少要成为咱们市民文化的一个亮点,同时也为美化城市建设出一份力,所以我们在工程质量上,在设计风格上,不只要精心,还要用心。最后要再次感谢荣鑫公司的各位领导,今天不仅仅是两家公司之间的合作,而且我们公司正式并入荣鑫集团,这是一个值得纪念的日子,作为我个人来讲,非常感谢荣鑫公司能够在我们公司发展遇到瓶颈、遇到困难时伸出援手,救了我们公司,也救了我们公司的很多员工,非常感谢,也感谢今天到场的各位媒体朋友,谢谢!"

我站起身,向台下深深地鞠躬,诚心地感谢接纳我和我们公司的荣鑫公司，也诚心感谢所有支持我一路走到现在的媒体朋友。当然，更重要的是，初入荣鑫公司，要为人际关系打下坚实的基础，刚进公司就得罪人可不是一件好事。

更令我自己都没有想到的是，这是我第一次没有发言稿的公开演说，我暗自庆幸、自豪。这算是我的脱胎换骨吗？就在一年前，连我自己也无法想象会有今天，自己所创办的公司一直在岌岌可危的边缘挣扎，而今天却收获了硕果。如果前妻能看到这一切就好了，如果女儿坐在台下，会为我鼓掌吗？当然，这些不过都是我一厢情愿的幻想罢了。女儿对我的事业从来不感兴趣，而前妻，也许是"她"，大概也正在忙自己的事业吧，无暇顾及我。

我正失落之际，却在台下嘉宾席中见到了一个熟悉的身影，一个穿着旗袍的女人端庄地坐在靠后的嘉宾席上。是兰芝，她真的来了。

这是她第一次以嘉宾身份出席发布会，也是最后一次。她静静地凝视着台上。我看不清她的脸，她的眼，但我知道，她一直在看着我，用目光给我力量。我真想立刻冲下台去找她，然而我还要继续留在台上签字、握手、摆拍，如木偶般尽职尽责地完成好所有流程。

这次发布会前，她几乎屏蔽了我的微信和电话，屏蔽了一切与我有关的信息，她一如既往地忙碌，我只是远远地看着她。我加入荣鑫公司前，有一天，她来找我，郑重其事地将一个档案袋交到我手上。

"有空时去工商局一趟，咱们签一个股份转让协议，我那部分已经签好了。"

我接过档案袋，还来不及打开，便急切地询问缘由："这是为什么？怎么突然要转让股份？"

"其实也不算突然,你也知道,我不可能去荣鑫公司。"

"我知道,你当然可以不用去荣鑫公司,但是这并不影响你持有公司股份呀,再说我也是以独立持股人的身份加入荣鑫公司的,我想赵瑞也会这么想……"

"就这样吧,我还有点事,咱们约好时间,下周就去工商局办手续。"她不由分说地甩下这句话便走了。那一瞬间,我仿佛回到了与前妻离婚那一天,同样的场景,同样的表情,同样的离别……

一切来得太过突然,我甚至来不及多说一句话。她为什么要走?事先没有一点征兆?还是粗心的我一直没有察觉?我理不出头绪,也没有头绪。直到今天,在新闻发布会上,我再次见到了兰芝。她还是那样风姿绰约,但却内敛了许多,仿佛在刻意收敛自己的光芒,这与平时的她判若两人。

"新公司百废待兴,你一定很忙碌吧?"我走下主席台,努力找到她,径直坐在她身旁。她斜睨了我一眼,脸上表情淡然。

"还好,你最近怎样?"让人揪心的是她才对,我迫不及待地问起她的情况。

"我感觉你最近很忙,给你发信息都没回,我还以为你把我屏蔽了呢?"

"怎么会!"

"是呀,你能来,说明已经收到我的信息了。"兰芝只是浅浅地笑了。这样的她让我有些不适应。

"为什么突然要把股权转让给我?"

"我知道你还是会问。"

"我当然要问,公司也是你的心血,怎么能说不要就不要了,你舍得吗?"

她轻叹了口气，沉吟片刻，脸上的表情骤然一转："你刚才表现不错，完全能够应对自如了，看来你已经适应这种场合了。"

"还好吧，为什么要岔开话题？"比起自己，我更关心她，关心她为什么突然之间做这样的决定？

"看来还是绕不开这个话题呀！"她越是深沉不语，我越是焦急无措，生怕从她口中听到那几个字。与前妻离婚时的种种经历，我实在不想再经受一次。这时我身体里感性的因子尽数爆发出来。

"我只想知道原因。"

"原因并不重要。"

曲终人散

人世间有多少离别注定是无法挽回的，又有多少人失去后才懂得珍惜。不是身在其中的人不懂得珍惜，实在是因为拥有而从未想到过失去，因为分别总是离得太远而忽略了它。

兰芝要走？这消息简单如晴天霹雳一般，把我从现实推向了深渊。她对于我来说，是一个特殊的存在。我爱她，超越了家庭生活、肌肤之爱，甚至超越了生死的距离。那是一种无以言表的感觉！

"必须要走吗？"她点了点头，没作声。

"没有转圜的余地了吗？"她继续摇了摇头，什么也没说。

那一刻我几乎哽咽了，眼睛不住地望向天花板，灯光照得人睁不开眼，我索性闭上眼睛。说不清为什么，我的心在颤抖。

此时，发布会已经散场，记者们走了，荣鑫公司的新同事走了，原来公司的老同事也走了,连收拾桌椅的服务人员也走了……就连灯光也渐渐暗了下来,会场突然变得冷清。

"打算去哪里?"

"出国。"

"已经准备很久了吧?"

她点点头,轻轻地应了一声。

"还有什么需要我帮忙的地方,尽管说。"

"都准备得差不多了。"

"说实话,我一点心理准备也没有,你是什么时候做的决定?"

"有一段时间了。"她没有继续说下去。虽然只是出国去定居,却为什么像生离死别一般。我有种预感,兰芝这一走,只怕再也见不到她了。此刻,我百感交集,不仅仅是失去了一位红颜知己,更像是失去了一位可以依傍之人。

"怎么现在才告诉我。"

兰芝沉吟了片刻,才轻声道:"其实我早想跟你说了,只是每次话到嘴边又咽了回去,要么时机不对,要么情绪不对……"

还有情绪的事吗?我仔细搜索和兰芝在一起的每个细节,想找出到底是什么让她毅然决然地选择离开,是田蕊,还是那个假想中的"她"?如果都不是,那么便是我的原因了。

"是我的原因吗?"

"我说过了,与你无关,是我想离开一段时间。"

"那也用不着转让股权呀,你迟早还会回来的……"

"也许,"兰芝看了看我,还是狠下心说出了心里话,"我的确没有打算回来,你也不用再多想了,我既然说了与你无关,那便真是无关。"

我沉默不语,气氛已经凝固。

"你看什么时间有空,咱们还是去工商局变更股权吧,恐怕现在只有我还保留着公司股权,还是转让到你名下,管理上比较方便。这样我也能轻松地走……"

我哽咽得已经说不出话了,只能静静地看着兰芝离去的背影。我本想送她回首都,至少送她到站台,但她拒绝了,她不想再与我有太多交集。从那一刻开始,我知道这个女人已经从我的生命中消失了,而我却无能为力。

新公司很快上了轨道。兰芝一直忙着出国准备,甚至去工商局办理股权转让手续,她也是匆匆而来,又匆匆而去。我知道留不住她,唯有祝福她未来幸福。而我则要努力适应没有兰芝的生活,学会独立思考。

荣鑫公司的确比我想象中还要庞大。我第一次体验到一个集团如同一个小社会的感觉,不仅上传下达流程较多,各职能部门之间是各有分工,细化入微。我们公司留下的人员极少,除了田蕊外,还有几名内勤人员。虽然说是新建的子公司,但人员结构还是以荣鑫公司原有项目部为主体,再加上我从原公司带过来的一些员工,所以,我这个副总倒更像是外来的。按他们的说法,我叫作"空降兵",强龙不压地头蛇,初来乍到,我还是安稳为先。

国企的资金雄厚,不仅员工福利好,各项基础设施建设也紧跟时代潮流。索性这几日,我便各处考察学习,屡屡惊讶。不断改变着对国企的印象,那些破旧的厂房、陈旧办公设备的残存印象,早已荡然无存。我真想让那些离开的兄弟们,看一看眼前这家国企的崭新面貌,让他们感受一下社会主义现代化带来的优越性和幸福感。

当然,赵瑞请我来可不是享清福的。除了发展好项目公司外,我还另有使命,用赵瑞的原话说是"改革,彻底改革,要见成效"。这就是他给我的秘密任务。但几天连番考察下来,荣鑫集团的现代企业化管理让我大开眼界,我似乎找不到有任何需要改革之处。

"赵总,您可是给我出了一道大难题呀。"

"哦,您去公司里考察过了?"

"是呀,您吩咐的任务,我哪敢怠慢。不过这一圈儿考察过来,我真心觉得咱们公司已经非常不错了,与其他国企相比是非常优秀的,我实在找不出还有什么可改的地方。"

赵瑞在电话中轻轻咳了一声,我知道他对我的回复并不满意。虽然我刚到公司不久,但对于赵瑞的为人和工作作风,公司内部还是有很多传闻的,有一些的确很靠谱。我,以前的合作伙伴、生意伙伴,现在变成半个"老板",也的确需要调整心态,但更重要的是适应国企的节奏。

"邢总啊,我觉得您还没看透,再花些时间,多走走,多看看,一定能找出公司的问题,不一定要多,但一定要一语中的,找到问题的症结,我需要的是中肯的建议,而不是敷衍。"

"赵总,商鞅不好当,王安石也不好做。您这是要让我把恶人当到底呀!"

"邢总,您知道我为什么一定要让你去改革公司弊症吗?"

我初来乍到,自然是回复不知。赵瑞显然还不满意,他兀自对我说出了缘由:"我需要您的眼睛。您跟集团里所有人都没有关系,用他们的话讲,您算半个外人,所以您的眼睛最公正。我想用您的眼睛帮我去看一看、找一找。"

"找什么?"

"不利于公司发展的人,尤其在一些关键位置上,需要精英和人才。国企虽然福利待遇好,但不是养闲人的地方。以前他们怎样我不管,但现在我来了,您也来了,这里的风气就得变一变了。"

我能感觉到赵瑞说这一番话时,目光中充满了坚定。我钦佩他的魄力,这也是他令我折服的地方。想到这里,曾经那些如坐针毡的日子仿佛一下子又回来了。我虽然不喜欢做恶人,但使命如此,至少,我要对得起赵瑞。

一周后,一份沉甸甸的报告放到了赵瑞的办公桌上。我安静地坐在办公桌前,时不时地瞟向对面的赵瑞。他正在认真地阅览那份报告,面无表情。五分钟、十分钟、十五分钟……时间过得异常漫长。我把双手藏在办公桌下,交叉紧握,手心竟一阵濡湿。

我从来没像今天这样渴望一个结果、期许一个肯定。毕竟这是我来到荣鑫公司的第一炮,我把它看作新生的标志。一炮打响,便能站稳脚跟了;但如果打不响,那么失望的不仅仅是我,还有赵瑞。因为选中我这个外来人操刀改革方案的制定工作,对他而言冒了相当大的风险。我不想让他为难,也不想一开始就把自己置于那么危险的境地。

"我看还是拿到总经理办公会上议一议吧,听听中层们的意见。"

半晌,赵瑞只回复了这么一句。他比以前更加严谨了,也许他一直都很严谨,只是现在我们不再是合作伙伴,当这种关系变成上下级关系时,那种情感和身份的微妙变化总是让人不太舒服。

适应,必须适应!对于这样一家有数千员工的大型国企,任何决策都要经过管理层的讨论表决,集思广益,避免一言堂,是再正常不过的了。国企的老总并不是一个单纯的决策者,更重要的角色是领导。我木讷的微笑背后,在不断地说服自己。

一周后,结果公布了。我进入荣鑫公司后的第一把火并没有预想的那样热烈，准确地说，是没烧起来。原本对报告充满希望的我万万没想到，总经理办公会竟然是一场舌战群儒的大戏。中层管理人员对我的报告几乎嗤之以鼻，把它批评得体无完肤。我一开始就遇到了强大的挫折。

"是不是谁给你提意见时，你都这么正襟危坐、洗耳恭听啊？"我被眼前这个大胆的小丫头惊到了。田蕊成为我的新任秘书，这是赵瑞特意安排的，算是给了我一个人情。

"当然要认真，这些修改意见都得逐一落实！"

"什么？这么多都要修改？"田蕊望着我拿回来的报告，上面密密麻麻地记录下了修改意见。我眼看着她的脸色渐渐阴沉下来，嘴巴也渐渐噘起。

"当然要修改，都是总经理办公会上提的意见。"

"这是多少人提的意见？"

这份报告是田蕊帮我写的，原本不应该出现这么多问题，想来是我们还没有适应荣鑫公司的工作风格。

"也不是一个人提的意见，我基本上都记下来了，待会儿咱俩整理整理，逐条落实一下。"

"你真的要逐条落实吗？"

田蕊诧异地看着我。当初她对进入荣鑫公司还有迟疑，若不是我力劝，只怕早已另谋出路了。不过既来之，则安之，总不能遇到一点小小的挫折就打退堂鼓了。我见她面露难色，虽然嘴上不说，但想必她内心是极其抗拒的。看来，我要做一做这个小丫头的思想工作了。

"你不是一直在劝我要适应新环境吗，怎么你自己倒没适应？"

"我还好吧,只是为什么要让咱们来做挑毛病这种事,咱们毕竟是新来的,既不了解人际关系,也不熟悉机构建设,做起来肯定是漏洞百出,有这么多的修改意见也不足为奇了。"

田蕊负气地把报告扔在一旁。我捡起报告,语重心长地给她分析了一番:"正因为咱们是新来的,还没有融入这个企业,也不牵涉人际关系,所以更容易挑出毛病来。赵总之所以让咱们来做这件事,也是出于这个原因。"

"什么?这不是让咱们去得罪人吗?那往后咱们还怎么在公司里待?"我笑了笑,没想到这小丫头还真是挺敢说话的。不过现在毕竟环境不同了,以前我们那家小公司,人际关系再复杂,也比不过这里几千名员工,仅项目公司就有几百人之多,像她这样说话,很容易造成同事之间的误会,这样不利于员工团结,也不是作为秘书的必备品质。当然,更为重要的一点是眼界。这件事情并不算大事,如果换作兰芝,怕是轻松推脱掉;即使接手下来,也不会直来直去地去做,至少该婉转的地方会婉转,像小丫头刚才的那些言论,只怕是不会从她口中说出来的。

当然,我并不是要田蕊代替兰芝的角色。莫说是能力,就是单纯从性格来看,每个人都是不同的,谁也不可能真正取代另一个人。只能说现在的我是在重新组建团队,希望田蕊的可塑性足够强大!

"我们不妨换个思路。你想一想,最近咱们四处考察公司,是不是对各个部门都了解了很多,对公司也一下子熟悉了不少?你再想一想,这一份修改意见是不是也在帮咱们加深对公司的了解,甚至还能看出来一些隐藏的人际关系,这不是一件大好事吗?"

我把报告重新递给田蕊。她听过我这一番分析,重新打开报告,逐一开始核对修改意见。我欣慰地看着她,心中不禁想起了另一个人。于是便拿起手机翻看过往的聊天记录,我突然发现,记录里竟是一片空白。

原来什么也没有留下,手机里、电脑中、相册里……除了我的心,没有一处地方有兰芝的痕迹。她仿佛从我的生命中消失了一样,连一点回忆也不舍得留下。她与前妻是那么的不同,完全不同。我的生活里、生命中到处都有前妻的痕迹,我们共同的血脉、微信里那个神秘的女人,甚至与我擦肩而过的一个影子……随处都有前妻的影子,她是我想忘也忘记不了的女人。

而兰芝不同,她总是在我遇到困难时出现,帮我解决一切困难,却不愿为我留下片刻温存。我拼命想抓住她,而她却华丽地站在我的对面。她永远是我仰视的对象,而我却没有勇气牵起她的手。她于我,是那天边的一片云,轻轻地来,也轻轻地走,仿佛从未在我的生命中出现过。我拼命地想记住她,拼命地想找到一点与她相关的记忆。可惜,我越是努力,却越不容易记忆。

幸运的是,我赶上了与兰芝的最后一面。那个晴朗的上午,万里无云,阳光格外好,天气舒爽,清风拂面。我站在首都机场的送客通道外,亲眼看着一架飞机从上空飞过。我知道,兰芝就在这架飞机上。

是的,她走了,去向一个未知的国度。直到此刻,我仍然无法相信出国散心、继续学习那些鬼话。也许兰芝从不知道,她撒谎的技能有多么拙劣。我知道她是因为我而离开的。她想去一个没有我的世界,即使那里没有幸福,也总比待在一个永远没有答案的世界里要好。

我不是不想给她一份承诺,而是不知道该如何与她一起面对柴米油盐的日子。她不应该出现在厨房里,更不应该出现在客厅的某个地方。我习惯了在社交场合左右逢源的她,习惯了在谈判桌上言语犀利的她。她应该如青花瓷一般被欣赏，却不该待在油烟中静待年华老去。

那天，她乘坐的是早班飞机。我凌晨起床，特意从S市赶到首都国际机场，只为见她一面。然而，当我赶到机场时，一切已经来不及了。我们二人的这首曲子已经散了，再也接续不上了。虽然我早有察觉，但却从未想过它会中途断了，而且断得这样彻底，干干净净！

我来不及对她说的话，也许永远也说不出口了。这注定是一首没有结尾的曲子，曲未终，人却已经散了。

无悔青春

青春不是一首歌，无须用年代去定义青春的意义，因为每个时代都会有青春的色彩。青春也不是一种色彩，无须用绿色去标榜青春的艳丽，因为绿色不仅仅是春的象征。

我顾不上连夜驱车赶路的疲倦，从送站通道下了车，就直奔首都国际机场的送客大厅。这里永远都是人头攒动。我在人潮中拼命搜索着那个清瘦的女人，脑中不时回想着她穿旗袍的样子，穿运动装的样子，穿礼服的样子，还有高兴时的样子，失落时的样子……仿佛从见到她的第一眼到现在，无数的她在我眼前闪过，可没有一个是真实的。

那一刻，我慌了。兰芝走了，真的走了！我没能赶上道别，也许从此不会再见。不知道今生欠了这个道别，算不算是人生的遗憾！

"大叔，你先别着急，万一王总还没到呢。"田蕊不放心我自己走夜路，便和我一起连夜驱车赶来。她甚至没顾上喝一口水、吃一口早餐，把车子存到停车场后就火速赶来了。而此时我满心满眼都是兰芝，已经顾不上关心身边的她了。

"不可能，还有一小时就起飞了，现在这个时间她应该准备安检了。"我一边说，一边慌乱地在人群中搜索兰芝的影子。

"要不咱们去广播吧，王总听到就知道咱们在找她了。"

"时间来不及了，还是直接找吧！"

此时，我的失落无以言表。我只想马上见到兰芝，仿佛有一肚子的话想对她说，从前那些不敢说出口的话，都在这一刻涌现。我憋得快要窒息了！

"可是人这么多，怎么找啊？"田蕊急匆匆地在人群中穿梭。我想，我的焦急已经传染了她。

"你累的话先休息一下，我自己找。"我并不想批评田蕊，但那一瞬间，我的情绪失控了，我无法接受失去兰芝的生活。当年前妻离开时的心情仿佛一下子又回来了，那是一种可怕的经历，我没有足够的勇气再经历第二次。所以，这一刻的我走向了疯狂的边缘。

"喂，大叔，你这是怎么了，你这样很容易出问题的！"

"我没事，我真的没事！"田蕊拉住我，想让我冷静一下，却不料用力过猛，差点绊倒我。我趔趄了几步，险些扑倒一个人，倏地冷静下来。

"大叔，你真的没事吗？"田蕊扶了我一下，关切地问。

"我没事，刚才有点着急了。"

"我知道你急着想见王总，但找人也不是这个找法，咱们总得有点章法吧，你平时不是总教我遇事要冷静，怎么事情到了自己身上就冷静不下来了呢？"

这个小丫头居然给我上了一课，我怔怔地看着她，大脑一片空白。

"我想，她这个时间应该在安检吧，我们不如去安检通道看一看，说不定她还在排队呢，这样概率更大一些。"她边说边挑了几下眉毛，每当她出主意时，眉毛便不由自主地上扬，看上去像是在挑眉毛，灵动之气由内而外散发出来。

"有道理。"我不得不承认，"关心则乱"这句话的确没错。这么简单的方法，我却没能想出来。于是，我和田蕊迅速跑向了安检通道。由于是国际航班，安检极其严格，且乘客流量又很大，所以大部分乘客会在安检通道处排队等候。我和田蕊被拦在警戒线以外，距离有些远，不太好找。

"这么远的距离，即使找到了人，也说不上话了。你们为什么不能电话道别呢，既方便又省事，都现在这个年代了，还弄得跟上世纪七八十年代似的……"

"说得这么生动，就跟你经历过似的。"

"我倒是没经历过，可电视剧总看过的，看也看会了。"我不禁被她逗笑了，也算是缓解了一下紧张而忐忑的心情。

"你这个小丫头……"我刚想逗逗她，就见她眼睛瞪得斗大，指着安检通道内的人群，喊道："王总，邢总，那是王总，你快看。"

我顺着她手指的方向看去，人群中果然有一位穿着时尚的女性。我一眼就认出了，那是兰芝。我激动得差点翻越隔离带，幸好被田蕊拦住了。

"邢总，你这是干什么呢？咱们进不去的。"我这才意识到田蕊拉住了我的胳膊，否则冲动之下，我早就被机场警察"请"出去了。然而，无奈的我只能眼睁睁地看着兰芝的背影一点一点地消失在安检通道的人流中，我却什么也做不了。现场的人太多了，即使我叫的声音再大，她听到的概率也太小了。

也许是我的目光足够有吸引力，兰芝在排队过程中下意识地朝身后看了一眼。没想到，她真的看到了我，便停下来，转过身向我摆了摆手，同我再见。但我知道，我们不会再见了。远远地，我看着她，她看着我。我们什么也没有说，没有道别，便不觉分离，也许这才是世间最好的安排！

"怎么样，大叔，这次心满意足了吧？"田蕊站在我身旁，一脸讪笑。我没理会她，也没有心情同她开玩笑，但她似乎兴致很高。

"我说大叔，人都看不见了，咱们是不是该回去了？我的胃已经开始抗议了，你好歹照顾一下身边人好不好？"我这才意识到，自己也有一些饿了。从凌晨连夜驱车狂奔百里，算是我平生做得最疯狂的一件事了。而这一切还是在田蕊的提议下完成的，可惜时机没能把握好，预想的效果并没有达到。

"好吧，咱们走吧！"

说罢，我和田蕊朝停车场走去。半路上，有一架飞机从上空经过，我下意识地抬头看了看，甚至凭借预感，我知道兰芝就在那架飞机上。最后，让我再看一眼她乘坐的飞机，也算是留下一点念想吧！这碧蓝的天空如同印在明信片上的景色，随她一起飞去了大洋彼岸。

"好了，别看了。你这么不舍得，为什么还放她走？"没想到田蕊居然会这样说，我下意识地看了她一眼，只觉得现在的年轻人真是敢爱敢恨，没有什么不敢做的！这要比我们当年勇敢多了。

"你觉得我留得住她吗？"

"你试过吗？"

田蕊的话再次刺痛了我。是呀，我试过劝她留下吗？我回忆起曾经挽留兰芝时的场景，但我知道那时已经晚了，她早已做好离开的决定，甚至已经开始为自己找好退路。而我，还一直被蒙在鼓里。

"我当然试过。"

"如果不是王总异常坚定，就是你根本没把话说明白。"

我不禁又被眼前这个小丫头吓了一跳。"你怎么什么都知道，像个小间谍似的。"

"我才不小呢，我现在可是你的正牌秘书，大叔。"我们俩上了车，我驾车准备从首都绕一圈再返程，反正是周末，也不用着急赶回S市去。

"好啊，我的正牌秘书，现在你老板打算在首都转一转，明天再返回S市，你觉得怎么样？"

"好啊、好啊！"田蕊兴奋地叫了起来。若是其他女孩子，恐怕会先推脱一下，至少也该去向父母请个假，但在田蕊身上却完全不成问题。

"你们现在的女孩子都这么不矜持吗？"

"那倒不是，我算个别情况。"

"怎么算是个别情况？"

"这个保密！"

我不禁笑了："你想去哪儿转一转，只管说，今天算是给你的福利。你进公司这么久，我一直说要奖励你，也没能实现。原来还能多给你一些奖励，毕竟是我一手创办的公司，直接加发奖金，别人也不会说些什么。但是现在不同了，荣鑫公司是通过业绩考核的，我想给你加发一些个人奖励也不太现实了。所以今天这一趟就权当是给你的福利了，别给我省钱，只要路程还可以，咱们就能开车过去，关键是得让秘书小姐玩得尽兴，回去好认真工作。"

田蕊点了点头，难掩一脸兴奋。

"虽然大叔有的是，不过够意思的大叔可不多见。"

她这样突然表扬我，我被打乱了阵脚，反而有些不知所措了。

"你经常这么表扬人吗？"

"那倒不是，遇见合适的人时，才会这样说。"

"这么说，我是合适的人了？那我不是很荣幸？"

我们俩人开起了玩笑，车子一路向首都近郊驶去。来一场说走就走的旅行，这条广告语终于用到我身上了。看来我是被田蕊影响了！

我们随便找了一户农家院便住下了。幸好只住一晚，可以将就一下。我们连换洗衣物也没带，这样的旅行对我而言，还真是破天荒的第一次。

"我们去河边走走吧，就当是欣赏落叶了。一会儿天黑了，咱们还得抓紧时间返程。"

"好啊，没问题。"

和田蕊单独走在小河边，仿佛穿越回了二十年前。那时的我也似田蕊这般年纪，青春正年少，也时常与前妻去河边散步。她喜欢水，这一点与田蕊一样。

"你们这个年纪的孩子……"

我刚刚开口就被她拦了回去："什么叫'你们这个年纪'，什么叫'孩子'？"

她显然有些生气了，我赶忙问清缘由："怎么了，怎么说翻脸就翻脸了？"

"谁翻脸了？我说你这位大叔，真是不会聊天。"

"那会聊天的是什么样子？"

我们走了一段路程，天色还早，我们便找了一处偏僻的地方坐了下来，一边欣赏山景，一边休息一下腿脚。

"你还没回答我呢，什么样的人是会聊天的？"

"这么漂亮的景致，你就不打算说点什么吗？"

我看了看四周的山景，的确很美。既然田蕊都邀请我了，我便说几句。

"这景色真是不错。不知道荣鑫公司这边搞不搞团队建设，其实也可以走远一点，来这里嘛，你觉得怎样？"

田蕊狠狠地瞪了我一眼。

"我说大叔，你能先把工作的事放下吗？这么好的景色，咱们可以欣赏一下山景，顺便聊聊人生，谈谈未来。"

田蕊的话让我一头雾水，我怔怔地看着她，不明就里。

"你这个人还真是属木头的，我都这么说了，你还无动于衷呀！"

"我什么？"

"你是真不明白，还是揣着明白装糊涂？"

"明白？我明白什么了？"我的确被田蕊弄糊涂了，这个小丫头到底想做些什么呢？

"你这人真是一点乐趣都没有！"

我见她脸色一会儿燥红，一会儿粉白，不知出了什么状况，还以为是她身体不适，便主动询问。

"你脸色不对，到底怎么了？"

说来田蕊的确是一个开放的小丫头，尤其是那天的她，在那样的气氛里，突然变得温柔无限。

"我没怎么了，只是得了一种不好治的病。"

"你病了？"以我对田蕊的了解，她的身体是极好的，至少我认识她以来，只有她陪我去买药的份儿。再加上她此刻的神情神态，断不可能是身体上出了问题，那么答案只剩下一个了。

我知道她要说些什么，然而，我却并不想让事情演变到那一步，因为我不知道该如何收场。不过，田蕊与我想象中的并不一样，她不是前妻，更不是兰芝，她是完完全全属于这个时代的人。

"大叔，如果我爱上你怎么办？"

"怎么可能，别开玩笑。"

她一本正经地说，我一本正经地回复。我知道，她没有开玩笑，而我却想用一个玩笑结束这个话题。

"我没开玩笑，我就是爱上你了，你总不会一点也没察觉吧？"

她说得对，我的确早就有所察觉，所以才总是避免和她过多接触。可是我的确没想到，她竟真的自己说了出来。在傍晚的山景里，红日就在她身后的山坳里，仿佛是挂在她身后的红灯笼，她泛着红光的脸颊突然变得格外漂亮。

"我原本就是一个木讷的人……"

"大叔，自欺欺人有意思吗？你敢问问自己的心吗？"

田蕊的确是个大胆的女孩子，没想到我和她之间居然会经历这一幕。但她的确是美的，而且现在的她如含苞待放的花，正是诱人之时。

"田蕊……"

"叫我小蕊吧。"

不知道为什么，我迅速改了口。也许是因为兰芝离别的伤心，也许是因为突然觉得心很累……总之，那一刻我被这个小丫头俘获了，彻底地俘获了！

她的手不知何时伸进了我的手中。待我发现时，我的手正紧紧握着她的。天色渐渐暗了下来，山风清冷，温度骤降。我们站起身，打算跑回农家院。结果山路湿滑，为了避免摔倒，我紧紧拉着她的手，往回走。其中有一段路不好走，我竟不由分说地背起了她，连我自己也被吓了一跳。

一切显得那么理所当然，又顺理成章。当天晚上，回到农家院后，两个生命体居然碰撞出了新的火花。这个健壮的小丫头，让我重新体验了青春，让我感受到了青春的力量。

又是一次突如其来的闪电之旅。我和兰芝想做而没做之事，竟然在这样一个夜晚，在一片星海之下，被一个小丫头实现了……

人生到底有多少不可思议的事情。那一晚我突然领悟到，人生可以理性，但偶尔也需要感性调剂一下。被理性束缚太久的灵魂，总要有释放的一刻，而束缚得越久，就爆发得越猛烈。所谓人性中最后那一点兽性，也并不完全是坏事，至少让人之天性得以解放！

第二天，晨曦照在床上。醒来时的浑身酸痛，让我内心还残留着些许兴奋。这是久违的感觉，我爱死这种感觉。我转头看了一眼身旁熟睡的田蕊，大脑中竟然萌生出想把她吞入腹中的欲望。

如果一直在这里生活下去，也不失为一种幸福。这里的阳光真好，一切都好。我站起身去沐浴，在水蒸气升腾下的镜子里，见到一个仍旧年轻而健硕的身影，心里不禁窃喜……

涅槃重生

人，非到了万般无奈的境地，是不容易想到涅槃重生的。只要内心世界达到"无为、自在、不生不灭"，便是人生的大彻大悟，便是涅槃重生了。

曾经有很长一段时间，我都以为加入荣鑫公司，便是我的涅槃。我告别了一段过往的时光，开启了另一种全新的生活，那便是重生。然而，我错了！

那些已经刻进灵魂的记忆不可能被清除，只会越来越真实地浮现出来。倘若我们没有找到灵魂的去处，那便会被它缠绕一生，直到我们被另一段生活所吸引、热衷于谱写新的值得刻进灵魂的记忆。

自从看着兰芝的飞机划过上空，我的心情就一直失落。虽然我们没有经历形式上的道别，仿佛是对伤口的保护，但心理上、思想上呢？一个人突然从你的生活中消失了，便不可能没有一点影响，即使只是极小的、细微的变化，至少也会让你记忆翻腾。比如那个你时常光顾的早餐馆子突然关了门，那种影响便不仅仅是一顿早餐，甚至有可能影响到你的上班路线。

而一个人，在你生活中真实存在过的一个人，她的消失是失去了一个可以聆听的朋友、一个诉说的对象，留下一种念想、一份牵挂。那种牵挂的感觉是一种幸福，即使对方永远没有回应，但你知道她在，心便定了！兰芝便是让我心定的女人。只要看到她的身影，无须言语，我的心会自然安定下来，即使再危急的时刻，也会变得从容淡定。

如今，那个让我淡定的女人，从我的生活中消失了。我知道，她永远不会再回来。于是，我开始不淡定了。

"你该学会适应。"这是那一晚，田蕊对我说的。当然，她并不了解我当时的感受。也许，她只是单纯地想让我去适应她这个小丫头，这正是她的可爱之处。她不会把"心机"这两个字装进脑子里，纵使她聪明绝顶、通透如冰。

"适应是很难的。"

"比你当初创业还要难吗？"她干净的眼神仿佛比那一晚的月色还要澄澈。

"那不一样，那时的我呀……"

农家小院里，两个矮矮的木墩旁，皎洁的月色映着两个剪影。我挨着她，她依偎着我。时光如水，静静流淌。我们这样坐着，仿佛回到了各自的年少时光。时间对所有人都是公平的，我年少的回忆中不曾有她，而她的少女时光也不曾出现我的身影，但这些都不妨碍我们享受这片刻的宁静，享受回忆的美好。

我说，她听——我这个拙劣的演讲者居然断断续续地把创业故事讲完了，那些词不达意的地方、那些逻辑混乱的地方，都被她一一略过。当一个女孩愿意听你诉说自己的创业史时，千万不要相信她会对那些枯燥的创业经历感兴趣，也不要以为她想向你学习创业技能，她只是单纯地想听你讲故事罢了。

"没想到，大叔也有这么多辛酸史呀，果然创业都不容易。"听过我的长篇故事后，田蕊不禁感叹。

"还好吧，创业本来就是很辛苦的，除非你是真心喜欢一个行业，要么就是生存所迫，否则很难成功。创业这条路本来就荆棘密布，没有决心跟恒心是走不下去的。"

"是呀，看来你对PPP项目是真爱啦？"

"你们现在的小孩，一张嘴就是什么真爱，哪一份爱不是真心的？"我这话说得有些老气横秋，与这气氛格格不入。

"大叔你又落伍了，我们说的'真爱'跟你那个真爱可不一样。"

"哦？有什么不一样？"

田蕊望着天空，想了想说道："我们这个'真爱'是说爱的程度比较深，就像你对王总那样。"

真是"说者无心听者有意"，田蕊随口一说，却勾起了我对兰芝的愧疚。她见我脸色突变，便赶忙解释："我不是有意的，再说王总已经走了，你现在自怨自艾的又有什么意义，你要是真想她，倒不如去找她，反正现在公司也上正轨了，你离开一段时间也不会出什么大问题。"

"那怎么行，现在公司还远没完成平稳过渡呢！"我下意识地回复，转念一想，似乎又不太对，明明是在讨论我和兰芝的事，怎么又扯到公司了。

"怎么又扯到公司了，今天不谈工作了。"

"那好吧，就说你和王总。大叔，听我一句劝，你跟她不合适，你还不如考虑我呢！"我立刻往旁边挪了挪，和她保持了一拳的距离。没想到，这小丫头如此开放，竟这般主动。莫非是刚才背她回来，令她误会了？

"你别误会，刚才只是因为路不好走我才背你的，没有别的意思。"

不知为什么，她竟然赌气地捶了我一拳，悻悻说道："我也不是认真的，我刚才就是开玩笑，你最好别多想，我对大叔可没兴趣，尤其是心里整天想着别人的大叔……"

说罢，她索性跑回卧室去了。我不明就里。都说女人的心思不好猜，没想到这么个小丫头的心思也如此难以琢磨。我跟了上去，敲她房门没有回应。我明明听见她在房间里胡乱折腾的声响，却不愿开门，也不愿应声，想来是真的生气了。

"怎么说生气就生气了，看来你病得不轻呀！再不开门，我可走了啊？"

"你才得病了呢！"话音未落，门倏地打开了，田蕊气冲冲地瞪了我一眼。

"你终于开门了。"我只觉得田蕊今天大有不同。难道她方才那段半开玩笑似的表白，竟是真的？也许是我太久没有接触过新的恋情，人已经麻木了。眼前这头健壮的小鹿正在因为我的木讷而着急，但她又是娇羞的，不肯承认又迫切希望，于是才有了她的小别扭。

"我问你，我得了什么病？"

"公主病！"我只说了这三个字，却愈发觉得自己过界了。不过，田蕊听罢，却愈加气急败坏了。她随手拎起一只枕头就朝我扔来。幸亏我有跆拳道的底子，一闪身，躲过了。她床上还有另一只枕头，她拎起来又想扔向我。我便劝她留下一只，待会儿没得用了。她偏不听，又朝我扔来。

"我就是一个刁蛮任性的小公主，那又怎样？"我只顾接枕头，再抬头时，一只健壮的小鹿已经朝我奔来。然而，这只小鹿被脚下的床单绊了一下，一个趔趄竟扑倒在我怀里。我抱着她，她看着我，呼吸贴得那样近……不能再近了！

她的脸色愈发红润，轻声对我说："你愿意帮助一个刁蛮任性的小公主成长吗？"

那一刻，我只觉浑身上下的骨头有些酥麻。对于这样一只勇敢而可爱的小鹿，我又开始有一点犹豫了，那个熟悉的感觉又来了。只是，这一次有些不同，健壮的小鹿并没有给我片刻思考的时间。在她的领地，她便是女王！

灯，突然灭了。门外传来一段急促的脚步声，紧接着是一阵喧闹。原来是农家院的保险丝烧坏了。然而，我竟第一次想感谢这些生活中的小麻烦。我们不约而同地摸向了电源开关，嗒的一声，让这一夜都不会再被光打扰。

人生总有那么一些不可描述之事，却又铭记于心。原来，我依然青春！仿佛身体里的血液都沸腾起来，疲惫挡不住我内心的兴奋。干涸许久的河床突然降临了一场甘露，那种畅快无以言表。我小心呵护着那一池清水，那是我的生命之源。

第二天返程的路上，晴空万里，车子在高速路上奔驰。也许是因为一夜疲惫还没调整过来，田蕊慵懒地躺在副驾驶座上。与昨夜相比，她安静了许多，时而望着窗外，时而望着窗前，脸上总是挂着满意的微笑。她看着我时，眼睛里还带着笑。不知是昨夜的温存，还是今早的晨露，总之我喜欢那笑容。

"今天是周末，我觉得咱们也没必要太着急赶回S市去。"我一边开车，一边朝田蕊瞥了一眼。

"好啊，你是老板，听你的。"田蕊侧身蜷缩在副驾驶座位上，像一只慵懒的猫。

"昨夜那只欢腾的小鹿去哪儿了？"我微笑着逗她。

"小鹿当然去吃草了。"

"我怎么觉得你今天像只温顺的小猫。"

"大叔，猫才不温顺呢！"

说罢，她满含深意地看了我一眼。我拼命地集中精力，继续驾车，往S市驶去。我还从未见过一个女孩如她这般大方的，这也正是她的可爱之处。有一双温柔的目光时刻注视着我，心里总是暖暖的。

"这么说，你是一只烦人的小猫了？"

"早晚让你见识一下，等着瞧吧！"

我突然发觉，现在关于这个小丫头的一切已经牢牢占据了我的大脑。我变得不会思考，甚至完全失去了自我意识。

傍晚时分，我把车子停在S市高速出口，下了车去放松一下。一路狂奔千里，着实有些疲累了。我转身回头看向车里，那只并不温顺的小猫已经睡熟了。我端详着这只小猫，目光中满含温柔。我从未用这种眼神看过兰芝。

对了，兰芝！不知她现在到了什么地方？飞机安全着陆了吗？是否也在想远方的我？我什么时候变得这样患得患失？也许是兰芝走后开始的吧！

新项目公司距离我们原来公司的办公地点并不远，只隔了两条街。每天上班路上，我都会经过那里。回忆是个奇怪的东西，越想记起时，偏偏忘记；但想忘记时，却又偏偏记起！每次从这里经过，兰芝、老钟的身影都会浮现我眼前。

不知道老钟现在怎样了？自从他愤然离开公司后，便杳无音信。我曾经托朋友查过他的近况，可惜他如同人间蒸发一般，一点消息也没有。老钟离开公司时，走得很干脆，一点没有拖泥带水，股权转让的工作也很快完成。正如兰芝所说，他是早有准备、早有预谋的。如今看来，的确如此。

老钟的离开，不仅带走了公司里一大批股东，也影响了公司里很多业务骨干。事实上，很多人是因为荣鑫公司的国企身份而辞职的。毕竟习惯了自由的人很难适应被束缚的生活，尤其是项目工程方面的业务人员，每天跑东跑西的，需要大量的自由时间来维护客户、梳理各方关系。现在项目公司也有很多这样的业务人员，对于他们的管理，我并不想太过束缚。毕竟我自己也需要时间，来适应国企的规章制度。

我再次经过公司附近那家小面馆时，那里依旧宾客盈门。早上七点，小面馆门前已经排起了长队，排队拿号的人已经排到了三十多位。我约了田蕊来这家面馆吃早餐，从她的住所到这家小面馆，步行有一刻钟的路程。我远远看到面馆门前的队伍中有一个熟悉的身影，没想到这小丫头这么早就到了。我一阵激动，便一路小跑过去。

"几点到的？"

"邢总，我刚到。"

为什么叫我"邢总"，昨天晚上我还是她的"大叔"，怎么一夜之间称呼变得这样生疏了？我兴冲冲地跑过来，像是迎面被泼了一盆凉水，透心地凉。

"怎么称呼突然变了？"

"没错啊，我不是一直称你邢总吗？"田蕊怔怔地看了看我。

"你不是一直叫我大叔吗？"不知道从何时起，我这样在乎一个称谓。

"邢总啊，你什么时候开始变得这么较真了？"田蕊一本正经地排队，完全没有打算改称呼的意思，而她的态度也发生了180度的转变，完全不似之前那般温柔了。回到S市为什么一切都变了呢？

虽然领导和秘书传出那些事并不好，尤其在荣鑫公司这样的大型国企，况且我们还是新人，这样的风言风语很容易造成恶劣影响。其实和田蕊在一起的那晚，我一直犹豫的也是这个问题。但田蕊的主动让我放下了戒心，也放松了警惕。我知道，她并不是兰芝的替代者，谁也不可能替代兰芝。她是她，一个不一样的女人。

"这怎么是较真？"

"快到咱们的号了，你想吃什么？"

"老样子。"

这样的默契、相知，仿佛是生活在一起许久的两个人。但谁会知道，我们才刚刚在一起三天。我如愿吃到了心心念念的小面，汤底很浓，面也劲道，是我喜欢的。虽然我只带她来过一次这家店，但她几乎记下了我所有喜欢的菜品。我绝不相信，那仅仅是因为上下级的关系。如果不用心，如果不是一个需要格外用心去关注的人，那么对方的一切怎么会全部系在心上？

"跟我说说，你今天到底是怎么回事？"我喝了一口汤，厉声问道。

"没事呀，你是领导，我是秘书。秘书做好分内的事，很平常啊！"

"你一定有事瞒着我，说吧，到底是怎么回事？"

田蕊看看我，摇了摇头，一脸无辜："真的没有事。我只是在做我的工作。"

"你分明不是这样的。"我放下筷子，几乎是在质问她。我觉得自己像个赌气的孩子，可是不知道为什么，就是控制不住自己的情绪。我拼命地想知道，田蕊为什么对我的态度冷淡了。

"邢总，既然咱们现在回到S市，那就是上下级的关系，而且咱们现在又在国企工作，总是要注意一些形象的，我想咱们还是保持最好的同事关系吧，这样……"

"同事关系？"难道是我听错了吗？怎么会只保持同事关系？那么之前的那些都算什么？从理智来讲，田蕊的做法是可以避免一些麻烦；但从感性来讲，我并不认同。既然选择了在一起，那么我就要对她负责，而且要负责到底。我已经错过了兰芝，不想再错过她。

"我不是那种只顾前程的人，何况我选择了你，就会尽我所能负责到底的。"田蕊怔了怔，也许她从未想过我会说出这番话来。然而，她还是婉转地拒绝了我。

"我不需要负责。咱们都是成年人，你情我愿，谁也不欠谁的。再说，那都是过去的事了，既然已经过去了，就没有必要沉溺其中。你呢，继续做好你的邢总，而我会做一个称职的秘书。"我疑惑地看着这个小丫头。接纳她，是我的涅槃重生；而超越欲望的情感，则是我和她共同的涅槃重生。

老路新篇

一条路有多远、多宽，不是一个人可以丈量的，总有些风景是你不曾见识过的。况且，心态不同了，时机不同了，走路的方法不同，一路看风景的心境就会不同。人不要给自己设限，也不要给前方的路设限，因为一切都有可能。

田蕊用了一个冠冕堂皇的理由拒绝了我，尽管我并不理解她的做法，但也尊重她的选择。何况，以她的性格，若是不愿意做的事情，无论怎样也不会去做的。

"我承认，我是喜欢你这位大叔，但仅仅是喜欢而已，你别想多了。"田蕊搅动杯中的咖啡，一本正经地说道。

"仅仅是喜欢？"我无法理解为什么给喜欢加了"仅仅"这个定语？

"对，只是喜欢而已，还没有上升到爱的程度！"

她说得煞有介事，却让我丈二和尚摸不着头脑了。那天晚上，她明明那样沉醉，明明那样义无反顾，那些感觉错不了，那些话言犹在耳。而这一切过去也不过短短几天的工夫，人的情感是不可能在极短的时间内有这么大逆转的，除非遇到了巨大的刺激。但我思前想后，这些日子并没有刺激过田蕊，总不至于让她的情绪有如此大的波动。

"什么叫爱的程度？你这个年纪的小丫头了解什么是爱？"我的言语中有些不屑。

"每个人认识不同，我没必要非得接受你的想法，就像我也不会要求你必须理解我的想法一样。"我不禁笑了，小丫头的话有一定的道理。我并不是一个喜欢强人所难的人，就像兰芝一样，我从不会要求兰芝等我，而兰芝也不会要求我为她做出牺牲，我们的感情无比坚实。即使如今天各一方，但心里仍然为对方留着一个位置。不过，田蕊的话也自有她的道理。只是我心里总觉得对她不住。

"你们现在的小丫头，想法真让人猜不透。"

"那就不要猜了，你整天烦的事情还不够多呀？"

她这么一说倒是提醒我了，公司里的确有很多烦心事。新公司成立后，作为主持工作的副总经理，抓项目是最为重要的工作。虽然荣鑫公司根基深厚，作为综合性集团发展，横跨很多行业，但在建筑行业和PPP项目上，仍然是一名新兵。他们对于PPP项目的经验，也仅仅是基于我的经验。所以，我不仅是一位行政管理人员，更是一位业务管理人员。赵瑞赋予我双重身份，几乎是将项目公司托付于我，令我压力倍增。

除了公司经营方面外，赵瑞在他的权限范围内给了我很多意料之外的惊喜。虽然新项目公司是荣鑫公司的下属子公司，但我是以独立持股人的身份进入公司的，也就是说，公司收益的同时，我也会收获红利。名义上，我是荣鑫公司下属二级单位的负责人，但实际上，我的职责与其他二级单位负责人并不完全相同，在业务发展上拥有更多的自主权，在经营收益上，同样拥有自己的股份红利。这一点在荣鑫公司是前所未有的。在我之前，没有人享受过这样的待遇；而在我之后，不知道谁有这种希望。所以，我成了荣鑫公司的另类！

其实，一个人得到多大的荣誉，就要承受多大的压力，甚至是打击。否则，人世间便失去了平衡。但这种关心超出了荣鑫公司的现有标准，也让我招来了很多同业、特别是公司内部同级管理人员的嫉妒。这一点在我刚刚到公司时深有感受。比如那份公司改革的报告，我感受到了明显的敌意。当时田蕊对专家所提出的修改建议有所异议，虽然我嘴上在劝田蕊，但心里还是认同她的观点的。毕竟荣鑫公司内部人际关系盘根错节，非常复杂，搞不好会给自己惹来很多麻烦，而赵瑞投石问路这一招也使得不算高明。

暂且不论这些，只说眼下项目公司面临的困难——项目。虽然馆廊PPP项目已经正式开工，开工仪式上，市政府一些领导、城建投公司等公司的代表到现场。我作为项目公司的负责人，自然成为开工仪式的主角儿。换了新身份的我，在面对一些老熟人时，不免有些许尴尬。那也是我第一次与荣鑫公司的人一起合作举办活动，主抓一项工程。

我知道馆廊项目的重要性，这是新项目公司成立的主要业绩。但成也萧何，败也萧何，馆廊项目的成败直接关系到项目公司的发展前途。背靠大树好乘凉，即使馆廊项目没有盈利，或是失败了，也不会影响荣鑫公司的整体发展；而对于我个人来讲，与之前独自承办项目时的压力有所不同，这一次的压力不再来自资金，而是技术。

当初，荣鑫公司之所以找上我，一方面是因为我们公司的方案做得好，另一方面就是因为技术。那时我们公司拥有一位S市小有名气的技术人员，在建筑圈内口碑不错。然而，由于公司解散，这位技术人员也离开了公司。尽管当时我极力挽留，但他去意已决，似乎已经找好了跳槽目标，那我便没有理由再阻挠。现在想想，着实有些后悔了。

我拿着项目部的施工报告，有些为难。在知识经济时代，技术不仅仅是企业生存的重要基础，也是人们赖以生存的基础。所以，在当今这个时代，人才最重要。而我现在最缺的，恰恰就是人才。我正头痛之际，田蕊拿着一个文件夹敲门而入。

"邢总，有一份文件需要您过目。"

"是什么文件？需要我签字吗？"

自从回到S市后，我总是找机会同田蕊说话，只要我们单独见面，我的态度便不由自由主地发生变化。

"不需要了，只是一份人员名单。"

说罢，她将一份人员名单递到我的办公桌上。我接过报告一看，原来是一份猎头公司的名单。我粗略看了一下名单，几乎都是小有名气的技术人员，而且个个都是猎头公司的座上宾。田蕊的举动让我再次想起了兰芝。那一次，也是我愁眉不展之时，她为我送来了及时雨，帮我逃脱了困境。而这一次，田蕊居然成为我的及时雨，如果没有她，恐怕我很难在这么短的时间内物色到合适的人选。

"你是怎么想到这个办法的？"我边看报告，边好奇地问。

田蕊特意地看着我，道出了"王总"两个字。是兰芝？她们之间应该没有交集才对，我不禁有些疑惑。

"你应该只见过王总几次。"

田蕊聪明，似乎已经猜到我要问她什么。为了打消我内心的顾虑，她只好向我坦白。"好吧，我听人提起过，再说猎头公司现在很流行呀，很多公司在找高级人才或是专业性很强的人才时，都得选择猎头公司。猎头公司见效快，找人又方便，之前王总也是利用猎头公司解决了人才荒，我只是照方抓药而已。"

那份报告令我爱不释手。好几位技术人员，我都认真做了标记。

"这是哪家猎头公司？"我不禁问道。

"田蕊猎头公司。"田蕊顿了顿，故作深沉地说道。

"你？"我一时纳闷，诧异地看着小丫头。

"对呀，就是我。"她得意地点了点头，一脸满足。

"怎么会是你？老实说，到底怎么回事。"我嘴上虽然严厉，但脸上仍然挂着和蔼的笑容。对她，永远严厉不起来，也永远无法做到一本正经。

田蕊睁大眼睛，显得很无辜："真的是我！我找了这些人，我难道不能当猎头吗？"

"你？"我仍旧摆出那一副惊讶的表情，又翻了几页报告，仔细看了看内容，发觉跟之前兰芝给我的猎头公司的报告版本极其相似，便愈加不解了。

她见我满脸疑惑，虽然委屈，但又据实情解释了一遍："这份报告里的技术人员真的是我自己去联系的，我按照上次王总留下的猎头公司报告，又通过威客网站找到一些技术人员，通过跟他们聊天、审核作品，专门挑了几个技术不错的人员，最后就汇总成了这份报告。只要让专家来审核一下就知道了。"

望着她一脸委屈地解释报告的样子，我心里乐开了花。没想到这小丫头脑子这么灵光，做事也有思路，当初兰芝也称赞过她，果然没看错人。

"你还有这本事呢。不错呀，做事知道动脑筋、找方法，孺子可教，孺子可教。"我越听越高兴，连连称赞她。

"要不是看你着急，我才懒得管这破事儿，干完了还没人相信。"她脸上的委屈这才渐渐消去，表情也跟着多云转晴了。

"不是不相信你，实在是你太让我惊讶了，难度这么大的事你都做到了，而且还是在我开口之前主动工作。这就说明，你心里不仅有公司，还……"我正欲好好缓和气氛，没想到却被她拦下了。

"不要多想。我说过，我会做一名称职的秘书，所以这份报告呢，只是我的分内之事，做得好只是想为领导分忧而已，希望领导不要多想。"

这是什么意思，我绝不相信她只是因为自己的职责才做这些事的，这些已经超出了一位秘书的工作范围。她完全可以等我吩咐后再去做，完全不用这样急；也可以直接找几家猎头公司名单交给我，或者干脆将这个工作交给人力资源部门去做，完全没有必要自己揽上身的。况且，以她的聪慧也一定了解这些。而她，偏偏没有这样做，也没有那样做，而是选择了一种自己的方式去做。我做过基层工作，也做过具体工作，我知道那些工作的工作量有多大，也能体会田蕊与那些技术人员逐一聊天，做初审人等工作的繁复琐碎。但她对这些却只字不提，轻描淡写地描绘了整个过程，仿佛做这一切都是"分内之事"，这明明就是我的事！我愈加觉得她对我是有感情的，否则不会帮我做这么多事。

"你的工作明明已经超范围了，做这么多事，还说是分内之事，这怎么能不让我多想，你心里明明……"

"这里是公司，是S市。再说，领导，咱们得往前看，过去的事既然已经过去，我不想再提了，而且我也明明白白、清清楚楚地向领导说明了，我只想做一名称职的秘书，仅此而已。希望领导不要多想，也不用有什么心理负担。"

我焦急地望着她："我只是觉得你付出很多，我不想欠谁的情，也不想做那种人。"

"你不欠任何人的，一切都是自愿的，没有谁逼谁。再说，我也没有领导想的那么伟大，我就是一个小丫头，我有自己的想法和追求。"

"什么追求？"我立刻追问。任何一个愿望，我都希望帮她去完成，尽我最大的能力去帮助她。因为今天，就在刚才那一刻，我发觉，我不仅仅喜欢这个小丫头的古灵精怪，更开始欣赏她，她已经从一名职场新人真正成长为一名职场高手了。看到她的成长，我不仅欣慰，更多的是一种欣赏的感觉，如同当年见到兰芝时的情景。有智慧、有思想的女性，谁都喜欢。

"做一名称职的秘书呀！我都说过好几次了，为什么领导就不相信呢？"

田蕊又回到了她固有的那一脸无辜的萌态，这也是喜欢她的地方。她看上去完全不像一位职业女性，更不是职场女王，她只是一个毫无杀伤力的小丫头。但她懂得隐藏自己的聪明才智，这是非常好的秘书品质，也是国企职场生存的必备品质，看来以后我要仰仗这小丫头了。

"我真是搞不懂你们现在的孩子。不过，我真心地欣赏你。"我还是要把欣赏的话说出来，这不是上司对下级的肯定、表扬，而是同事之间真诚的欣赏、鼓励。

"你也说了，我是个'孩子'，所以咱们并不在同一个世界里。既然读不懂，也没必要费尽心力去读，还是多关心一下自己吧！"

她说得对，我是该多关心一下自己了。有了技术人员只是可以保证完成馆廊项目，但这家项目公司比我之前的公司大了几倍，每月要发放的薪酬总额也同样涨了几倍，所以仅靠一个馆廊项目的收益是远远不够维持这家公司日常开销的。我想，这大概也是当初赵瑞对他办项目公司犹豫再三的原因。毕竟国企的体制相对固化，人员多、机构更多，并且固定发薪，仅这几点就如一个无形的枷锁套在了我的脖子上。

如今，我时常有一种巧媳妇的感觉。因为除了要解决公司内部管理的问题，更要解决公司以外的社会竞争问题。甚至要用自己相对固化的体制同流动的市场竞争规律进行调和，这对于一名领导的智慧是极大的考验。

眼下，我便遇到了麻烦，与当初我创业时的麻烦一样——缺少项目，也就是缺少盈利点，那就意味着公司运营很可能会出现问题，甚至生存不下去。尽管国企业务种类多，我们一个项目公司垮了，不至于影响全局。但这家公司毕竟是我初来乍到的业绩，做不好，在这家企业还有什么脸面待下去？再说，项目公司是独立核算、自负盈亏的，一旦出现问题，对我的影响会更大。所以焦急之余，我又踏上了寻找项目之路。转了一大圈儿，又回到了老路上。但这一次不同了，同样的一条路，走的方法不同，到达终点的时间也会不同，而这过程才是最美的风景。

重新启航

冤家宜解不家结，商场上没有永远的朋友，自然也没有永远的敌人。从大局观来看待一人一事，很多恩怨情仇便一笑而过了。

田蕊这家"猎头公司"的确不错，不仅技术人员水平高，更为重要的一点是，在我四处找项目时，竟在对一位技术人员面试时挖掘出了新的商机：有一家老旧的国有电缆厂，正准备进行技术革新和厂房扩建。听到这个消息时，我意识到这是我的机会。不仅是在荣鑫公司立足的机会，更是职业生涯中的一次里程碑。我要做的不仅仅是承接厂房扩建项目，还有PPP项目！

机会是公平的。田蕊帮我查询了这家工厂的信息，远离市区，交通不是很方便，所幸厂房扩建的招标工作是由城建投公司负责的。看来我是时候以新的身份去拜访一下王总了。

"邢总，少见了，在荣鑫公司怎样啊？"

王总见了我的面，免不了寒暄几句，但却与其他人的寒暄不同，他直入主题。之前我们三方合作中出现的一些误会、网络报道问题，他只字不提，这一点是我非常欣赏的，生意场上，虽然没有永远的朋友，但也不该执着于恩恩怨怨，把自己的前路都堵上了，这也是我来荣鑫公司的原因之一。何况我从来没有把城建投公司中途退出的事情放在心上，毕竟在那种情形下，如果我是王总，也会有跟他同样的选择。

"还好,还好,赵总对我不错,我得把公司做好了,不能给他丢人!"

"那是,那是。"说罢,秘书已送上两杯热茶,我和王总对饮而坐。

"我就欣赏邢总这种工作态度,到什么时候说什么话,有魄力,有见地。"

"王总您夸奖了,其实我今天来……"

"为了城郊那个电缆厂改造的项目吧?"没待我开口,王总已经点明了我的来意,我立刻应承下来。但王总却面露难色,想来是有难言之处。

"王总,看您这表情,出什么事了吗?"

"那倒不是,主要是这个项目打算招标了。"

"这个我知道,我今天也是冲着投标来的,想跟您这打听打听投标的事。"

"邢总,你也是圈儿里人,知道咱们这行的规定,我也只能跟你说一说这个项目的大致情况。其实你们最好实地去考察一下,我可以帮你联系一下厂子那边,让他们配合一下。"

"这就非常感谢了,有您帮忙,我就好去看现场了。"

"这好办,我帮你联系一下,本来也不是什么大事儿。"

王总是个急脾气,立刻吩咐秘书去处理,果然第二天我就接到了看现场的通知。因为急于上马新项目,赵瑞也对项目公司的工作极其关注,让我立即着手准备去看现场。

除了得力助手田蕊外,还有新项目公司的项目经理,虽然他的经验不甚丰富,好在做事用心,是个不错的学习型人才。只要是人才,我都可以破格使用,这也是跟兰芝学的。尽管兰芝已经从我的生活中彻底消失了,但她的管理理念却早已深深融入我的思想里。

我们一行三人，由我驾车，一大早便从S市出发，赶往郊外的电缆厂。一路上基本上是省道和乡道，路并不好走，有好几段都在修路，加上又下了一整夜的雨，有一些路段狭窄难行，满地泥泞，而有一些路段又积水极深。我们的SUV几次险些陷进水里，幸好我的车技还算过硬，但还是把副驾驶座上的田蕊吓出一身冷汗。

"小心。"

"前面有车过来。"

"左前方有沟！"

话音未落，已经来不及了。车子陷进沟里！为了躲避一只冲到乡道上的羊，我下意识地向左打了半圈方向盘。没想到，不仅没躲开羊，连车子的左前和左后两个轮胎也陷进沟里了。而这里四下无人，只有几只羊，却不见放羊倌。田蕊和项目经理四下去寻找羊倌，好尽快谈妥赔付事宜，我只好留下来等保险救援。

时间一点一点过去，保险救援迟迟没有赶到，田蕊和项目经理却回来了。羊倌没找到，那只羊就横躺在马路中间，腿上流着血，我们三人都不懂得医疗包扎，这样等下去也不是办法。我提议先报警，等警察来了说明情况就可以了。不过这里较为偏僻，路又难走，拖车一时半刻是赶不到了，可是跟客户约定的见面时间马上就要到了……

"邢总，要不您先去见客户，我们在这里等保险救援。"

田蕊大气地说道。项目经理一听她这么说，也急着表现自己，争着留下来。但他刚刚毕业时间不长，连社会生活经验都没有多少，怎么会处理这些事故，我着实不放心。

"那怎么行，我不能把你们扔在这儿，你们看看这前不着村后不着店的，万一出点问题怎么办。尤其是你，刚刚毕业，人生才刚开始，万一出了问题，以后可怎么办？"

这位项目经理据说是荣鑫集团某位领导的亲戚，但并非没有实力。据我所见，荣鑫集团中很多这样的人都是踏踏实实工作的普通人，身上并没有什么坏脾气，眼前这位项目经理也是如此。他们与众不同，很多人甚至单纯、简单，也乐于过安贫乐道的日子。本分，是我对他们最深的印象。

"没事的，邢总。再说这是大白天，能出什么事？"

"可我打算让你一起去，跟着学一学，多积累些经验。"

"谢谢邢总，不过我觉得今天这件事的处理也是对我的考验，您放心，我保证好好守在这里，等着老乡来，商量赔付的事，再等保险救援到现场。您跟田蕊姐先走吧，别让客户等着！"

这孩子本质善良，又有大局观，我打心眼儿里喜欢，便没再多争论，毕竟客户那边等不及了。

不过有一个很现实的问题，这个地方的确偏僻，连个人影也没有，更不要说车子了，而我们距离那家电缆厂至少还有20公里的路程。

我坐在原地苦笑，脑海中竟浮现出几年前看过的一部影片——《人在囧途》的画面，二位主人公历尽艰辛想在除夕夜赶回家的夙愿，还是没能抵挡住在现实中遇到的种种困境，因为我自己就曾有过一次深刻的经历。

那时兰芝还在，而老钟也还是那个一心为公司着想的老钟。那是公司面临生死博弈的危难时刻，我们三人不得不四处奔波，拉关系、找门路、寻项目。虽然处处碰壁，但只要我们铁三角在一起，就没有什么事情能难倒我们。

那是一次跨省考察，我们三人还带着一个小型观摩团队。公司当时因为债务问题被起诉，所以公司和我个人的账户被冻结了，甚至无法乘坐飞机或高铁出行，但为了不延误行程，我不得不提前乘坐十几个小时的大巴车赶到考察地，等考察结束再乘坐十几个小时的大巴车返程。而这些难言之隐，自然是被我隐瞒下来。然而，就在我以为一切都安排妥当时，还是被细心的兰芝发现了。于是，返程的大巴上多了两个熟悉的身影。

不得不承认，曾经的"铁三角"已经离我远去，那些过往只是一场过往而已。我知道兰芝可能永远不再回来，而老钟也不会再与我并肩战斗，一切都烟消云散了。但看着眼前这个执着的青年，我仿佛看到了年轻时的老钟。那时的他，也如这般执着，也如这般以大局为重。而再看看身边的田蕊，这个小智多星，成了我的新伙伴，也许在荣鑫公司未来的十年甚至二十年里，她将成为我的新智囊……我有一种预感，"铁三角"要回来了。

正当我思量之际，一辆车子驶过，开出大概30米远后，停了下来，片刻后又倒车回来。那是一辆SUV。车子停稳后，车窗被缓缓摇下，露出一张十分熟悉的面孔，居然是老钟。

走这条路的人，大概都是去那家电缆厂的。我下意识地感到，意料之中的狭路相逢真的到了。那天王总的表情让我察觉到，这个项目不只我找过他，而同样有这种做事风格的人，除了老钟还能有谁！

"车坏了？"好久不见，老钟就甩出这样一句问候。我们之间无须解释，不用多言，因为彼此太过了解。

"是啊！"

老钟迟疑了一下，又道："捎你一路？"

我点了点头，脸上露出了笑容，便叫上田蕊一起上了车。田蕊低声问我："你都不问他去哪儿就上车？"

"目的地一致。"

"你怎么知道？"

"感觉！"

"感觉？"

"对呀，以我对老钟的了解，这么大一块肥肉，他怎么可能放过？"

上了车以后，我和田蕊坐在后排，老钟还是习惯地坐在副驾驶座位上。

"意外吗？"老钟问道。

"一点也不意外。"我淡定地答了一句。

"哦？"老钟似乎没想到我竟然如此淡定。

"我就知道会是你，那天看王总的表情我就知道了。"

"看来你胸有成竹了？"

"去现场看看就知道了。"

我们就这样重新走到了一起，不同的是，这一次合作，我成了荣鑫公司的代表，而老钟则成了我接手的分包商。

其实凭荣鑫公司的能力，完全可以自己接手这个项目，但出于对旧友的情义，也出于同业之间"以和为贵"的相处之道，当然，最为重要的是能有效降低经营风险，我也做出了和赵瑞当初同样的选择。

老钟在离开公司后，虽然自己创办了新公司，但由于缺乏项目，很快遇到了生存瓶颈。前几天他去找城建投的王总，为的就是找项目。当初我也遇到了这样的生存困境，所以感同身受，我能体会他现在的压力，所以主动伸出援手，邀请老钟的公司加盟电缆厂PPP项目，作为二级分包商参与项目运营。这让老钟感激不尽。

不过，我的提议在公司内部引起了轩然大波。我召开了加入国企后的第一次公司会议，并宣布了与老钟的公司合作开发电缆厂PPP项目的方案，当然这个方案事先已经得到了赵瑞的批准，所以开会只是走一个过场罢了，但这个决定，还是在中高管理层中引起了不小的轰动。

但真理有些时候的确在少数人手中。几天后，赵瑞亲自来找我，不仅带来了国务院颁布的支持各地发展PPP项目的文件，还带来了另一个振奋人心的消息——集团公司响应国务院号召及时出台了集团大力发展PPP项目的战略部署文件。也就是说，从这一刻起，荣鑫公司将正式踏入PPP项目领域，而我的命运随之发生了改变——赵瑞力主将新成立的项目公司列为集团试点企业，并且由我全权负责。那一刻，我又见到了赵瑞脸上温暖的饱含深意的笑容，也许这个场景已在他脑中演练了千百遍！

赵瑞很清楚这消息会迅速调动我全身的神经。在那之后的几天里，我们迅速制订了新公司的三年规划目标：从股份改造，到业务发展，再到引进资本、规划上市，一整套方案如行云流水般敲定。这种深层次的思想沟通，仿佛令我回到了与兰芝畅谈工作的时候。其实，我们无须慨叹"知己难求"，因为"知己"也许就在身边。

一连几天，我整个人都在高度亢奋的状态，工作效率大幅提升，事业的幸福感伴随重新启航的号角油然而生。但这一次我的步伐更加坚定了，也许人生就是在不断的自我突破中实现价值。

那一天，我不得已上路
为不安分的心，为自尊的生存
为自我的证明，路上的辛酸已融进我的眼睛

心灵的困境已化作我的坚定

在路上，用我心灵的呼声

在路上，只为伴着我的人

在路上，是我生命的远行

在路上，只为温暖我的人，温暖我的人

重新启航的我，独自驾车行驶在路上，耳畔回荡着这首《在路上》，不知不觉居然开到了前妻开设的青少年培训中心……